新 潮 文 庫

賭　博　者

ドストエフスキー
原　卓　也訳

新 潮 社 版

2520

賭《と》博《ばく》者《しゃ》

――一青年の手記より――

第一章

二週間留守にしていて、やっと帰ってきた。うちの連中がルーレテンブルグ（訳注「ルーレットの町」という意味の架空の都市、ドストエフスキーがしばしば訪れた南ドイツの保養地ヴィスバーデンを描いている）に来て、すでに三日になる。どんなにわたしを待ちわびているかわからぬと思っていたのだが、見込み違いだった。将軍はまるきり他人《ひと》事《ごと》みたいな顔をして、尊大な口調で少し話してから、わたしを妹のところへさし向けた。連中がどこかで金をせしめたことは明らかだった。将軍のわたしを見る目が、いささかうしろめたそうだったような気さえした。マリヤ・フィリーポヴナはひどくてんてこ舞いの様子で、わたしともろくに口をきかなかったが、それでも金は受け取って、勘定し、わたしの報告をすっかりききとった。正餐《せいさん》にはメゼンツォフと、例のフランス野郎と、そのうえなんとかいうイギリス人まで、くるという話だった。いつものお定まりで、金ができると、すぐさま客を招いて食事、モスクワ式もいいところだ。ポリーナ・アレクサンドロヴナは、わたしを見ると、なぜこんなに手間どったのかと、たずねたが、返事を待たずに、どこかへ行ってしまった。もちろん、わざとやったのである。それにしても、じっくり話し合う必要がある。いろいろ積りかさなることがあるのだから。

わたしはホテルの四階に小さな部屋をあてがわれた。ここでは、わたしが将軍のお付きの一人であることは、知れわたっている。あらゆる点からみて、連中はいち早く自分を売りこんだようだ。ここではだれもが将軍を、きわめて裕福なロシアの高官とみなしている。正餐の前にもう彼は、ほかのさまざまな頼みごとの合間に、わたしに千フラン紙幣を二枚、こまかくさせたものだ。わたしはホテルのフロントで札をこまかくした。これでわれわれは、少なくとも一週間は十分、百万長者と見られることだろう。わたしがミーシャとナージャを連れて、散歩に出かけようとすると、階段のところから将軍のもとによばれた。どこへ子供たちを連れて行くのか、たしかめておく気になったのである。この男はわたしの目をまともに見ることが、なんとしてもできない。彼としては大いにそうしたいのだろうが、そのたびにわたしが食い入るような、つまり、失敬な眼差《まなざ》しで応ずるため、なにかバツがわるくなるらしい。えらく勿体《もったい》ぶった言いまわしで、文章を次々に重ね合せてゆくうち、しまいにはまったく脈絡をなくしてしまった末に、子供たちとどこか、遊戯場《カジノ》からなるべく離れた公園で散歩するよう、わたしに呑《の》みこませた。ついにはすっかり腹を立て、きびしく付け加えた。

「でないと、君は子供たちをカジノのルーレットに連れて行きかねないからね。失礼だけれど」彼は付け加えた。「わたしにはわかっとるんだよ。君はまだかなり軽率だし、どうやら博才もあるようだ。とにかく、わたしは君の監督者じゃないし、そんな役割を引き受けるつもりもないけれど、しかし少なくとも、なんと言うか、君がこのわたしの顔に泥《どろ》を塗らないでくれるように希望する権利はあるわけだからね」

「だって僕には金もありませんしね」わたしは冷静に答えた。「負けるにも、先立つものが必要ですよ」

「金なら今すぐあげますよ」いくらか顔を赤らめて将軍は答え、デスクをひっかきまわして、帳簿を照合した。わたしの分として約百二十ルーブル残っていることがわかった。

「どんなふうに清算しますかな」彼は切りだした。「ターレルに換金しなけりゃ。じゃ、百ターレル取っておいてくれたまえ、端数《はすう》は切り棄《す》てて。残金だって、もちろん、フイになりゃしないさ」

わたしは無言で金を受け取った。

「どうか、わたしの言葉に気をわるくしないでくれたまえよ、君は実に怒りっぽいんだから……わたしが注意したのは、いわば、その、警告したわけだし、もちろん、それだけの権利はある程度持っているわけだから……」

正餐の前に子供たちを連れて宿に帰る途中、まる一団の騎馬の一行に出会った。うちの連中がどこかの廃墟《はいきょ》を見物しに行ってきたのだ。すてきな幌馬車《ほろばしゃ》二台に、数頭のみごとな駿馬《しゅんめ》！　マドモワゼル・ブランシュは、マリヤ・フィリーポヴナとポリーナと同じ馬車に乗っており、フランス野郎と、イギリス人と、うちの将軍は馬に乗っている。道行く人たちが足を止めて、眺めていた。効果は上々というわけだ。ただし、将軍はいずれ頭をかかえこむことだろう。わたしの計算だと、わたしが持ち帰った四千フランに、どうやら連中が首尾よくせしめたらしい金を加えて、今連中の手もとには七、八千フランあることになる。それだけでは、マドモワゼル・ブランシュにはあまりにも少額すぎるのだ。

マドモワゼル・ブランシュも、母親といっしょにわたしたちのホテルに泊っている。例のフランス野郎も、同じホテルのどこかにいるはずだ。ボーイたちは彼のことを「伯爵さま《ムッシウ・ル・コント》」とよんでいるし、マドモワゼル・ブランシュの母親は「伯爵夫人《マダム・ラ・コンテス》」とよばれている。いいだろう、ことによると本当に伯爵《はくしゃく》と伯爵夫人なのかもしれないのだ。

正餐の席でいっしょになっても、伯爵さまがわたしに見おぼえがない顔をするだろうということくらい、ちゃんとわかっていた。将軍はもちろん、わたしたちを引き合せるなり、あるいはせめて彼にわたしを紹介することなど、思いつくはずもあるまい。それに伯爵さまは自身ロシアに何度か行ったことがあるから、彼らのいわゆるウチーテル（訳注　ロシア語のウチーチェリのフランスなまり。ここでは、住みこみの家庭教師をさす）なるものが、とるに足らぬ存在であることを承知しているのだ。そのくせ、わたしのことを彼は非常によく知っている。もっとも、正直のところ、わたしも正餐の席へ招かれざる客として姿を現わしたのである。どうやら将軍は指示を与えておくのを忘れたらしい、でなければきっと、わたしを定食用テーブル《ターブル・ドート》にさし向けたことだろう。わたしが勝手に入って行ったので、将軍は不服げにわたしを眺めた。気立てのいいマリヤ・フィリーポヴナがすぐにわたしに席を指示してくれた。しかし、ミスター・アストリーとの再会がわたしを救ってくれたので、わたしは心ならずも彼らの社会の一員という形になった。

この奇妙なイギリス人とはじめて出会ったのはプロイセンであり、わたしがうちの連中に追いつこうとしていた時、車室で向い合せに坐ったのだった。そのあと、いよいよわたしがフランスに乗りこむ段になって、スイスでひょっこり出くわした。この二週間の間に二度も出会い、今こうして、今度はルーレテンブルグで突然めぐり会ったのである。生れてこの方、わたしはこれほどはにかみやの男に会ったことがない。

ばからしいほどのはにかみやで、当人は決してばかではないから、もちろんそのことを承知している。しかし、とても好もしい、もの静かな男だ。プロイセンでの初対面の時、わたしはこの男を話に釣りこんで、大いにしゃべらせたものだった。彼は今年の夏はノードケイプ（訳注　フィンランドの最北端にある島）に行ってきたことや、ニージニイ・ノーヴゴロドの定期市にぜひ行ってみたかったことなどを話した。彼がどうやって将軍と知り合ったのか、わたしは知らない。彼はポリーナにぞっこん参っているように、わたしには思える。彼女が入ってきたら、彼は夕焼けみたいに真っ赤になった。食卓でわたしが隣に坐《すわ》ったのを彼はたいそう喜び、どうやら、わたしをもう無二の親友とみなしているようだ。

食事の間じゅう、フランス野郎は度はずれに主役ぶっていた。だれに対してもぞんざいで、勿体ぶっているのだ。しかし、わたしはおぼえているが、この男はモスクワでは下らぬことばかりやっていたのである。彼は財政問題や、ロシアの外交などについて、ひどく多弁に論じていた。将軍が時折勇を鼓して反論するのだが、それも控え目で、もっぱらおのれの威信を決定的に失墜せぬ程度にだった。

わたしは奇妙な気分になっており、もちろん、食事の半ばごろまでにはもう、毎度おきまりの例の疑問をおのれに発していた。『なぜ俺はこんな将軍にかかずり合っていて、とうの昔に離れちまわないんだろう？』時折わたしはポリーナ・アレクサンドロヴナを眺めやった。彼女はわたしなぞまったく眼中になかった。とどのつまりは、わたしがかっとなって、失敬な口をきいてやろうと決心する結果になった。

きっかけは、わたしが突然、これという理由もないのに、大声で、乞《こ》われもせぬのに他人の会話に割りこんだことだった。わたしは主として、フランス野郎と喧嘩《けんか》がしたかった。わたしは将軍の方に向き直り、突然まったくの大声で、はっきりと、しかもどうやら将軍の話の腰を折ってまで、今年の夏はロシア人がホテルの定食用テーブルで食事をすることはほとんどまったく不可能に近い、と指摘してやった。将軍はびっくりしたような視線をわたしに注いだ。

「もしあなたが自分を尊敬する人間だったら」わたしはさらに深入りした。「間違いなく悪罵《あくば》を浴びせられて、この上ない侮辱に堪《た》えなけりゃなりませんからね。パリでも、ラインでも、いや、スイスでさえ、定食用テーブルにはポーランド野郎や、それに共鳴するフランス野郎がごっそりいますから、あなたがロシア人であるというだけで、一言も口をきくことなんぞできませんよ（訳注　一八六三年のポーランド反乱と、ロシアによるその鎮圧は、ヨーロッパに反ロシア感情を起させた）」

わたしはこれをフランス語で言ってのけた。将軍は、わたしがこれほどまでに身のほどを忘れたことを怒るべきなのか、ただ呆《あき》れるべきなのかわからぬまま、けげんそうにわたしを見つめていた。

「してみると、あなたはどこかで、だれかに思い知らされたわけですな」フランス野郎がばかにしたように、ぞんざいに言った。

「僕はパリで最初、一人のポーランド人と喧嘩《けんか》をしましてね」わたしは答えた。「それから、ポーランド人を支持したフランス将校とやってのけたんです。でも、そのあと、僕がローマの大司教《モンシニョール》のコーヒーに唾《つば》を吐いてやりたいと思ったという話をしてきかせたら、フランス人の一部は僕の味方に変りましたよ」

「唾を吐く、だって？」将軍が勿体ぶったけげんそうな様子で、あたりを見まわしさえしながら、たずねた。フランス野郎は信じかねるように、わたしをじろじろ眺めた。

「まさにそうなんです」わたしは答えた。「ことによると、われわれの用件でちょっとローマに行く羽目になるかもしれないと、まる二日ほど思いこんでいたもので、パスポートにヴィザをもらうために、パリにある法王の大使館の窓口に行ったんです。そこで僕を応対したのがクソ坊主《ぼうず》で、五十年輩の、ひからびた、虫酸《むしず》の走るような顔つきの奴《やつ》でしたけど、いんぎんではあるが、この上なくそっけない態度で用件をきき終ると、少し待ってくれと言うんですよ。こっちは急いではいたものの、もちろん待つもりで腰をおろすと、『オピニオン・ナシオナール』（訳注　フランスのリベラルな新聞。ロシアのポーランド弾圧を批判していた）をとりだして、ロシアに対するすさまじい罵倒《ばとう》を読みにかかったんですがね。そのうち、隣の部屋をぬけてだれかが大司教のところへ行った気配がするじゃありませんか。例の坊主がぺこぺこお辞儀しているのも見えましたしね。僕が先ほどの頼みをくり返すと、坊主はいっそうそっけない態度で、また少し待ってくれと言うんです。しばらくすると、だれかまた知らない男が、オーストリア人か何かですけど、用事で入ってきたんですが、この男は用件をきいてもらうと、すぐに二階へ案内されたもんです。ここにいたって、僕はむしょうに腹が立ちましてね。立ち上がって、坊主のところへ行くなり、大司教は客に会ったりしているくらいだから、僕の用件だって片づけられるはずだと、きっぱり言ってやったんです。坊主は突然、並みはずれたおどろきの色をうかべて、一歩あとずさりましたっけ。いったいどういうわけで、とるに足りない一介のロシア人ふぜいが大司教のお客さまと自分を対等視できるのか、それこそ理解できなかったんですよ。坊主はまるで、僕を侮辱できるのが嬉《うれ》しいと言わんばかりに、この上なく厚かましい調子で、僕を頭から足の先まで眺めまわしたあげく、叫んだものです。『それじゃあなたは、大司教さまがあなたのためにコーヒーを中途でおやめになるとでも思っているんですか？』そこで僕も怒鳴ってやりましたよ、相手よりもっと強烈にね。『だったら教えてあげよう、僕はね、あんたらの大司教のコーヒーなんぞ、唾を吐きかけたいところさ！　もし今すぐ僕のパスポートの件を片づけてくれないんなら、僕は直談判《じかだんぱん》に行きますよ』って。

『なんですって！　枢機卿《すうきけい》がお見えになっておられるというのに！』恐怖の色もあらわに僕からあとずさりながら、坊主はこう叫ぶと、戸口にすっとんで行って、僕を通すくらいなら死ぬほうがましだって様子を見せながら、大手をひろげましたよ。

　そこで僕はこう答えてやったんです。僕は異教徒で野蛮人だ、『ク・ジュ・スイ・エレチック・エ・バルバール』、僕にとっちゃ、大司教だろうと、枢機卿だろうと、司教だろうと、なんだろうと、同じことなんだ、ってね。一言で言や、てこでも退《ひ》かぬぞって態度を見せたわけです。坊主は限りない憎しみの目で僕を睨《にら》みつけたあと、僕のパスポートをひったくって、二階に持って行きましたっけ。一分後にはもうヴィザが下りましたよ。ほら、ごらんになりませんか？」わたしはパスポートをとりだして、ローマのヴィザを示した。

「君、それは、しかし……」将軍が言おうとしかけた。

「あなたがみずから野蛮人の異教徒と宣言したことが、救いになったんですな」フランス野郎がせせら笑いながら、言った。「さほど愚かでもありませんでしたね《スラ・ネテ・パ・シ・ベート》」

「われわれロシア人をそんなふうに見ていいもんでしょうかね？　そういうロシア人はここに坐っていても、物音一つたてるのをはばかって、おそらく、自分がロシア人であることを否定しかねない心境でいるんですよ。少なくともパリの僕のいたホテルでは、坊主との喧嘩の一件をみんなに話してきかせたら、僕に対する態度がはるかに注意深くなりましたからね、定食用テーブルで僕にいちばん敵対的だった、太ったポーランドの貴族《パン》なんぞ、影が薄くなっちまいましたよ。十二年（訳注　一八一二年のナポレオン戦争）に、銃を空にしたいという、ただそれだけの理由でフランスの猟騎兵に狙《ねら》い射たれた男と、二年ほど前に僕が会ったという話をした時にも、フランス人たちはじっと辛抱してたほどでしたっけ。その男ってのは、当時十歳の少年で、家族がモスクワから逃げだしそびれていたんですがね」

「そんなことはありえない」フランス野郎がかっとなった。「フランスの兵士は子供に発砲したりするもんか！」

「ところが、実際にあった話でしてね」わたしは答えた。「この話を僕にしてくれたのは、立派な退役大尉《たいい》なんですけど、その頰の銃弾の傷痕《きずあと》を僕はこの目で見ているんですよ」

フランス人は早口にべらべらまくしたてはじめた。将軍がその肩を持ちにかかったが、わたしはフランス人に、早い話がせめて十二年にフランス軍の捕虜になったペロフスキー将軍の『手記』の抜萃《ばっすい》くらい、読むようにすすめてやった。結局、マリヤ・フィリーポヴナが、会話を打ち切らせるために、何かほかの話をはじめた。わたしとフランス人がもはやほとんど怒鳴り合いをはじめたため、将軍はひどくわたしに不満だった。しかし、ミスター・アストリーには、フランス人とわたしの議論がたいそう気に入ったらしい。食卓を離れる際に、ワインを一杯やろうとすすめてくれたからだ。

その晩、当然のことながら、ポリーナ・アレクサンドロヴナと十五分ばかり話をすることができた。散歩の折に会話が成り立ったのである。みんなは公園のカジノの方に行った。ポリーナは噴水の前のベンチに腰をおろし、ナージェニカを、子供たちと少し離れたところへ遊びにやった。わたしもミーシャを噴水の方へやったので、やっと二人きりになれたのだった。

最初はもちろん、用件の話からはじまった。わたしが全部でたった七百グルデンだけ渡した時、ポリーナはそれこそかんかんになって怒った。彼女のダイヤなどを抵当にわたしがパリから少なくとも二千グルデンか、あるいはそれ以上持ち帰るだろうと、彼女は信じこんでいたのだ。

「あたし、是が非でもお金が必要なの」彼女は言った。「お金を手に入れなければいけないのよ。でなかったら、それこそ破滅だわ」

わたしは留守中に起ったことを、いろいろたずねはじめた。

「ペテルブルグから便りが二度とどいたこと以外には、べつに何もないわ。最初のは、お祖母《ばあ》さまがとてもお悪いって便りで、二日後の便りでは、どうやら、もう亡《な》くなられたらしいわ。これはチモフェイ・ペトローヴィチからの知らせなの」ポリーナは言い添えた。「あの人は几帳面《きちょうめん》な人間だから。今、最後の決定的な知らせを待っているところなのよ」

「それじゃ、みんなしてここで棚《たな》ボタをきめこんでるってわけですね？」わたしはたずねた。

「もちろんよ。だれもかれもね。だって、まる半年もの間ただこれだけを期待していたんですもの」

「で、あなたも期待してるわけ？」わたしはきいてみた。

「だって、あたしはまるきり親戚《しんせき》でもないし、将軍の義理の娘にすぎないもの。でも、ちゃんとわかっているわ、お祖母さまは遺言状の中であたしのことも思いだしてくださるはずよ」

「あなたはとてもたくさん貰《もら》えるような気がしますね」わたしは肯定するように言っ

た。

「そう、お祖母さまはあたしをかわいがってくださっていたから。でも、なぜあなたにそんなふうに思えるのかしら？」

「一つきかせてください」わたしは質問で応じた。「われらの侯爵《こうしゃく》もやはり家庭内の秘密をすべて明かされているような気がするんですがね？」

「そういうあなた自身、どうしてそんなことに関心を持つのかしら？」ポリーナはきびしい、そっけない目でちらとわたしを眺めて、たずねた。

「そりゃそうですとも。僕が間違っていないとすれば、将軍はいち早くもうあの男から金を借りてますよ」

「あなたの読みはとても正確だわ」

「で、かりにお祖母ちゃま《ラ・バブーリンカ》の件をあの男が知らぬとしたら、気前よく金を貸したりしますかね？　あなたは気がつきましたか、食事の席であの男はお祖母さまの話をなにやらしながら、三度ほど、お祖母ちゃまとよんでいたでしょ、ラ・バブーリンカなんて。なんて親しげな、馴《な》れなれしい態度ですか！」

「そう、あなたの言うとおりだわ。遺言であたしにもなにがしかのものが入ったと知ったら、あの人はすぐさまあたしにプロポーズするでしょうよ。このことなんでしょ、あなたが知りたかったのは？」

「まだ、これからプロポーズする段階でしかないんですか？　僕はとっくにプロポーズしているのかと思ってましたよ」

「そんなはずのないことくらい、あなただって百も承知しているくせに！」ポリーナは怒って言った。「あなたはあのイギリス人にどこで出会ったの？」しばしの沈黙ののちに彼女は付け加えた。

「ちゃんとわかってましたよ、あなたが今すぐ彼のことをたずねるだろうって」

わたしは旅の途中でのこれまでのミスター・アストリーとの出会いを話してきかせた。

「彼ははにかみやで、惚《ほ》れっぽいんです。もちろん、もうあなたに惚れこんでいるんでしょ？」

「そうね、あたしに恋しているわ」ポリーナが答えた。

「それに、もちろん彼はあのフランス人の十倍も金持ですしね。どうなんです、あのフランス人は本当に何か財産があるんですか？　その点を疑ってみたことはないんですか？」

「ないわ。お城《シャトー》か何かを持っているんですって。つい昨日、将軍が断定的にそう言ってらしたわ。いかが、これならご満足？」

「僕があなただったら、絶対にイギリス人と結婚するでしょうね」

「なぜ？」ポリーナがたずねた。

「フランス人のほうがハンサムではあるけど、卑劣ですからね。ところが、あのイギリス人は誠実であるばかりか、そのうえ十倍も金持ときている」わたしはずばりと言ってのけた。

「そうね。でも、その代り、フランス人は侯爵だし、頭がよくってよ」彼女はいとも冷静に答えた。

「本当にそうですかね？」わたしは今までどおりの口調でつづけた。

「まったくそのとおりよ」

ポリーナにはわたしのいろいろな質問がひどく気に入らなかったので、返事の口調と粗暴さでわたしをかっとさせようとしているのが、わたしには見てとれた。わたしはすぐさまそのことを彼女に言ってやった。

「いいじゃないの。あなたがかんかんになるのが、あたしにはほんとうに気晴らしになるんですもの。あれこれとそんな質問や勘ぐりをさせてあげている、その一事だけでも、あなたは報いを受けてしかるべきだわ」

「僕は実際にあなたにどんな質問でもする権利があるとみなしてますよ」わたしは平静に答えた。「なぜって、それに対してはどんな報いでも受ける覚悟でいますし、自分の生命《いのち》さえ今や無にひとしいと思っているからです」

ポリーナは声をあげて笑いだした。

「あなたはこの前シランゲンベルグで、あたしが命じさえすれば頭からとびこむ覚悟でいるって、言ったわね。あそこは、たぶん、千フィート近いはずだわ。あたし、そのうちにいつか、そのひと言を口にしてみせるわ、それもっぱら、あなたが報いを受けるところを見物するために。だから、確信していてよくってよ、あたしは意地を張りとおしてみせるから。あたしにはあなたが憎らしいのよ、それというのも、あなたをすっかり付け上がらせてしまったからだわ、しかもあなたがあたしにとって必要な人間だけに、よけい憎らしいんだわ。でも、さしあたり、あなたはあたしにとって必要な人間だから、大事にしておかなければね」

彼女は腰をあげにかかった。彼女は苛立《いらだ》ちをこめて話していた。最近の彼女は、わたしとの会話をいつも、憎しみと苛立ち、本物の憎しみをこめて終えるのだった。

「一つうかがいますけど、マドモワゼル・ブランシュってのは、何者ですか？」説明をきかずに彼女を放したくないので、わたしはたずねた。

「マドモワゼル・ブランシュが何者か、あなた自身知ってらっしゃるでしょ。あれ以来何一つ付け加わったことはなくってよ。マドモワゼル・ブランシュはきっと、将軍夫人になるでしょうよ、もちろん、お祖母さまのご逝去《せいきょ》の噂《うわさ》が裏付けられたら、の話だけれど。なぜって、マドモワゼル・ブランシュも、あのお母さんも、再従兄《またいとこ》の侯爵も、あたしたちが破産したってことは、十分承知しているんですもの」

「で、将軍はとことん惚れこんでるんですか？」

「今や問題はそんなことじゃないのよ。ちゃんと聞いて、肝に銘じてちょうだい。この七百フローリンをあずかって、勝負しに行ってちょうだい。ルーレットでできるだけ多く、あたしのために勝ってきてね。あたしは今、なにがなんでもお金が必要なんだから」

こう言うと、彼女はナージェニカをよんで、カジノに行き、そこでうちの一行に合流した。一方わたしは、思案をめぐらし、いぶかしみながら、最初に行き当った小道を右に曲った。ルーレットをしに行けという命令をきいたあと、まさに頭をぶん殴られたような気持だった。ふしぎな話だ。わたしには考えねばならぬことがあったのだが、それにもかかわらずポリーナに対する自分の気持の感触の分析にすっかりのめりこんでいた。たしかに、旅行中、気違いのように恋い慕い、うつけたように悶《もだ》えあがき、夢にまでたえず彼女を目《ま》のあたりに見ていたとはいうものの、それでも留守にしていたこの二週間のほうが、帰宅当日の今よりは楽だった。一度なぞ（あれはスイスでだったが）、車室で眠りこんで、どうやら寝言でポリーナと話したらしく、同室の客たちみんなを大笑いさせたものだった。そこでわたしは今あらためてまた、彼女を愛しているのだろうかと、自分に問うてみた。そしてまたしても、それに答えることができなかった、つまり、もっと正しく言うなら、わたしはこれで百回目にもなるだろうが、またしても、俺は彼女を憎んでいると、自分に答えたのである。そう、彼女は憎かった。彼女を絞め殺せるのなら、半生を投げだしてもいい、というような瞬間もしばしばあった（それが、いつもきまって、二人の会話の終りごろになるのだ）！誓ってもいいが、もし彼女の胸に鋭いナイフをゆっくり沈めることができたとしたら、わたしは快感をおぼえながらナイフをつかんだことだろう、という気がする。が、それでいながら、この世に存するすべての神聖なものにかけて誓ってもいい、もし流行の展望台シランゲンベルグで彼女が本当に『崖《がけ》からとびこむのよ』と言ったなら、わたしはすぐさま、それも快感をおぼえながら、身を投じたことだろう。わたしにはそれがわかっていた。いずれにせよ、このことは解決されなければならなかった。こうしたことすべてを彼女はおどろくほどよく理解しているのだし、彼女がわたしにとって手のとどかぬ高嶺《たかね》の花であることや、わたしの幻想の実現などしょせん不可能であることを、わたしがまったく正しくはっきり自覚しているのだという考えが――その考えが極度の快感を彼女にもたらすのだと、わたしは確信している。そうでなかったら、慎重で聡明《そうめい》な彼女がわたしに対して、こんなに親密な、開けひろげの態度をとれるはずがないだろうに？　彼女は今まで、奴隷《どれい》なぞ人間とはみなさないで、奴隷の前で裸になろうとした昔の女王と同じように、わたしを見てきたような気がする。そう、彼女はいくたびとなく、わたしを人間扱いせずにきたのだ……

それにしても、わたしには、是が非でもルーレットで勝ってこいという彼女の頼みがあった。いったい何のために、そんなに手早く儲《もう》ける必要があるのか、あのいつも計算をめぐらしている頭にどんな新しい思惑が生れたのか、などと思案している暇はなかった。そのうえ、明らかにこの二週間のうちに、わたしがまだ理解していない、無数の新しい事実が加わったらしい。それらすべてを推量し、すべてを読みとらねばならない。それも、できるだけ早く。だが、さしあたり今は、その暇はなかった。ルーレットに行かねばならなかったからである。

第二章

正直のところ、こんなことは不愉快だった。いずれ勝負してみようと決めてはいたものの、他人のためにはじめるつもりなどまったくなかったからだ。おかげでいささか勝手が狂いさえしたほどで、わたしはひどく腹立たしい気持で賭博室《とばくしつ》に入って行った。一目見るなり、そこの何もかもがわたしには気に入らなかった。わたしは世間全体の、とりわけわが国ロシアの新聞のコラム欄のあの召使根性が、どうにも我慢できない。なにしろ、わが国のコラム記者たちはほとんど毎春のように、二つのこと、まず第一にライン地方のルーレット都市の賭博場の壮麗さと豪華さを、第二にはまるで金貨の山が卓上に積みあげられるかのようなことを書きたてるからだ。べつにそれに対して礼を貰《もら》うわけでもない。ただなんとなく、欲得を離れたお追従心《ついしょうごころ》で書かれるだけである。こんなちゃちな賭博場には、壮麗さなどまるきりありはしないし、金貨にしたって、卓上に山積みされていないばかりか、ごく少額にだってまずお目にかかれるものではない。もちろん、一シーズンの間には時折、突然イギリス人なり、どこかのアジア人なり、今年の夏のようにトルコ人なり、どこかの変り者が現われて、ふいに莫大《ばくだい》な額を勝ったり、負けたりすることはある。しかし、ほかの連中はみな些《さ》細《さい》なグルデン貨幣で勝負をしているのであり、平均して常に卓上にあるのはごく少額の金にすぎないのだ。賭博室に入ったとたん（生れてはじめてのことだ）、しばらくの間わたしはまだ勝負をする決心がつかずにいた。おまけに、人が大勢ひしめいているのだ。だが、もしわたしが一人だったら、勝負なぞはじめずに、さっさと引きあげただろう、と思う。正直のところ、胸がどきどきして、冷静でいられなかった。ルーレテンブルグからこのまま立ち去ることはあるまい、必ずわたしの運命に何か根元的な決定的なことが生ずるだろう、ということは確実に承知していたし、とっくにもう決めてもいた。そうでなければならないし、いずれそうなることだろう。わたしがルーレットにそれほど多くのものを期待していることが、いかに滑稽《こっけい》であろうと、勝負に何かを期待するなぞ愚かでばかげているという、だれもに認められている旧弊な意見のほうが、いっそう滑稽なような気がする。それになぜ勝負事のほうが、どんなものにせよ他の金儲《かねもう》けの方法、たとえば、まあ、商売などより劣っているのだろう。勝つのは百人に一人、というのは本当だ。しかし、そんなことがわたしの知ったことだろうか？

いずれにせよ、この晩はまずじっくり様子を見て、真剣な勝負はいっさいはじめないことに決めた。今晩かりに何か起るとしても、ちょっとしたはずみで偶然起るにすぎない――わたしはそう予想した。そのうえ、勝負そのものもとことん研究しつくす必要があった。なぜなら、ルーレットについて書いたものを常日ごろから何千冊もむさぼるように読んできたにもかかわらず、この目で見るまでは、その仕組みをまるきり何一つ理解していなかったからだ。

第一に、わたしにはすべてがきわめて不潔に思われた――なにか精神的にいまわしく、不潔なのである。わたしは、何十人、いや、何百人もで賭博台を囲んでいる、これらの貪欲《どんよく》な、不安そうな顔のことを言っているのでは、決してない。少しでも早く、少しでもたくさん儲けようという欲求のうちに、わたしは不潔なものなどまるきり何一つ見いだしはしない。腹のくちくなった、生活になんの心配もないさる道学者が、だれかを弁護するために『なにしろ、少額の勝負だからね』と答えたそうだが、わたしにはこういう考えがかねがね愚劣なものに思われていた。欲望がけちくさいから、よけいいけないのだ。たしかに、けちな欲望と大きな欲望とは、同じではない。それは比例の問題である。ロスチャイルドにとっては端金《はしたがね》でもわたしにすればひどく莫大な額であるし、儲けだの勝ち金だのということになれば、世間の人たちは、よしルーレットでないまでも、いたるところでやっていることといえば、ただ、互いに相手から何かを奪ったり、巻きあげたりしているだけではないか。概して儲けだの利益だのがいまわしいものであるかどうか――それは別の問題である。だが、ここではわたしはそれを解決するつもりはない。わたし自身も勝ちたいという欲求にとことん捉《とら》えられていたのだから、その欲望全体や、かりにそうよびたいのなら、その欲望の不潔さ全体が、ホールに入るにあたって、わたしにとってはなんとなくいっそう好都合で親しみのあるものになっていたのだ。人々がお互いに気兼ねをしないで、ざっくばらんに開けっぴろげで振舞っている時は、実に感じのよいものである。それにまた、いったい何のために自分自身をいつわる必要があるのだろう？　しごく他愛のない、割の合わぬゲームだというのに！　ルーレット場のこうしたあらゆる低俗人種にあって、一見してとりわけ見苦しいのは、賭博台を囲む時にみなの示す、勝負に対するあの敬意、あの真剣さであり、うやうやしさとさえ言える態度だった。だからこそここでは、どういう勝負が悪趣味《モーヴェ・ジャンル》とよばれ、どういう勝負ならまともな人間に認められるかが、はっきり区別されているのである。勝負にも二通りあって、一つは紳士の勝負であり、もう一つは欲得ずくの成上がり者の勝負、ありとあらゆる低俗人種の勝負である。ここではそれがきびしく区別されているのだが、その区別たるや、実は、きわめて下劣なものだ！　たとえば、紳士は五ルイ・ドル、十ルイ・ドル賭《か》けても差支えないし、それ以上賭けることはめったにないが、それでも、もし非常に裕福ならば千フラン賭けたってかまわない、だが、それはもっぱら遊びのため、ひたすら楽しみのためにであって、本来、勝ち負けの経過を眺めるためにすぎないのだ。しかし、自分の儲けに関心をいだくことなぞ、決してあってはならない。勝負に勝ったら、たとえば、笑い声をあげるもよし、周囲のだれかに感想を述べるもよし、あるいはさらに二度、三度と賭け金を倍にすることとさえ差支えないのだが、それはもっぱら好奇心からであり、チャンスの観察のため、確率の計算のためであって、儲けようという成上がり根性からではない。一口に言えば、ルーレットにせよ、三十・四十《トラント・エ・カラント》（訳注 トランプの勝負）にせよ、あらゆるそうした賭博台を、紳士たる者は、もっぱら自分の楽しみのために設けられた遊びとして以外に見てはならないのである。胴元を支える基盤でもあれば仕組みでもある金銭欲やトリックなぞ、想像することさえあってはならない。早い話、ほかのすべての賭博者たち、一グルデン一グルデンに戦々兢々《きょうきょう》としているこういう下らぬ連中もみな、彼自身とまったく同じような金持の紳士であって、もっぱら気晴らしと楽しみのために勝負をしているのだ、というふうに思えたとしたら、むしろ大いに結構至極なことに違いない。現実に対するこうしたまったくの無知や、人間に対する無邪気な見方は、もちろん、きわめて貴族的なものということになるだろう。わたしが見ていると、多くの母親たちが自分の娘である、十五、六歳の優雅な清純な令嬢たちを前に押しだして、何枚かの金貨を与え、勝負のやり方を教えていた。令嬢は勝っても負けても、必ずにっこり微笑し、たいそう満足して台を離れるのだった。うちの将軍が勿体《もったい》ぶって悠然と賭博台に歩みよった。ボーイがすっとんできて椅子《いす》をすすめたが、将軍はボーイになど目もくれなかった。彼はひどく永いことかかって財布をとりだし、ひどく永いことかかって財布から金貨を三百フランとりだすと、それを黒《ノワール》に賭け、勝った。彼は勝ち金をとらずに、そのまま賭博台に残しておいた。また黒が出た。彼は今度もとらなかったので、三度目に赤《ルージュ》が出ると、一遍に千二百フラン失ってしまった。彼は笑顔で台を離れ、気骨あるところを示した。わたしは確信しているが、将軍とて実は気が気でなかったに相違ないし、もし賭け金が二倍か三倍だったら、気骨を示したりせず、動揺をあらわしたことだろう。もっとも、わたしの見ている前で一人のフランス人は、三万フランに及ぶ金を儲け、それから負けてしまったが、いささかの動揺も示さず、楽しそうだった。真のジェントルマンは、たとえ自分の全財産をすってしまっても、動揺してはならないのだ。金銭なぞはそれほどジェントルマンシップより低いものであって、そんなものに頭を悩ます必要はほとんどないのである。もこうした低俗人種や、雰囲気《ふんいき》全体の不潔さを、まったく気にとめずにいられれば、もちろん、きわめて貴族的ということになるだろう。しかし、時には、そうした低俗人種全体を気にとめる、つまり観察し、たとえば柄付き眼鏡《ロールネット》でもじろじろ眺めるという正反対の方法も、負けず劣らず貴族的とされることもある。だが、必ず、それらの俗衆全体や、そうした不潔さ全体を、一種の気晴らし、いわば紳士の楽しみのために設けられた見世物のように受け取るのでなければいけない。自分もその俗衆の中で揉《も》まれることはかまわないが、あくまでも、本来自分は観察者であり、決して俗衆の一員ではないのだという、確たる信念をもって周囲を眺めるのである。もっとも、あまりじろじろ観察することも、やはりすべきではあるまい。それはもう、またしても紳士的ではないことになるだろう、なぜなら、いずれにせよそんな見世物は入念すぎるほどのたいそうな観察には値しないからだ。それに概して紳士にとって、入念すぎるほどの観察にふさわしいような見世物は少ないものである。とはいうものの、わたし個人にしてみればこれらすべてが、とりわけ、観察のためだけにここを訪れたわけではなく、みずから誠実かつ良心的に自分をこうした低俗人種の一人とみなしている者にとっては、きわめて入念な観察に値するように思われた。わたしのもっとも胸奥に秘めた道義的信念に関していうなら、現在のわたしの考察の中には、もちろん、そんな信念のための場所は存在しない。そんなものは、今のとおりで差支えあるまい。良心を清めるために言うのだが。しかし、こういう点だけは断わっておく。最近ずっとわたしには、自分の行動や思考を、たとえいかなるものにせよ、道義的な規準にあてはめてみるのが、なにかひどく不愉快なのだ。わたしを律してきたのは、別のものである……

低俗人種は実際ひどく汚ない勝負をする。わたしは、この台のわきでしごくありふれた盗みがさんざ行なわれているという考えさえ、棄《す》てきれない。台の四隅に腰かけて、賭け金をしらべたり、清算したりするディーラーたちは、仕事がおそろしくたくさんある。ほら、また低俗人種がやってきた！　こういうのは、たいてい、フランス人だ。もっとも、わたしがここで観察したり、目にとめたりしているのは、ルーレットを描写するためでは、まったくない。これからの時間どう振舞うべきかをわきまえておこうと、自分のために慣らしているのである。たとえば、台のかげから突然だれかの手が伸びて、人の儲けた分を着服するのなぞ、ごくありふれたことであるのに、わたしは気づいた。口論がはじまり、怒鳴り声もめずらしくない――すると、どうか賭け金があなたのであるということを証明し、証人を見つけだしていただきます、というわけだ！

最初のうち、こうした事柄すべてがわたしにとっては、ちんぷんかんぷんだった。わずかに、賭けるのは数字の上にでも、偶数・奇数にでも、色にでもよいのだと推察し、どうにか納得しただけだった。ポリーナ・アレクサンドロヴナの金のうち、わたしはこの晩百グルデン試してみることに決めた。勝負にとりかかるのが自分のためにではないという思いが、なんとなくわたしを混乱させていた。この感じがきわめて不快だったので、わたしは少しでも早くそれから解放されたくなった。のべつ、ポリーナのために勝負をはじめることによって、自分自身の幸福をつみ取りつつあるような気がしていた。いったい、賭博台に接すると、すぐさまゲンをかつがずにはいられないのだろうか？　わたしはまず手初めに、五フリードリヒ・ドル、つまり、五百グルデンをとりだして、偶数《ペール》に賭けた。円盤がまわり、十三が出て、わたしは負けた。もっぱら、なんとか解放されて立ち去りたいという、一種病的な感覚をいだきながら、わたしはまた五フリードリヒ・ドルを赤《ルージュ》に賭けた。赤が出た。わたしは十フリードリヒ・ドルを全額賭け、また赤が出た。わたしはまた全額を二倍配当に賭け、また赤が出た。四十フリードリヒ・ドルを受け取ると、わたしはどういう結果になるかもわからぬまま、真ん中の十二《ドゥーズ・ミリュ》（訳注　ルーレットは1から36までの数字があり、そのうちの13から24までが真ん中の12）に賭けた。三倍の支払いだった。こうして、十フリードリヒ・ドルから、突然わたしの手もとに八十フリードリヒ・ドルが出現したのだった。わたしはなにか異常な、奇妙な感覚のために、どうにもやりきれなくなったので、引き上げることに決めた。もし自分のために勝負したのなら、まるきり違う勝負をしたに違いない、という気がした。それでもわたしは、八十フリードリヒ・ドルを全額、もう一度偶数に賭けた。今度は四が出た。わたしはさらに八十フリードリヒ・ドルをざくざくと支払ってもらったので、百六十フリードリヒ・ドルの山をそっくりかき集めて、ポリーナ・アレクサンドロヴナを探しに出かけた。

連中はみんな、どこか公園の中を散歩していたので、彼女にやっと会うことができたのは夜食の席でだった。今回はフランス人がいなかったので、将軍は本領を発揮しはじめた。ついでに彼は、賭博台にわたしの姿を見るのは望ましくないと、またもやわたしに注意するのを必要とみなした。彼に言わせれば、かりにわたしがどうにかしてあまりひどい負け方でもすると、大いに将軍の顔に泥を塗ることになるという。『しかし、たとえ君が大勝ちに勝ったとしても、その場合だってわたしはやはり顔に泥を塗られるんだよ』彼は意味ありげに付け加えた。『もちろん、わたしには君の行動をとやかく言う権利はないけれど、君自身だって同意してくれるように……』この場合も、彼は例によって最後まで言いきらなかった。わたしはそっけなく、自分は金をほんの少ししか持っていないから、したがって、たとえ勝負をはじめたとしても、目立ちすぎるほど負けることなぞできない、と答えた。四階の自室に戻ったあと、わたしは首尾よくポリーナに勝ち分を渡し、今度はもう彼女のために勝負することはしない、と言い渡した。

「あら、どうして？」彼女は心配そうにたずねた。

「自分のために勝負したいからですよ」いぶかしげに彼女を眺めながら、わたしは答えた。「その妨げになりますからね」

「それじゃあなたは、ルーレットこそあなたの唯一《ゆいいつ》の逃げ道であり、救いであるなどと、断固として信じつづけてらっしゃるの？」彼女はあざけるようにたずねた。わたしは、そうだと、重ねてたいそう真顔で答えた。必ず勝つというわたしの確信に関して言うなら、たとえそれが滑稽であろうとかまわないし、わたしはそう思っている、

『でも、僕を放っといてもらいたいんです』

ポリーナ・アレクサンドロヴナは、ぜひとも今日の儲けを折半にしてくれと言い張り、今後もその条件で勝負をつづけてくれるよう申し出て、八十フリードリヒ・ドルをわたしに渡そうとした。わたしは折半をきっぱり最終的に断わり、他人のために勝負できないわけは、厭《いや》だからではなく、必ず負けることになるからだ、と言明した。

「だけど、あたし自身も、実に愚劣なことだけれど、やはり期待をかけているのはほとんどルーレットだけなのよ」考えこみながら、彼女は言った。「だから、あなたは

どうしてもあたしと組んで折半の勝負をつづけてくださらなけりゃ。それに、もちろん、やってくださるわよね」こう言うと彼女は、それ以上わたしの反論には耳をかさずに、去って行った。

第三章

それなのに、彼女は昨日はまる一日、勝負のことなどひと言もわたしと話さなかった。それに、概して、昨日はわたしと話すのを避けていた。わたしに対するこれまでどおりの物腰は変らなかった。顔を合わせる際のまったく無視したような態度もそのままだし、どこか侮蔑《ぶべつ》的な、憎さげなところさえある。概して彼女はわたしに対する嫌悪《けんお》を隠そうとしない。わたしにはそれがよくわかる。にもかかわらず、彼女はまた、わたしが彼女にとって何かのために必要であることや、何かのために彼女がわたしを大切にしていることを、やはり隠さないのだ。二人の間にはなにやら奇妙な――彼女の気位の高さや、あらゆる人に対する傲慢《ごうまん》さを考慮に入れると、多くの点でわたしには理解できぬ関係ができあがっていた。たとえば、彼女は、わたしが狂おしいほど彼女を愛していることを知っているし、その熱情を語ることさえわたしに許している

——そして、言うまでもなく、自分の侮蔑を表現するには、こうしてぬけぬけと手放しで愛を告白させておくのにまさる方法は、ほかにないに違いない。『つまり、あたしはそれほどまで、あなたの気持なんか意に介さないってわけ。あなたがあたしに何を言おうと、あたしにどんな気持をいだこうと、あたしにとってはまるきりどうってことはないのよ』これまでも彼女は自分自身のいろいろな問題をずいぶんわたしに話してきたが、すっかり肚《はら》を打ち明けたことは一度もなかった。そればかりではなく、わたしに対する蔑視《べっし》には、たとえば、こんなふうに手のこんだ面があった。かりに、彼女の生活のなんらかの状況なり、あるいは彼女をひどく心配させていることの一端なりをわたしが知っているのを、彼女も承知しているとしよう。その場合、もし自分の目的のためにわたしを、奴隷《どれい》のように、あるいは走り使いとして、なんらかの形で利用する必要があれば、彼女は状況の一端を自分から話してくれさえする。しかし、話してくれるのは常に、走り使いに利用される人間が知っておかねばならぬ範囲に限られており、たとえ事態の全般の関連がまだわたしにわからなくとも、たとえわたしが彼女のその悩みと不安によって悩んで心配しているのを彼女自身わかっていようとも、しばしば単に煩雑《はんざつ》であるばかりか、危険ですらある頼みごとでわたしを利用する以上、わたしに言わせれば、肚を打ち明けてくれるべきだと思うのに、彼女は決して心底《しんそこ》からの友人としての率直さでわたしを安心させてくれようとはしないのだ。それにまた、わたしの感情だの、わたしもまた心配しており、ことによると彼女の心配ごとや不首尾を、当の彼女自身より三倍も気に病み、悩んでいることだのを、気にかける必要があるだろうか！

わたしは三週間ほど前から、ルーレットで勝負したいという彼女の意向を承知していた。彼女は、自分が勝負するのははしたないから、代りにわたしがやってくれるのが当然だと、予告さえしたのである。その言葉の調子からわたしはその時、単に金を儲《もう》けたいという気持ではなく、なにか深刻な心配ごとがあるのに気づいた。金それ自体、彼女にとって何だというのだ！　ここには目的がある、何か、わたしが推察はしえても、いまだにわからぬ事情があるのだ。もちろん、わたしのおかれている屈辱と隷属《れいぞく》の状態は、あれこれとぶしつけに直接自分で質問する可能性を与えてくれるに違いない（また、きわめてしばしば与えてくれているのだ）。彼女にとってわたしは奴隷であり、彼女から見ればわたしなぞあまりにもとるに足りないのであるから、べつだんわたしのぶしつけな好奇心に腹を立てることもないわけだ。しかし、問題は、彼女がわたしに質問をさせてくれても、それに答えないということである。時にはまったく無視することもある。わたしたちの間は、こういう関係なのだ！

昨日は、われわれの間で、もう四日も前にペテルブルグに打ったのに返事のこない電報のことが、しきりに話題になった。将軍は目に見えてそわそわし、考えこみがちだ。問題はもちろん、お祖母《ばあ》さまのことである。フランス人もそわそわしている。たとえば、昨日なぞ、彼らは正餐《せいさん》後、永いこと真剣に話し合っていた。われわれみんなに対するフランス人の口調は、並みはずれて尊大で、ぞんざいだ。まさに諺《ことわざ》どおり、甘い顔すりゃつけ上がる、というやつだ。ポリーナに対してさえ、失敬なほどぞんざいである。そのくせ、みなといっしょのカジノ散歩や、騎馬散策や、郊外への遠乗りなどには、大喜びで参加する。わたしにはだいぶ前から、フランス人と将軍とを結びつけた事情の一端はわかっている。ロシアにいるころ、二人は共同で工場を計画していたのだ。その計画がこわれたのか、いまだに二人の間で話題にのぼるのか、わたしは知らない。そのほか、わたしは家庭の秘密の一部をたまたま承知している。フランス人は去年、実際に将軍を窮地から救いだし、職務引渡しの際の官金の不足額を埋めるために将軍に三万ルーブル出してやったのである。だから、もちろん、将軍は彼に頭が上がらない。しかし今、まさしく今、この一件全体で主役を演じているのは、やはりマドモワゼル・ブランシュであり、この点でもわたしは間違っていないと確信している。

マドモワゼル・ブランシュとは、いったい何者だろう？ ここでの噂《うわさ》によると、彼女は母一人子一人の、名門のフランス女で、莫大《ばくだい》な資産を有しているという。彼女がわが侯爵と親類筋かなにか、といっても非常に遠縁で、従妹か再従妹《またいとこ》かなにかに当ることも、やはりわかっている。わたしがパリに行くまで、フランス人とマドモワゼル・ブランシュとは、お互いになにかもっとずっと礼儀正しい付合いをしていたそうだし、言ってみれば、もっと品のよいデリケートな付合いだったらしい。ところが今や、二人の交際や、友情や、親類付合いは、なんとなくもっとぶしつけな、親密な感じがする。ことによると、彼らにはわが家の財政状態があまりにもひどいものに見えるので、われわれにあまり遠慮したり、本心を隠したりすることを必要とみなさないのかもしれない。つい一昨日のことだが、わたしは、ミスター・アストリーがマドモワゼル・ブランシュと母親をしげしげと眺めているのに気づいた。彼が二人を知っているように、わたしには思えた。われらのフランス人も以前ミスター・アストリーと会ったことがあるようにさえ、わたしには思われた。もっとも、ミスター・アストリーはきわめて内気で、恥ずかしがりやで、寡黙《かもく》な人間だから、内輪の恥を外に出すはずがないと、ほとんど期待してよさそうだ。少なくとも、フランス人は彼に会釈《えしゃく》もろくすっぽしないし、ほとんど目もくれない。ということは、彼を恐れていないのだ。

それはまだ理解できる。しかし、なぜマドモワゼル・ブランシュまで、ほとんど彼に目もくれないのだろう？　まして、侯爵が昨日うっかり口をすべらした以上、なおさらのことだ。侯爵はみんなと話している時に、なんのきっかけからだったかはおぼえていないが、だしぬけに、ミスター・アストリーは莫大な資産家であり、自分はそのことを知っている、と言ったのである。この場合、マドモワゼル・ブランシュがミスター・アストリーを眺めたってよさそうなものではないか！　概して、将軍は不安に包まれている。伯母の死を告げる電報が、今の彼にとって何を意味しうるか、理解できるというものだ！

たしかに、ポリーナが目的ありげにわたしとの会話を避けているように思われはしたものの、わたしのほうでも冷淡な、無関心なふうを装《よそお》ってやった。彼女がふいに歩みよってくるだろうと、のべつ思っていたからである。その代り、昨日と今日、わたしは注意をことごとく、もっぱらマドモワゼル・ブランシュに注いだ。かわいそうな将軍、彼は決定的に破滅だ！　五十五にもなって、あれほどはげしい情熱で惚《ほ》れこむなんて、もちろん、不幸にきまっている。そのうえ、男やもめの境遇や、子供たち、まったく零落した荘園《しょうえん》、負債、そして最後に、惚れこむ羽目になった相手の女、などを付け加えてみるがいい。マドモワゼル・ブランシュは美人である。しかし、こんな表現をして理解してもらえるかどうかわからないが、彼女は、見てぎくりとしかねない顔の一つだ。少なくとも、わたしは常にこういう女性を恐れてきた。年はおそらく、二十五、六だろう。長身で、肩幅が広く、固くしまった肩をしている。頸《くび》と胸はみごとだ。肌は小麦色で、髪の色は墨のように黒く、しかもその髪がおそろしく多いので、夜会結び二つ分はゆうにありそうだ。目は黒く、白目が黄色味を帯び、眼差《まなざ》しはふてぶてしく、歯は真っ白で、唇にはいつも紅を引いている。彼女は麝香《じゃこう》の匂《にお》いがする。効果をねらった、豪華なシックな服装であるが、たいそう趣味のよいものだ。足や腕はすばらしい。声はハスキーなコントラルトだ。時折声をあげて笑いころげることがあり、その際に歯をすっかり見せたりするが、たいていは口数少ない、ふてぶてしい様子で、少なくともポリーナやマリヤ・フィリーポヴナの前ではそうだ。（マリヤ・フィリーポヴナがロシアへ帰るという、奇妙な噂がある）。マドモワゼル・ブランシュはまったく教育がないように思われるし、ことによると賢くさえないのかもしれないが、その代り、疑い深くて、抜け目がない。彼女の人生はそれなりに波瀾《はらん》に富んだものだったように、わたしには思われる。とことんまで言ってしまうなら、侯爵がまるきり親戚《しんせき》でもなんでもなく、母親もまったく母親でなぞない、ということだってあるかもしれない。しかし、わたしが彼らと落ち合ったベルリンでは、彼女と母とはちゃんとした知己を何人か持っていた、という情報はある。侯爵その人に関して言うなら、わたしはいまだに彼が侯爵であることを疑っているとはいうものの、たとえばわがモスクワでも、あるいはドイツのそこかしこでも、彼がれっきとした社会に属していたことは、どうやら、疑いを容《い》れぬらしい。彼がフランスでいかなる存在なのか、わたしは知らない。城《シャトー》を持っているという話だ。この二週間のうちに多くの変転が生ずるだろうと思ってはいたが、しかし、わたしは相変らず、マドモワゼル・ブランシュと将軍との間で何か決定的なことが言われたのかどうか、確実には知らない。概して今や万事がわが家の財産に、つまり、将軍が彼らに巨額の金を見せることができるかどうかにかかっているのである。たとえば、かりにお祖母ちゃまが死ななかったという知らせでも来れば、マドモワゼル・ブランシュはすぐさま姿を消すに違いないと、わたしは確信している。それにしても、わたしもなんというゴシップ屋になったものかと、自分でも呆《あき》れているし、滑稽《こっけい》でならない。ああ、こんなことはみな、実に不愉快だ！　みんなや、あらゆるものを棄《す》ててしまえたら、どんなに快いことだろう！　だが、ほんとうにポリーナから離れ去ることができるだろうか、彼女のまわりでスパイを働かずにいられるだろうか？　スパイ行為は、もちろん卑劣だが、それがわたしにどんな関係があるだろう？

昨日と今日のミスター・アストリーも、わたしにはやはり興味深い。そう、わたしの確信では、彼はポリーナに恋している！　恥ずかしがりやで、病的なほど純情で、恋のとりこになった男の眼差しが――それもまさしく、その当人が言葉でなり眼差しでなり、何事かを告げたり、表現したりするくらいなら、もちろんいっそ喜んで姿を消してしまうほうがいいと思っているような場合、時としてその眼差しがどれほど多くを表現しうるものか、実に興味深いし、滑稽でもある。ミスター・アストリーは散歩で実にしばしばわたしたちと出会う。彼は帽子をとり、言うまでもなく、われわれに合流したい気持のあまり今にも死にそうな顔つきで、すれ違ってゆく。誘えば、言下に辞退する。休息の場所とか、カジノとか、音楽の席とか、噴水の前などでは、彼はもう必ずどこか、わたしたちのベンチから程遠くないところに立ちどまっているし、公園であれ、林の中であれ、あるいはシランゲンベルグであれ、われわれがどこにいようと、目を上げて、あたりを見まわしさえすれば、必ずどこか、手近な小道とか、茂みのかげからとか、ミスター・アストリーのひそみ場所があらわれるのである。彼がわたしと特別に話をする機会を求めているような気がする。今朝、出会った時に、わたしたちは二言ばかり言葉を交わした。彼は時折、なにか非常に唐突な話し方をする。『おはよう』もまだ言わぬうちに、まず皮切りにこう口走った。

「それにしても、あのマドモワゼル・ブランシュはね！　僕はマドモワゼル・ブランシュのような女性には、ずいぶんお目にかかりましたよ！」

彼は意味ありげにわたしを見つめて、沈黙した。この言葉で何を言おうとしたのか、わたしにはわからない。なぜなら、それはどういう意味です、というわたしの質問に対して、彼はずるそうな微笑をうかべてうなずき、こう付け加えたからである。

「いえ、べつに。マドモワゼル・ブランシュはとても花が好きでしょう？」

「知りませんね、全然知りません」わたしは答えた。

「なんですって！　あなたはそんなことも知らないんですか！」この上ないおどろきを示して、彼は叫んだ。

「知りませんね、まるきり気づきませんでしたよ」わたしは笑いながら、くり返した。

「ほう、これで一つ、特別な考えが与えられましたよ」こう言って彼はうなずくと、そのまま歩み去った。しかし、満足そうな顔つきだった。わたしは彼とお粗末きわまるフランス語で話すのである。

第四章

今日は、滑稽《こっけい》な、みっともない、愚劣な一日だった。今は夜の十一時だ。わたしは自分の小部屋に坐《すわ》って、回想しているところである。そもそものはじまりは、今朝、ポリーナ・アレクサンドロヴナのために勝負をしに、結局ルーレットに行かざるをえなくなったことだった。わたしは彼女の百六十フリードリヒ・ドルを全額あずかったが、二つの条件付きでだった。すなわち、一つは、折半の勝負はしたくないこと、つまり、わたしが儲《もう》けても、自分ではびた一文取らぬことと、第二には、いったい何のためにぜひ儲けなければならないのか、そもそもいくら儲ければよいのかを、ポリーナが今晩説明してくれること、という条件である。わたしにはどうしてもやはり、これが単に金のためだけとは、考えられないのだ。この場合、明らかに金は必要なのであり、それも何か特別な目的のために、できるだけ早く必要であるらしい。彼女が説明すると約束したので、わたしは出かけた。賭博場《とばく》はひどい混雑だった。彼らは実に厚かましく、だれもかれも実に貪欲《どんよく》だ！　わたしは人混みをかきわけて真ん中に割りこみ、ディーラーのすぐわきに立った。それから、貨幣を二、三枚ずつ賭《か》けて、小心な勝負を試みにかかった。その一方、わたしは観察し、心に留めておいた。もともと確率の計算なぞかなり小さな意味しかなく、多くの賭博狂が付している重要さをまったく持っていないような気がした。そういう連中はグラフにした紙を手にして陣取り、当りを書きこんだり、計算したり、チャンスを割りだしたり、予想したりした末に賭けるのだが、計算なしに勝負しているわれわれ凡人とまったく同じように負けるのである。しかし、その代りにわたしは、おそらく確実と思われる一つの結論をひきだした。実際、偶然のチャンスの流れの中に、一つの体系とこそ言わぬまでも、なにか一種の順序のようなものがあるのだ。もちろん、それはふしぎなことである。たとえば、真ん中の十二《ドゥーズ・ミリュ》のあと、最後の十二《ドゥーズ・デルニエ》（訳注　25から36までの数字）がくることがある。かりに、この最後の十二に当りが出て、最初の十二《ドゥーズ・プルミエ》（訳注　1から12までの数字）に移る。最初の十二に当りが出たあと、また真ん中の十二に移り、たてつづけに三、四回、真ん中の十二が当り、それからふたたび最後の十二に移って、ここで二回当りが出たあと、また最初の十二に移り、最初の十二の当りは一回だけで、ふたたび真ん中の十二で三回当りが出る、こんな調子で一時間半か二時間ずっとつづくのである。一回、三回、二回、一回、三回、二回というくり返しだ。これは実におもしろい。日によって、あるいはその朝によって、たとえば、ほとんど何の順序もなしに、たえず赤と黒が入れかわりに出るので、二、三回以上つづけて赤なり黒なりに当りが出ないようなこともある。ところが、その翌日か翌晩には、たてつづけに赤ばかり出ることもあるのだ。たとえば、赤ばかりぶっつづけに二十二回以上も出たりし、それが必ずある程度の間、たとえばまる一日の間つづくのである。正餐《せいさん》までずっと賭博台のわきに立ちつくしていたミスター・アストリーが、この点をいろいろ説明してくれたのだが、当人は一度も賭けなかった。わたしはといえば、全額、それもあっという間に、すってんてんに負けてしまった。いきなり二十フリードリヒ・ドルを偶数に賭けて、勝ったので、五フリードリヒ・ドルを賭けて、また勝ち、こんな調子でさらに二、三回勝った。ものの五分かそこらのうちに、手もとに約四百フリードリヒ・ドル集まった、と思う。ここで帰ればよかったのだが、わたしの内になにやら奇妙な感覚が、運命への一種の挑戦、運命の鼻面《はなづら》を爪《つま》はじきして、あかんべをしてやりたいという気持が生れたのだった。わたしは、許されている最高の賭け額である四千グルデンを賭け、そして負けた。そこでかっとなって、手もとに残った金を全部とりだし、同じ目に賭けて、また負け、そのあと呆然《ぼうぜん》として台を離れた。これがわが身に起ったことであるのさえ理解できず、ポリーナ・アレクサンドロヴナにわたしの負けを報告したのも正餐の直前にやっとという始末だった。その時間までずっとわたしは公園の中をうろついていたのである。

正餐の席でわたしはまた、三日前とまったく同じような興奮状態にあった。フランス人とマドモワゼル・ブランシュがまたわたしたちと食卓をともにした。マドモワゼル・ブランシュも正餐まで賭博場にいて、わたしの奮闘ぶりを見ていたことがわかった。今回は彼女はなにか以前より注意深くわたしに話しかけた。フランス人は今までより率直になって、ほんとにわたしの負けたのが自分の金なのかどうかを、ずばりとたずねた。わたしの気のせいか、彼はポリーナを疑っているようだ。一口に言って、ここには何かがある。わたしは即座に嘘《うそ》をつき、自分の金だと答えた。

将軍は、どこからわたしがそんな金を手に入れたのかと、ひどくふしぎがっていた。わたしは、まず十フリードリヒ・ドルからはじめて、六、七回たてつづけに倍賭けで勝ち、六、七千グルデンまで行ったのだが、そのあと二回で全額はたいてしまったのだ、と説明した。

これはみな、もちろん、ありうることだ。この説明をしながら、わたしはポリーナをちらと見たが、彼女の顔に何一つ読みとることはできなかった。しかし、彼女はわたしが嘘をつくままにさせておき、訂正しなかった。そのためわたしは、彼女のために勝負したことを隠して嘘をつく必要があったのだ、と結論した。いずれにせよ、彼女はわたしに説明する義務があるのだし、さっきも何かしら打ち明けると約束したのだと、わたしはひそかに考えた。

将軍が何か小言を言うに違いないと思っていたのに、彼は黙りとおしていた。その代り、わたしは彼の顔に動揺と不安とを見てとった。ことによると、きびしい状況におかれている将軍としては、わたしみたいな金使いの荒いばか者の手に、わずか十五分の間に、そんな勿体《もったい》ない金貨の山が入って、出て行った話をきくのが、ただ辛かっただけかもしれない。

わたしの勘ぐりでは、昨夜、将軍とフランス人の間になにかはげしい反目が生じたようだ。二人はドアを閉めきって、永いこと、むきになって何やら話していた。フランス人はまるで何かで癇癪《かんしゃく》を起したみたいな顔で引きあげてゆき、今朝早くまた将軍のところへやってきていた――きっと、昨日の話の続きをするためにだろう。

わたしの負けた話をきき終ると、フランス人は皮肉たっぷりな、意地わるくさえひびく口調で、もっと分別を持たなけりゃいけないと注意した。何のためにかわからないが、彼はさらに付け加えて、賭博をするロシア人はたくさんいるけれど、彼の考えでは、ロシア人には博打《ばくち》の才すらない、と言った。

「しかし、僕の考えだと、ルーレットというのはもっぱらロシア人のために作られたものですよ」とわたしは言い、わたしのこの感想にフランス人が蔑《さげす》むような薄笑いをうかべたので、そりゃもちろんわたしの言うことが正しい、なぜならロシア人が博打好きだとわたしが言うのは、ロシア人を賞《ほ》めるというより、むしろけなしているのだし、したがってわたしの言葉を信じてもらって差支えない、と述べた。

「あなたのご意見は、いったい何を根拠としているんです？」フランス人がたずねた。

「根拠ですか、それはつまり、文明化された西欧人の美徳と徳性の基本的テーゼの中に、歴史的に、それもほとんどもっとも重要な項目として、資本を獲得する能力が含まれた、ってことですよ。ところが、ロシア人は資本を獲得する才がないばかりか、ただいたずらに、むちゃくちゃに浪費さえするんです。それでいながら、われわれ、ロシア人だって金は必要です」わたしは補足した。「したがってわれわれは、たとえばルーレットみたいに、二時間ほどで労せずしてふいに金持になることができるような方法を歓迎しますし、ひどく取りつかれやすいんです。こいつはわれわれには大きな誘惑ですからね。だけど、われわれは勝負するのも、苦労せずに、ただいたずらにやってのけるから、負けるんですよ！」

「それはある程度正しいですね」フランス人がひとりよがりに指摘した。

「いや、それは間違っている。君は自分の祖国をそんなふうに批評して、よく恥ずかしくないね」きびしく、いさめるように、将軍が注意した。

「とんでもない」わたしは将軍に答えた。「だって、実際のところ、ロシア式のめちゃくちゃと、誠実な勤労によるドイツ式蓄財法と、いったいどっちが醜悪か、まだわからないでしょうに？」

「なんてめちゃくちゃな考えだ！」将軍が叫んだ。

「実にロシア的な考えですな！」フランス人が叫んだ。

わたしは声をあげて笑った。ひどく彼らを挑発してやりたかった。

「でも僕は、ドイツ式の偶像にひれ伏すくらいなら、むしろ一生キルギス人の天幕で放浪しつづけていたいですね」わたしは怒鳴った。

「何の偶像だって？」将軍がもはや真剣に怒りだしながら、怒鳴った。

「ドイツ式の蓄財法にですよ。僕はここに来て日が浅いけれど、それでもやはり、ここですでに気づいたり、確かめたりしたことが、僕の中のタタールの血を憤激させるんです。まったく、あんな美徳なんぞ、厭《いや》なこった！　僕はここの周囲を昨日いちはやく十キロばかりまわってみたんですがね。いや、ドイツの挿絵《さしえ》入り道徳教育の教科書と、寸分違《たが》わずそっくりですよ。ここでは、どこへ行っても、それぞれの家に、おそろしく行ない正しい、並みはずれて誠実な父親《ファーター》がいるんです。そばへ寄るのも畏《おそ》れ多いほど、誠実な父親がね。そばへ寄るのも畏れ多いほど誠実な人間なんて、僕には堪《た》えられませんよ。そういう父親の一人ひとりにそれぞれ家庭があって、毎晩みんなして声をあげて教訓的な書物を朗読するんです。こぢんまりした家の上では楡《にれ》や栗《くり》の木がざわざわと鳴っている。夕日と、屋根にとまったコウノトリ、何もかもが並みはずれて詩的で、感動的なんだ……

怒らないでくださいよ、将軍、もっと感動的な話をさせてください。僕自身だって、死んだ父親が小さな庭の菩提樹《ぼだいじゅ》の下で、毎晩、僕と母とにそういった本を朗読してくれたのをおぼえているんですから……だから僕自身、こういうことに関してはきちんと判断できるんです。ところで、ここのそういった家族はすべて、父親《ファーター》に完全に隷属《れいぞく》し、服従しているんです。みんなが去勢牛みたいに働き、みんながユダヤ人のように金をためている。で、かりに父親がもうある程度のグルデン貨幣をためたとなると、家業なり、ちっぽけな土地なりを譲るべく、長男を当てにするんです。そのために、娘は嫁入り支度もしてもらえず、いつまでもオールド・ミスでいることになる。その金のためには、下の息子は奴隷《どれい》奉公に売りとばされるか、兵隊にやられるかして、その金は一家の資本に繰りこまれる。実際、ここではそういうことが行なわれているんですよ、僕はいろいろたずねてみたんだけど。そうしたことすべてが行なわれるのも、誠実さゆえにほかならないんです、それも、自分が売りとばされたのは誠実さゆえにほかならないと、売られた下の息子まで信ずるくらい、強化された誠実さですよ――生《いけ》贄《にえ》に曳《ひ》かれてゆく犠牲自身が喜ぶなんて、これは理想じゃありませんか。それからどうなると思います？　その先は、長男だって前ほど楽じゃない。長男には心で結ばれたアマリヘンとか何とかいう娘がいるけれど、まだそれだけのグルデン貨幣がたまっていないから、結婚するわけにはゆかない。二人はこれまた品行方正に、まじめに待ちつづけ、笑顔で生贄に赴くってわけです。アマリヘンはもう頬がこけて、しなびてゆく。二十年ほどたって、やっと財産がふえたし、グルデン貨幣も誠実に、行ない正しく貯《たくわ》えられた。そこで父親《ファーター》は、四十歳の長男と、乳房もしなびて鼻の赤くなった三十五歳のアマリヘンを祝福してやるんです……その際にも泣いて、人の道を説き、やがて死んでゆく。長男が今度は自分が行ない正しい父親《ファーター》と化して、ふたたびまったく同じ物語がはじまるんですよ。こうして五十年なり七十年なりのちには、最初の父親《ファーター》の孫が実際にもうかなりの資本を作りあげて、自分の息子に譲る、それがまた自分の息子に、そいつがまた自分の息子にといった具合で、五代か六代後には、ロスチャイルド男爵《だんしゃく》だか、ホッペ商会（訳注　アムステルダムとロンドンにある有名な財閥）だか、何だかわからないけど、そんなものが出現するって仕組みなんだ。どうです、実に雄大な眺めじゃありませんか、百年も二百年もの家代々の勤労、忍耐、知力、誠実、根性、不屈さ、打算、屋根の上のコウノトリ! この上何が要りますか、だってこれ以上のものはないんですからね、そしてこういう観点から彼ら自身は全世界を裁いて、罪ある者、すなわち彼らにほんの少しでも似ていない者をすぐさま罰するようになるんです。どうです、こういうことなんですよ。だから僕はいっそロシア式にどんちゃん騒ぎをやらかすか、あるいはルーレットで大儲けするかしたいんです。五代後にホッペ商会になるのなんか、厭なこった。僕が金を必要とするのは僕自身のためにであって、僕は自分を何か資本にとって必要な付属物とはみなしてませんからね。ひどく大法螺《おおぼら》を吹いたことは、僕にもわかってますけど、それはそれでいいじゃありませんか。僕の信念はこうなんです」

「君の言ったことに、真実が多く含まれているかどうか、わからんけれど」将軍が考えこんだように言った。「しかし、わたしが確かにわかっているのは、君って人はほんのちょっとでも我を忘れさせたりすると、やりきれぬくらい大言壮語をはじめて……」

例によって、彼は最後まで言わなかった。うちの将軍はごく普通の日常的な会話よりほんの少しでも意味のあることを何か話しはじめると、決してしまいまで言いきることがなかった。フランス人はいくらか目をむいて、いい加減にきいていた。彼はわたしの言ったことのうち、ほとんど何一つ理解できなかったのだ。ポリーナは一種高慢な無関心の色をうかべていた。彼女はわたしの話だけではなく、この時に食卓で語られたことも、何一つ耳に入れていなかったような気がする。

第五章

彼女は異常なくらい物思いに沈んでいたが、食卓を離れるとすぐわたしに散歩のお伴をするよう命じた。わたしたちは子供二人を連れて、公園の噴水の方に向った。わたしはとりわけ興奮状態にあったので、なぜあのフランス野郎のデ・グリュー侯《こう》爵《しゃく》は、今みたいに彼女がどこかへ出かける時に同行しないばかりか、これでまる何日間も彼女と口をきこうとさえしないのかと、不用意にも愚かでぶしつけな質問を発した。

「あの男が卑劣漢だからよ」彼女は奇妙な返事をした。わたしはいまだかつて彼女の口からデ・グリューに関するこんな評を耳にしたことがなかったので、この苛《いら》立《だ》ちを理解するのがこわくなって、黙った。

「今日彼が将軍としっくりいっていないのに、気がつきましたか？」

「何が原因か、知りたいんでしょう」苛立たしげなそっけない口調で、彼女は答えた。

「あなたも知っているとおり、将軍は頭から足の先まで、彼の抵当に入っているのよ。全領地が彼のものなの、だから、もしお祖母《ばあ》さまが亡《な》くならないようなら、あのフランス人は自分が抵当におさえているものをそっくり、すぐに自分のものにするでしょうね」

「じゃ、実際に、何もかも抵当に入っているってのは本当なんですか？　きいてはいたけど、まるきり全部とは知りませんでしたね」

「でなくて、どうなるの？」

「そうなると、さよなら、マドモワゼル・ブランシュってわけですね」わたしは指摘した。「そうなれば彼女は将軍夫人になんかなりませんよ！　どうでしょうね、将軍はぞっこん惚《ほ》れこんじまってるから、もしマドモワゼル・ブランシュに振られたりしたら、ピストル自殺をしかねないような気がするんですけど。あの年であんなにのぼせあがるのは危険ですよ」

「あたし自身も、将軍の身に何事か起るような気がするわ」ポリーナ・アレクサンドロヴナが物思わしげに言った。

「それにしても実に立派なもんですね」わたしは叫んだ。「彼女が金だけが目当てで結婚を承諾したことを、これ以上がさつに証明することはできませんよ。この場合には礼儀さえ守られなかったんだし、いっさいの仁義なしにことが運んだんですからね。まさに奇蹟《きせき》だ！　お祖母さまのことにしたって、次から次へと電報を打って、もう死んだか、死んだかと問い合せるなんて、これほど滑稽《こっけい》で醜悪な話はありませんよ。ねえ？　どうしてこんなことがお気に召すんです、ポリーナ・アレクサンドロヴナ？」

「そんなのみんな、下らないことよ」彼女はわたしの言葉をさえぎって、うとましげに言った。「あたしは反対に、あなたがこんなにはしゃいだ気分でいるのを、ふしぎに思っているのよ。何が嬉《うれ》しいの？　まさか、あたしのお金をすってしまったことをじゃないでしょうね？」

「なぜ僕にすらせたりしたんです？　僕は他人のために勝負はできない、ましてあなたのためとあればなおさらだ、と言ったじゃありませんか。あなたがどんなことを命令なさろうと、僕は従います、しかし結果は僕の意のままにはなりませんからね。何の結果も生れっこないと、僕はあらかじめお断わりしておいたはずですよ。教えてください、あなたはあんな大金を失ってしまって、がっくりしてるんですか？　何のためにあんな大金を？」

「何のためにそんな質問を？」

「だって、あなたご自身、説明してくださると約束なさったじゃありませんか……いいですか、僕は自分のために勝負をはじめれば（わたしには十二フリードリヒ・ドルあった）、勝つという絶対の自信があるんです。その時には、必要なだけお取りになってください」

彼女は軽蔑《けいべつ》したような顔をした。

「こんなことを申し出て、怒らないでください」わたしはつづけた。「僕はあなたの前では、つまり、あなたの目から見ればゼロにひとしい存在だという意識がとことん沁《し》みついちまってますから、あなたは僕から金を受け取ることだって差支えないんですよ。僕からの贈り物で気をわるくなさったりしちゃ、いけないんです。おまけに僕はあなたのお金をすっちまったんだし」

彼女はすばやくわたしを眺め、わたしが苛立った、厭味《いやみ》たっぷりの口調で話しているのに気づくと、また話をさえぎった。

「あたしの事情なんて、あなたには何一つおもしろいことはなくってよ。お知りになりたければ話すけれど、ただ借金があるってだけのことなの。あたしがお金を借りたので、それを返したいと思っているの。あたしには、ここの賭博台で必ず勝てるという、ばかげた奇妙な考えがあったのよ。どうしてそんな考えが生れたのか、わからないけれど、あたしはそれを信じていたわ。ことによると、あたしにはほかに選択のチヤンスがまったく残されていなかったから、信じていたのかもわからないわね」

「あるいは、ぜひとも儲ける必要があったからかもしれませんね。これはちょうど、もし溺《おぼ》れる者が藁《わら》をつかむのと、そっくり同じことですよ。だってそうでしょう、もし溺れかけていなければ、藁を木の枝と思いこんだりはしないでしょうからね」

ポリーナは呆《あき》れ顔をした。

「じゃ、どうして」彼女はたずねた。「そういうあなた自身、まったく同じことを期待してらしたの？　二週間前にあなた自身、一度、永いこと大いに弁舌をふるって、ここのルーレットで儲《もう》ける自信があるとおっしゃって、あたしがあなたを気違い扱いしないでくれと説いたことがあったじゃないの。それとも、あの時は冗談を言ってらしたの？　でも、あたしの記憶では、あなたの口ぶりはそりゃ真剣だったから、とても冗談とは受け取れなかったわ」

「それは本当です」わたしは考えこんで言った。「僕は今でも勝つという自信を十分持ってますよ。むしろ正直に言うと、今あなたは一つの疑問を僕にいだかせてくれたほどです。いったいどうして、僕の今日のばかげた、みっともない負けが、僕の心に何の疑念も残さなかったんでしょうね？　僕はやはり、自分のために勝負をはじめさえすれば、必ず勝つと、心底《しんそこ》から確信しているんですよ」

「なぜそんなに固く信じきっているの？」

「お知りになりたいでしょうが、僕にもわかりません。僕にわかっているのは、勝たねばならない、それがまた僕の唯一《ゆいいつ》の救いだ、ってことだけです。ことによると、それだからこそ、必ず勝つに違いないという気がするのかもしれませんね」

「つまり、そんなに狂信的に確信しているからには、あなたもやはり是が非でも勝つ必要があるわけね？」

「賭《か》けてもいいですけど、僕だって深刻な必要を感ずることができるってことを、あなたは疑ってらっしゃるんでしょう？」

「そんなこと、あたしにはどうだっていいの」ポリーナは低い声で無関心に答えた。「おききになりたければ言うけど、そうよ、あなたが何かに深刻に悩むなんてことを、あたしは疑っているわ。あなただって悩むかもしれないけれど、深刻にではないわ。あなたはまだ固まりきっていない、無秩序な人間ですもの。何のためにあなたはお金が必要なの？　あの時あなたが並べたてたあらゆる理由のうちに、あたしは何一つ真剣なものを見いだせなかったわ」

「それはそうと」わたしはさえぎった。「借金を返す必要があると、おっしゃいましたね？　結構ですね、借金とは！　あのフランス人にじゃないんですか？」

「何て質問なの？　あなた、今日はとりわけ辛辣《しんらつ》なのね？　もう酔ったんじゃないの？」

「ご存じのように、僕はどんなことでも言ってかまわないと思っていますし、時にはひどくあけすけな質問もします、何度も言うとおり、僕はあなたの奴隷《どれい》ですからね。奴隷に対して恥ずかしがる人はいませんし、奴隷は人を侮辱することなぞできないんですよ」

「何もかも、下らない話！　あたし、あなたのその『奴隷的』理論が我慢できないわ」

「お断わりしておきますけど、僕があなたの奴隷であると言ってるのは、あなたの奴隷になりたいと思っているからじゃなくて、まったく僕の意志にかかわりない一つの事実として言うんですよ」

「率直におっしゃい、なぜお金が必要なの？」

「でも、あなたはなぜそんなことを知る必要があるんです？」

「どうとでも取っていいわ」彼女は答えて、傲慢《ごうまん》に首をそらせた。

「奴隷の理論は我慢できないのに、奴隷的屈従は要求なさるんですね。『理屈をこねずに、返答しろ！』ってわけだ。いいですとも、そういうことにしましょう。なぜ金が要るかと、おたずねですか？　なぜとは、どういうわけです？　金がすべてじゃありませんか！」

「それはわかるわ、でも、お金がほしくても、そんな気違いじみた心境にまで落ちこむことはないわ！　だって、あなたは狂気の沙汰《さた》にまで、宿命論にまで行きつこうとしているんですもの。これには何かあるわ、何か特別の目的が。まわり道しないでおっしゃいよ、あたしぜひ知りたいわ」

彼女は癇癪《かんしゃく》を起しはじめたみたいだった。彼女がこれほどむきになって問いつめるのが、わたしにはひどく気に入った。

「もちろん、目的はありますよ」わたしは言った。「しかし、それがどういう目的かは、うまく説明できそうもありませんね。金をつかめば僕はあなたにとっても、奴隷じゃなしに、別の人間になれるというだけの話ですよ」

「どうして？　どうやってあなたはそれを達成なさるの？」

「どうやって達成するか、ですって？　どうすれば、あなたが僕を奴隷としてではなく、それ以外の目で見てくれるという目的を達成できるか、あなたはそれさえわからないんですか！　ほらね、僕はまさにそれが厭《いや》なんですよ、そんなふしぎそうな、腑《ふ》に落ちぬ様子が」

「あなたはそういう隷属《れいぞく》が快楽だと言ってらしたじゃないの。あたし自身もてっきりそう思っていたわ」

「あなたはそう思っていたでしょうよ」わたしは一種奇妙な快感をおぼえながら、叫んだ。「ああ、あなたのそういうナイーヴさが実にすてきなんだ！　ええ、そう、そうですとも、僕にとっては、あなたへの隷属が快楽なんです。たしかに、屈辱と無価値もとことんまでゆくと、快楽があるんですよ！」わたしはうわごとを言いつづけた。「ことによると、鞭《むち》が背に落ちて、肉を八つ裂きにする時には、その鞭の中にだって快感があるかもしれませんよ……でも、僕はほかの快楽も味わおうと思ってるかもしれませんしね。さっき食事の時に将軍が、あなたのいる前で僕に、ひょっとするとこの先貰えなくなるかもしれない年俸七百ルーブルのことで、説教をしたでしょう。デ・グリュー侯爵は眉《まゆ》を上げて、僕をじろじろ眺めていたけど、それでいてまったく気にとめていないんです。だけど、こっちはこっちで、あなたの目の前でデ・グリュー侯爵の鼻をひっつかんでやりたいと切望していたかもしれないでしょうが？」

「青二才の台詞《せりふ》ね。どんな立場にあっても品位を保つことはできるものよ。そこに闘いがあるなら、それは品位をおとすどころか、高めてさえくれるはずだわ」

「まさに道徳教育の引き写しですね！　ただ、こう仮定してみてくれませんか、僕が品位を保つすべを知らないのかもしれないと。つまり、僕は立派な人間なんだけれど、品位を保つすべを知らないのかもしれませんよ。そういうことがありうるってのは、あなたもわかるでしょう？　それに、ロシア人てのはみんなそうなんです。なぜだかわかりますか？　つまり、ロシア人はあまりにも豊かに多面的に天賦《てんぷ》の才を与えられているために、それにふさわしい形式を手っ取り早く見つけだすことができないからなんですよ。この場合、問題は形式なんです。われわれロシア人は、たいてい、あまり豊富に天賦の才を授かっているので、それにふさわしい形式を見つけるには天才が必要とされるんです。ところが天才なんてめったにありゃしないから、たいていの場合、天才なんてお目にかかれるもんじゃない。わずかにフランス人と、それにおそらく、ほかのいくつかのヨーロッパ民族の間では、形式が実にきちんと定まっているために、きわめて品位のある様子をしながら、実はこの上なくつまらない人間だっていうことがありうるんです。だからこそ彼らの間では形式があれほど多くの意味を持つんですよ。フランス人は侮辱を、それも心底からの本当の侮辱をこらえて、顔もしかめないくせに、鼻面《はなづら》を爪《つま》はじきされると、絶対にこらえていられない、なぜならそれは、一般に受け入れられて千古不変のものとされている作法の形式を乱すことだからなんです。わが国の令嬢たちがフランス人に手もなく落ちやすいのは、彼らの間では形式がちゃんとしているからですよ。もっとも、僕に言わせりゃ、形式なんてまるきりありゃしない、あるのは雄鶏《おんどり》だけ、ガリヤの雄鶏《ル・コック・ゴーロワ》（訳注 フランスの民族的象徴）だけですけどね。しかし、こいつは僕には理解できません、僕は女じゃないから。ひょっとしたら、雄鶏もまた結構かもしれませんしね。それに、大体、僕が大法螺《おおぼら》を吹いたというのに、あなたは止めようともなさらない。僕があなたと話す時には、もっとひんぱんに話を止めるようにしてください。僕は何もかも、洗いざらい、全部言ってしまいたいんですから。僕はいっさいの形式を失っています。形式どころか、いかなる品位も持ち合せていないと言われたって、異論はありません。そのことははっきり申し上げときますよ。僕はいかなる品位にも気を遣っちゃいないんです。今や僕の内部ですべてが停止してしまったんだ。なぜだか、あなた自身おわかりになるでしょう。僕の頭には人間らしい考えなんて一つもありゃしない。僕はもうずっと以前から、ロシアだろうと、ここだろうと、この世で何が起っているのか、わからないんです。現にドレスデンを通ってきたけれど、ドレスデンがどんな町か、おぼえてやしませんしね。何が僕の注意を呑《の》みつくしちまったのか、あなた自身、承知してらっしゃるでしょう。僕はなんの希望も持っていないし、あなたから見ればゼロにひとしい存在だから、ずばりと言いますけど、どこにいても僕の目に映ずるのはあなたの姿だけで、それ以外のものはどうだっていいんです。なぜ、どれほどあなたを愛しているのか、僕にはわからない。どうなんでしょう、ことによると、あなたはまるきりきれいじゃないのかもしれませんね？　ねえ、どうですか、僕はあなたの顔さえ、美しいのかどうか、わからないんですよ。あなたの心はきっと、よくないに違いない。知性も高潔じゃないし。こいつは大いにありうることですね」

「ひょっとしたらあなたは、あたしの高潔さを信じていないから」彼女は言った。「あたしを金で買収しようと計算しているのかもしれないわね？」

「いつ僕があなたを金で買収しようと計算したというんです？」わたしは叫んだ。

「あなたはつまらないお喋《しゃべ》りがすぎて、話の脈絡を失《な》くしてしまったわ。あたしを買収するのじゃないとしても、あたしの尊敬を金で買おうと思っているんだわ」

「いや、違います、まるきりそんなんじゃありません。前にも言ったように、僕はきちんと説明するのが苦手なんです。あなたに圧倒されちまうんですよ。僕のお喋りを怒らないでください。なぜ僕に腹を立ててはいけないか、わかるでしょう。僕はまさしく気違いなんです。もっとも、たとえあなたが怒ろうと、僕にはどうだっていいんだ。僕はホテルのてっぺんの小部屋であなたの衣ずれの音を思いだし、想像しただけで、自分の両手を食いちぎりかねない気持になるんですよ。それに、なぜあなたは僕に腹を立てるんです？　僕が自分を奴隷とよんだりするからですか？　せいぜい僕の奴隷ぶりを利用なさればいいじゃありませんか、利用してくださいよ！　あなたにはわかっているのかしら、僕はそのうちきっとあなたを殺しますよ！　あなたを嫌いになったり、嫉妬《しっと》したりして殺すのじゃなく、ただ何となく、あっさり殺すんです、だって時折僕はあなたを食べちゃいたい気持になるんですからね。あなたは笑ってますね……」

「全然笑ってなんかいないわ」彼女は怒りを見せて言った。「あたし、命令します、お黙りなさい」

彼女は怒りのあまり、やっと息を継ぎながら、立ちどまった。本当の話、彼女がきれいなのかどうか、わたしにはわからないが、わたしはいつも彼女がこんなふうにわたしの前に立ちどまるのを見るのが好きだったので、そのためにしばしば好んで彼女の怒りを挑発するのだった。ことによると、彼女はそれに気づいて、わざと怒ったのかもしれない。わたしはそのことを彼女に言ってやった。

「なんて不潔な！」嫌悪《けんお》をこめて彼女は叫んだ。

「僕にはどうだっていいことです」わたしはつづけた。「それから、こういうこともご存じですか、僕と二人して歩くのは危険ですよ。僕は何回となく、あなたを叩《たた》きのめしたい、片輪にしてやりたい、絞め殺したいという、抑えきれぬほどの誘惑にかられているんです。あなたはどう思います、そこまで行きつかないでしょうかね？　あなたは僕を半狂乱の状態にまで追いやっているんです。僕がスキャンダルなんぞ、恐れると思いますか？　あなたの怒りなんぞを？　あなたの怒りが僕にとって何だというんです？　僕は望みのない恋をしているんだから、そんなことのあとでは千倍もあなたを好きになることは、わかっています。そのうちいつかあなたを殺したら、僕は自分も殺さなけりゃならなくなるでしょうね。ただそれも、あなたのいなくなった堪えきれぬ苦痛を味わうために、できるだけ永く自分を殺さずにいるでしょうよ。信じられないようなことをご存じですか、ほかでもない、僕は日ごとにますます強くあなたを愛してゆくけれど、そんなことはほとんどありえないんですよ。これでも、僕が運命論者にならずにいられますか？　おぼえてらっしゃるでしょう、おととい、シランゲンベルグで僕は、あなたに挑発されて、ささやいたでしょうに。一言命令すれば、僕はこの奈落《ならく》にとびこんでみせますって。もしあなたがその一言を口にしていたら、あの時僕はとびこんだでしょうよ。僕がとびこんだに違いないってことを、あなたは信じないんですか？」

「なんて愚劣なお喋りかしら！」彼女は叫んだ。

「僕のお喋りが愚劣だろうと賢かろうと、そんなことは僕にはまるきり関係ないんです」わたしは叫んだ。「僕にわかってるのは、あなたの前に出ると、喋って、喋って、喋りつづけなけりゃならないということだけです、だから喋るんですよ。あなたの前に出ると、僕はいっさいの自尊心を失くしちまうんだ、どうだってよくなるんですよ」

「あたしが何のためにあなたをシランゲンベルグからとびこませなければいけないの？」彼女はそっけなく、なにか特別怒ったように言った。「そんなの、あたしにとって、まったく無益なことだわ」

「みごとだ！」わたしは叫んだ。「あなたは僕をひねりつぶすために、わざとそんな『無益だ』なんて、みごとな一言をおっしゃったんですね。あなたの気持は僕には見透せるんですよ。無益だ、そうおっしゃるんですね？　しかし、満足ってのは常に有益なものだし、あらあらしい無限の権力は、たとえそれが蠅《はえ》に対するものでも、やはり一種の快感ですからね。人間は天性、暴君だから、迫害者になるのを好むもんです。あなたなんかひどくお好きじゃありませんか」

今でもおぼえているが、彼女はなにか特に食い入るような注意をこめて、わたしを眺めていた。きっと、わたしの顔がその時、ばかげた愚かしい感覚をそっくり表現していたのだろう。今思い起しても、この時のわたしたちの会話は実際、わたしがここに書き記したのとほとんど一語たがわず行なわれたのだった。わたしの目は血走っていた。唇の端には唾《つば》がこびりついていた。ところで、シランゲンベルグのことだが、現在でさえ、名誉にかけて誓ってもいい、もしあの時彼女がとびこめと命令したら、わたしはとびこんだに違いない！　たとえ冗談にすぎぬにせよ、軽蔑《けいべつ》をこめてわたしに唾を吐きかけながら言ったにせよ、あの時のわたしはとびこんでいたことだろう！

「いいえ、なぜなの、あたしはあなたを信じているわよ」と彼女は言ったが、その口調たるや、彼女が時折言ってのけることのできるような、深い軽蔑と悪意にみちた、きわめて傲慢なものだったので、本当の話、わたしはその瞬間、彼女を殺しかねなかった。彼女は危険をおかしていた。そのことをわたしが彼女に告げたのは、嘘《うそ》ではなかった。

「あなたは臆病者《おくびょうもの》じゃなくって？」だしぬけに彼女はたずねた。

「わかりませんね、臆病者かもしれないし。わかりません……そんなこと、久しく考えたことがないから」

「もしあたしが、あの人を殺してって言ったら、あなたは殺してくれるかしら？」

「だれをです？」

「あたしの望む人を」

「あのフランス人をですか？」

「質問をしないで、答えなさいな。あたしが指名する人間をよ。あたし、あなたが今まじめに話していたのかどうか、知りたいの」彼女があまり真剣に、待ちきれぬ様子で返事を待っていたので、わたしはなにか変な気持になった。

「いったいここで何が起っているのか、いい加減に教えてくれませんか！」わたしは叫んだ。「どうなんです、あなたは僕なんぞを恐れているんですか？　僕自身、ここの乱脈ぶりはすっかり目に入れてますよ。あんな、ブランシュなんて悪魔にぞっこんうつつをぬかしている、破産した気違い男の、あなたは義理の娘だ。それから今度は、あなたに神秘的な影響力を持っている、あのフランス人——そして今度はあなたがそんなに真剣に……そんな質問を発する、ときたもんだ。少なくとも僕は知っておきたいですね、でないと僕はこの土地で発狂して、何かしらしでかしちまいますよ。それともあなたは僕なぞに率直にしてくださるのを恥じているんですか？　いったいあなたが僕に対して恥を感ずるなんてことがあるんですかね？」

「あたしがあなたと話しているのは、全然別のことよ。あたしはあなたに質問して、返事を待っているの」

「もちろん、殺しますとも」わたしは叫んだ。「あなたが名ざしてさえくだされば、その人間をね。でも、あなたにそれができるかな……あなたはそんなことを命令できるでしょうかね？」

「じゃ、どう思っているの、あたしがあなたを気の毒がる、とでも？　あたしは命令して、自分はわきの方に引っ込んでいるわ。あなたはそれに堪えられる？　いいえ、だめね、あなたなんか、とてもだめだわ。あなたはきっと、命令どおりに殺しはしても、そのあと、あたしがよくもあなたを派遣したものだといって、あたしを殺しに来るでしょうよ」

この言葉をきいて、わたしは何かで頭を殴られたような感じだった。もちろん、その時もわたしは彼女の質問を半ば冗談と、挑発と取っていた。それでもやはり、彼女の言い方はあまりにも真剣すぎた。彼女がこんなふうに言いきったこと、わたしに対して彼女がこれほどの権利を保持していること、わたしに対するこれほどの権力を彼女がよしとして、かくも単刀直入に『あなたは破滅に赴くがいい、あたしはわきに引っ込んでいるから』などと言ってのけたことなどに、わたしはやはりショックを受けた。この言葉には何かきわめて恥知らずな、露骨なものが含まれており、わたしに言わせれば、それはもうあまりにもひどすぎた。だとすれば、こんな言葉を口にしたあと、彼女はわたしをどんなふうに見るのだろう？　これはもう、隷属《れいぞく》と無価値の一線を越えていた。こんな見方をしたあとでは、相手を自分の高みまで引きあげてやることになる。わたしたちの会話がいかに愚かしく、いかにありえそうもないものであったにせよ、わたしの心臓はふるえた。

ふいに彼女は声をあげて笑いだした。わたしたちはその時、遊んでいる子供たちの前のベンチに坐っていたが、それはちょうど、箱馬車が次々にとまっては、カジノの前の並木道に乗客を降ろしてゆく場所の真向いだった。

「あそこに太った男爵《だんしやく》夫人がいるでしょう？」彼女は叫んだ。「あれは、ヴルマーヘルム男爵夫人よ。つい三日前に来たばかりなの。ご主人の姿も見えるわね。ひょろ長い、ひからびたプロイセン人よ。ステッキを手にしているわ。おぼえてるでしょう、おとといあの人はあたしたちのことを、じろじろ眺めていたじゃないの。あなた、今すぐ行って、男爵夫人のところに歩みよって、帽子をとって、何かフランス語で言ってやってちょうだい」

「何のために？」

「あなたは、シランゲンベルグからとびこんでもいいと誓ったのよ。あたしが命令すれば、人殺しだってする覚悟だと誓っているのよ。そんな人殺しだの悲劇だのの代りに、あたしはただ一笑いしてみたいだけのこと。言い逃れせずに行ってらっしゃい。あたし、男爵がステッキであなたを打ち据えるところを見たいの」

「僕を挑発しているんですね。僕がやらないとでも思っているんですか？」

「ええ、挑発しているわ。行ってらっしゃいよ、あたしのたっての望みよ！」

「いいですとも、こんなのはばかげた気まぐれじゃあるけど、行きますよ。ただ、心配なのは、将軍に迷惑がかからなけりゃいいんですがね、それからあなたにも。本当の話、僕が気にかけているのは自分のことじゃなく、あなたと、それに将軍のことなんですよ。それに、出かけて行って婦人を侮辱するなんて、気まぐれにも程があるでしょうに？」

「いいわ、お見受けしたところ、あなたって口先だけなのね」彼女は軽蔑したように言った。「さっき、目を血走らせただけにすぎないんだわ、もっとも、それだって、食事の時にワインを飲みすぎたせいかもしれないし。こんなのが愚劣でもあるし、俗悪でもあるってことや、将軍がかんかんになるだろうってことくらい、あたし自身、わかっていないとでも思っているの？　あたしはただ、一笑いしてみたいだけ。そう、そうしてみたいだけのことよ！　それに、あなただって女性を侮辱する理由なんか、ないんですものね？　むしろステッキで殴られるのがオチだわ」

わたしは向きを変え、無言のまま彼女の頼みを果しに出かけた。もちろん、これはばかげたことだったし、言うまでもなく、わたしがうまくはぐらかせなかったわけだが、男爵夫人に近づくにつれて、今でもおぼえているが、わたし自身まるで何かにけしかけられたみたいになった。まさに小学生じみたいたずら気分にけしかけられたのだった。それにまた、わたしはひどく苛立《いらだ》っていて、まるで酔っているような気分だった。

第六章

あのばかげた日から、もう二日たった。そして、どれほど多くの怒号や、騒ぎ、噂《うわさ》や取沙汰《とりざた》がとびかったことだろう！　しかも、それらすべてが何というでたらめであり、混乱であり、愚劣さと通俗さであったことか、そして、すべての原因はこのわたしなのだ。もっとも、時折は滑稽《こっけい》になってくる——少なくとも、わたしとしては。自分がいったいどうなったのか、本当に無我夢中の状態にあるのか、それとも単に道を踏みはずして、ふん縛られるまで狼藉《ろうぜき》を働いているだけなのか、わたしにははっきり理解できないのだ。時折は、気が狂いかけているようにも思える。が、時には、自分がまだ少年時代や、小学校の勉強机から遠くへだたっておらず、ただがさつな小学生じみたいたずらをしているにすぎないような気もする。

これもポリーナのせいだ、すべてポリーナのせいなのだ！　彼女さえいなかったら、小学生じみたいたずらもなかったかもしれない。ことによると、何もかも、わたしがやけっぱちでやってのけたのかもしれないのだ（もっとも、こんなふうにあれこれ考えたりするのは、実に愚かしいのだが）。それに、わたしにはわからない、彼女のどこがすてきなのか、わたしにはわからない！　しかし、彼女は美人だ、美しい。どうやら、美人らしい。なにしろ彼女はほかの男たちだって、正気を失わせるのだから。彼女は背が高く、スタイルがいい。ただ、とても細い。彼女をそっくり包みにくるんで、二つ折りにできそうな気がする。彼女の足跡は細く、長くて、悩ましい。まさしく悩ましいのだ。髪は赤みを帯びている。目は本当の猫の目だが、彼女はその目で気位高く傲然《ごうぜん》と見くだすすべを心得ている。四カ月ほど前、わたしが勤めたばかりのころ、ある晩、彼女は広間でデ・グリューと永いこと、むきになって話していたことがあった。そして、そんなふうに彼をみつめていたので……そのあと、寝るために自室に戻ってきてからわたしは、彼女がデ・グリューに平手打ちをくらわせたのだ、たった今平手打ちをくらわせたばかりで、彼の前に立ち、睨《にら》みつけているのだ、などと想像したほどだった……そもそもあの晩から、わたしは彼女を好きになってしまったのだ。

もっとも、本題に戻ろう。

わたしは小道づたいに並木道に降り、並木道の真ん中に立ちどまって、男爵《だんしやく》夫人と男爵を待ち受けた。五歩の距離になった時、わたしは帽子をとって、会釈《えしやく》した。

今でもおぼえているが、男爵夫人は、抱えきれぬほど胴まわりの太い、襞《ひだ》のたくさん入った、吊鐘《つりがね》型にスカートをふくらませた淡い灰色の絹のドレスを着ており、裳裾《もすそ》を長く曳《ひ》いていた。小柄で、並みはずれて太っており、顎《あご》がおそろしく太ってだぶついているので、頸《くび》が全然見えないほどだった。顔は赤紫色だ。目は小さく、険があり、厚かましげである。その歩き方たるや、まるでみんなに恩恵でも施してやっているといわんばかりだ。男爵は瘦《や》せぎすで、背が高い。顔はドイツ人の常でゆがんでおり、無数の細かい皺《しわ》におおわれている。眼鏡をかけており、年は四十五、六だろうか。足がほとんど胸のすぐ下からはじまっている。これは、つまり、血筋なのだ。孔雀《くじやく》のように傲然としている。いくらか鈍重である。顔の表情に何か山羊《やぎ》のようなところがあり、それなりに思慮深さの代用をつとめている。

これらすべてが三秒のうちに、ちらとわたしの目に入った。

わたしの会釈と、手にした帽子とが、わずかに彼らの注意をひきとめた。男爵はかすかに眉《まゆ》をひそめただけだった。男爵夫人は泳ぐような足どりでそのまま、まっすぐわたしの方にやってきた。

「男爵夫人《マダム・ラ・バロンヌ》」わたしは一語一語を区切りながら、きこえるようにはっきりと言い放った。「わたしはあなたの奴隷たる光栄を有するものです《ジェ・ロヌール・デートル・ヴォートル・エスクラーヴ》」

そのあと一礼して、帽子をかぶり、男爵の方にうやうやしく顔を向けて、微笑しながら、わきを通りぬけた。

帽子をとれと命じたのは彼女だったが、会釈をして、小学生じみたいたずらをやらかしたのは、わたし自身の考えに発することだった。いったい何がわたしにそんな気を起させたのか、わからない。まるで山からとびおりたような心地だった。

「おほん！」男爵は腹立たしげなおどろきを見せて、わたしの方をふり返りながら叫んだ、というよりむしろ、呻《うめ》いた。

わたしはふり返り、相変らず男爵をみつめて微笑しつづけながら、うやうやしい待機の表情で立ちどまった。男爵はどうやら腑《ふ》に落ちぬらしく、極端《ネック・プリュ・ウルトラ》なほど眉をひそめた。その顔はますます暗いものになっていった。男爵夫人もわたしの方をふり返り、やはり憤《いきどお》りにみちた不審の色を見せて眺めた。通りかかる人々の中にも、目をこらす者が出てきた。足をとめる人たちさえあった。

「おほん！」男爵が咽喉《のど》のうなりを倍加し、怒りを倍加させて、また呻いた。

「はい《ヤヴォール》」ひたと相手の目をみつめつづけながら、わたしは語尾を長く引いて言った。

「君はなにかね、気でも狂ったのか《ジント・ジー・ラーザント》ね？」ステッキを一振りし、どうやら、いささか怯気《おじけ》づきはじめたらしい様子で、彼は叫んだ。わたしの服装が彼を当惑させたのかもしれない。わたしはどこから見てもこの上なくきちんとした社会に属する人間らしく、きわめてまともな、むしろハイカラな身なりをしていたからだ。

「はーい《ヤヴォール》！」わたしは、会話の中でたえずこの『はーい《ヤヴォール》』という言葉を用い、しかもその際に思想や感覚のさまざまなニュアンスを表現するために、多少なりともOの文字を長く引っ張るベルリン人たちがやるように、Oの音を引っ張って、だしぬけに精いっぱい怒鳴った。

男爵と男爵夫人は急いで向きを変え、怯《おび》えきってほとんど走らんばかりにわたしから離れ去って行った。見物人たちのうち、話しだす者もあれば、不審そうにわたしを眺める者もあった。もっとも、よくはおぼえていない。

わたしはふり返り、いつもと同じ足どりでポリーナ・アレクサンドロヴナの方に向った。ところが、彼女のベンチまでまだ百歩ほどあるところで、わたしは、彼女が立ち上がり、子供たちを連れてホテルの方に向ったのを目にした。

わたしは表階段のところで彼女に追いついた。

「やってきましたよ……ばかげた真似《まね》を」彼女と並ぶと、わたしは言った。

「まあ、それがどうしたの？　今度はその始末をつけることね」わたしに一瞥《いちべつ》さえくれずに答えると、彼女は階段を上って行った。

その晩ずっと、わたしは公園の中を歩きまわっていた。公園を突っ切り、それから林をぬけて、隣の公国（訳注　ヘッセン・ダルムシタット公国をさしている。ヴィスバーデンから公国の境界までわずか数キロしかない）にまで足をのばした。さる百姓家で卵焼きを食べ、ビールを飲んだ。この牧歌調に対して、わたしはまるまる一ターレル半もふんだくられた。

十一時になってようやく宿に戻った。すぐさま、将軍のところから迎えがきた。うちの連中はホテルで二スィート占領している。四部屋だ。最初の大きな部屋はサロンで、ピアノがおいてある。サロンの隣に、やはり大きな部屋があり、これが将軍の書斎だ。ここで彼は、きわめて威厳たっぷりな態度で部屋の真ん中に突っ立ち、わたしを待っていた。デ・グリューはソファにふんぞり返って、坐っていた。

「君、ひとつおたずねしますがね、何てことをしでかしてくれたんです？」わたしの方に向って、将軍は切りだした。

「ずばり用件にとりかかっていただきたいもんですね、将軍」わたしは言った。「あなたがお話しになりたいのは、きっと、さるドイツ人とわたしの出会いのことでしょう？」

「さるドイツ人ですと?! そのドイツ人はヴルマーヘルム男爵で、偉い人物なんですぞ！ 君は男爵と、男爵夫人に失敬な真似を働いたんです」

「全然」

「君は男爵夫妻を怯えさせたんだ」将軍は怒鳴った。

「いや、まるきり違いますよ。僕はまだベルリンにいたころ、あの連中が一言ごとにのべつくり返して、実に厭味《いやみ》ったらしく語尾を引っ張る『はーい《ヤヴォール》』ってのが、耳にこびりついちまったんです。あの人と並木道で出会った時、なぜかわからないけど、突然この『はーい《ヤヴォール》』が記憶にうかんできて、苛立《いらだ》たしく作用しましてね……おまけに、あの男爵夫人はこれでもう三回というもの、僕と出会うたびに、まるで僕なんぞ足で踏みつぶしてもかまわない虫けらだといわんばかりに、まっすぐ僕めがけて歩いてくる癖を持ってるんです。いいですか、僕だって自尊心を持つことはできるんですよ。僕は帽子をとって、うやうやしく（断言しますけど、うやうやしく、ですよ）、『男爵《マダ》夫人《ム》、わたしはあなたの奴隷たる光栄を有するものです《ジエ・ロヌール・デートル・ヴォートル・エスクラーヴ》』と言ったんです。ところが男爵がふり返って、『おほん《ハイン》！』と叫んだものだから、僕も突然つられて『はーい《ヤヴォール》！』と叫んだまでですよ。僕は二度怒鳴りましてね。一度目はごく普通に、二度目は精いっぱい語尾を引っ張ってね。それだけのことです」

正直のところ、わたしはこのきわめて子供じみた説明をひどく喜んでいた。この一件全体をできるだけ愚劣にこねくり返したくてならなかったのである。

そして、先へすすむにつれて、ますますわたしの好みに合ってきた。

「君はわたしを笑い物にする気かね」将軍は叫んだ。彼はフランス人をふり返って、フランス語で、わたしが断然むりにも事件を起そうとしていることを、説明した。デ・グリューは軽蔑《けいべつ》したような薄笑いをうかべ、肩をすくめた。

「ああ、そんな考えはいだかないでください、これっぽっちもありませんから！」わたしは将軍に叫んだ。「僕の行為は、もちろん、けしからぬものだし、僕はこの上なく率直にそれを認めます。僕の行為は愚劣な、不作法な小学生じみたいたずらとさえよぶに足るものですが、しかし、それ以上のものじゃありません。それに、いいですか、将軍、僕はこの上なく後悔してるんですよ。しかし、ここに一つ、僕の目から見ると、ほとんど後悔からさえ解放してくれるような、ある事情があるんです。最近、そう、二週間か三週間にさえなりますか、僕はずっと気分がすぐれませんでね。神経が立って、苛々して、気まぐれで、病人みたいな気分で、場合によっては、自制心をまったく失《な》くしちまうんですよ。実際、時には何遍か、いきなりデ・グリュー侯爵《こうしゃく》と話をつけたくてならなくなったほどでね……もっとも、話のつくようなことは何一つないんだけど。それに、たぶん、侯爵はお腹立ちになるだろうし。一口に言って、これは病気の徴候なんです。僕が赦《ゆる》しを乞《こ》う時（だって、僕は男爵夫人に赦しを乞うつもりでいるんですからね）、ヴルマーヘルム男爵夫人がこういった事情を考慮に入れてくれるかどうか、僕にはわかりませんがね、入れてくれないと思いますよ、まして、わたしの知っているかぎりでは、最近は法曹界でもこういった事情を濫用《らんよう》しはじめているから、なおさらのことです。なにしろ、刑事事件の弁護士たちは、きわめてしばしば、自分のお客である犯人を弁護するにあたって、彼らが犯行の瞬間何一つ記憶していなかったとか、これはいわばそういった病気なのだとかと、言いますからね。『殴りはしたが、何一つ記憶していない』なんて言ってね。それに、どうです、将軍、医学までそれに付和雷同して、そういう病気はあるのだとか、当人はほとんど何一つ記憶していないか、あるいは半分とか四分の一とかしかおぼえていないような、一時的な錯乱があるのだなどと、実際に主張しているんです。しかし、男爵夫妻は古い世代の人間だし、そのうえプロイセンの地主貴族ときてますからね。きっと、法医学界のこんな進歩はまだご存じないだろうから、僕の釈明も受け入れちゃくれないでしょうよ。どう思いますか、将軍？」

「もうたくさんです、君！」怒りをおさえて語気鋭く将軍が言った。「たくさんだ！　わたしはこれっきり君の小学生じみたいたずらから免れるように努めます。男爵夫妻への謝罪は、君もしないですむでしょう。君とのいっさいの交渉など、たとえそれがもっぱら君が詫《わ》びを乞うものであるにせよ、ご夫妻にとってはあまりにも屈辱的なものですからね。男爵は、君がわたしの一家の人間であることを知ると、カジノでわたしと話し合いを持ったうえ、正直のところ、もうちょっとで、気のすむようにしろとわたしに要求しかねない勢いでしたよ。君はわたしを、このわたしをどんな目に会わせたか、わかっているのかね、ええ、君？　わたしが、このわたしが余儀なく男爵に詫びを入れて、即刻、今日にも、君がわたしの一家の人間ではなくなるようにすると、約束させられたんですぞ……」

「待ってください、待ってくださいよ、将軍、それじゃ、あなたの表現を借りるなら、僕があなたの一家の人間ではないようにしろと、あの男が自分からたって要求したんですか？」

「いいや。しかし、わたし自身が彼にそれだけの満足を与えることを義務とみなしたんですし、もちろん、男爵だって満足してくれましたよ。わたしらはこれでお別れですよ、君。君は当地での勘定としてわたしから、この四フリードリヒ・ドルと三フローリンを当然受け取ってよろしい。さ、これが金で、こっちは計算を記した紙です。確かめてくれて結構ですよ。じゃ、さようなら。今以後、われわれは他人同士です。気苦労と不愉快なこと以外、わたしは何一つ君から見せてもらえなかった。今すぐボーイをよんで、明日からのホテルの君の勘定には責任を負わないと、申しわたしときます。せいぜいご自愛のほどを祈りあげますよ」

わたしは鉛筆で計算の記された紙と金を受け取ると、将軍に一礼し、きわめて真剣な顔で言った。

「将軍、この一件はこのまま終らせるわけにはゆきませんよ。あなたが男爵から不快な思いを味わわされたのは、たいそうお気の毒ですが、わるいけど、それは自業自得《じごうじとく》ってもんです。いったいどうしてあなたは、男爵に対して僕の責任をひっかぶったりなさったんです？　僕があなたの一家の人間であるという表現は、どういう意味ですか？　僕はあなたの家の家庭教師にすぎない、それだけのことじゃありませんか。僕はあなたの血を分けた息子でもないし、あなたの後見を受けているわけでもない、だから、僕の行為に対してあなたが責任をとることなんかできやしないんですよ。僕自身、法律的にちゃんと権限を有する人間なんですからね。僕は二十五歳、大学を出た学士で、貴族で、あなたにとってはまったくの他人です。わずかに、あなたの数々の美点に対するわたしの限りない尊敬だけが、わたしに代って責任をとる権利を引き受けたりしたことに対して、今すぐ謝罪とこれ以上の釈明とを要求することを、思いとどまらせているにすぎないのですよ」

将軍はすっかり動顚《どうてん》してしまい、両手をひろげたが、それから突然フランス人に向って、わたしがあやうく今すぐ将軍に決闘を申しこみかねぬ勢いだったと、せきこんだ口調で伝えた。フランス人は大声で笑いだした。

「しかし、男爵に対しては、僕は容赦するつもりはありませんよ」ムッシウ・デ・グリューの笑いになどいささかもうろたえることなく、わたしはまったく冷静につづけた。「将軍、あなたは今日あの男爵の苦情に耳をかすことに同意して、彼の利害を守ったことによって、みずから自分をいわばこの事件全体の当事者にしてしまったわけですから、僕としてもお耳に入れておきますが、僕は遅くとも明日の朝早く、僕自身の名において男爵に、どうして、ことの相手が僕であるのに、まるで僕が自分で自分の責任をとることができないか、あるいは責任をとる資格がないと言わんばかりに、僕を素通りしてほかの人物に話を持っていったりしたのか、その理由の正式な釈明を要求するつもりです」

わたしの予感していたことが、そのまま起った。将軍はこの新たなたわごとをきいて、ひどく怯えあがった。

「なんだって、それじゃ君はこのいまいましい事件をさらにつづける気ですか！」彼は叫んだ。「しかし、君はいったいこのわたしをどうしようっていうんです、ええ、冗談じゃない！　よくもそんな、そんな真似をしないでください、君、でなけりゃ、誓ってもいい！　ここにだって役所はあるんだから、わたしは……わたしは……一口に言って、わたしの官位にものを言わせて……それに男爵だって……一口に言や、君は二度と乱暴を働かないように、逮捕されて、警官つきでここから追放されることになりますぞ！　それがわかってるんですか！」彼は怒りのあまり息がつまりそうだったとはいえ、やはりひどく怯えていた。

「将軍」彼にとっては堪えがたい冷静さで、わたしは答えた。「乱暴を働きもせぬうちに、乱暴のかどで逮捕するなんてことはできませんよ。僕はまだ男爵との話し合いをはじめていませんし、僕がどういう形で、どういう根拠でこの一件にとりくむつもりなのか、あなたにはまだ全然わかっていないんですからね。僕はただ、まるで僕の自由な意志を支配する権利を有しているみたいな人物の下で、後見を受けているといった、僕にとっては腹立たしい想定を解明したいと思っているだけなんです。あなたはただいたずらに自分を不安がらせ、心配させているんですよ」

「おねがいだ、アレクセイ・イワーノヴィチ、頼むから、そんな無意味な企ては放棄してくれたまえ！」突然、怒りに燃えた口調を哀願調に変え、わたしの手さえつかんで、将軍はつぶやいた。「まあ、考えてもみたまえな、そんなことをして何になるね？　またぞろ、不快な思いをするだけですよ！　君だってわかってくれるでしょう、わたしはこの土地では特別の態度をとらなけりゃならないんですよ、とりわけ今は！　特に今はね！　ああ、君にはわからないんだ、わたしの事情なんか、わからないんだ！　わたしらがここから出発する時には、わたしは君をやとってもいい気持でいるんですよ。今はただ、なんとなく、その、一口に言って、君だってその理由くらいわかっているでしょうに！」彼はやけくそに叫んだ。「アレクセイ・イワーノヴィチ、アレクセイ・イワーノヴィチ！」

　戸口の方へ退却しながら、わたしはもう一度、心配しないでほしいと必死に頼み、万事うまく無事に運ぶだろうと約束して、急いで部屋を出た。

　時として、外国に出ているロシア人は、あまりにも臆病《おくびょう》になりすぎて、人が何と言うだろう、どう見るだろう、これこれのことは作法にかなっているだろうかなどと、それぱかりひどく心配し、一口に言って、まるでコルセットでもしめているように振舞うことがある、特に自分が意味ある存在だと思いこんでいるような連中がそうだ。彼らにとっていちばん得意なのは、なにか先入主的な、きちんと確立した形式であって、ホテルでも、散歩の時でも、集まりの席でも、道中でも、奴隷《どれい》のようにそれを遵守《じゅんしゅ》する……しかし将軍は、それ以外にも、なにか特別の事情があるので、なにか『特別の態度』をとらねばならぬと、口をすべらせた。だからこそ、あんなに突然、小心に怯気《おじけ》づいて、わたしに対する口調を変えたりしたのだ。わたしはこのことを参考に入れ、心にとめておいた。それにもちろん、将軍は浅はかにも明日になると官憲か何かに話を持ちこみかねなかったから、わたしとしても実際、慎重にしている必要があった。

もっとも、もともと将軍を怒らせる気など、わたしにはさらさらなかった。しかし、今となってはポリーナを怒らせたくなってきた。ポリーナはわたしをあれほど無慈悲に扱い、自分でこんな愚劣な道にわたしを突きやったのだから、彼女のほうからやめてほしいとわたしに頼むところまで、ぜひとも持っていきたかった。わたしの小学生じみたいたずらは、ついには、彼女の顔にまで泥を塗りかねなかった。それぱかりでなく、わたしの内にはある種の別な感覚と欲求が形作られつつあった。早い話、かりにわたしが彼女の前に出るとみずからの意志によって無と消えるにしても、そのことは、わたしが世間の人たちの前で腰抜けであることを決して意味するのではないし、もちろん、男爵が『ステッキでわたしを殴って』よいわけはない。わたしは彼らみんなを笑い物にして、自分だけあっぱれ、ということにしたかった。目にもの見せてやる！　たぶん！　彼女はスキャンダルにおそれをなして、またわたしに声をかけてくるだろう。声をかけないにしても、とにかく、わたしが腰抜けでないことに気づくことだろう……

（おどろくべき知らせだ――つい今しがた、階段で出会ったうちの乳母《うば》からきいたのだが、マリヤ・フィリーポヴナが今日、たった一人、カルルスバードにいる従姉《いとこ》のところへ、夜汽車で発《た》ったそうだ。これは、なんたる知らせだろう？　乳母の話では、ずっと前からそのつもりでいたという。しかし、どうしてだれもそのことを知らなかったのだろう？　もっとも、わたしだけが知らなかったのかもしれない。乳母が口をすべらせたのだが、マリヤ・フィリーポヴナと将軍の間で、おととい、派手なやりとりがあったそうだ。わかったぞ。これはきっと、マドモワゼル・ブランシュのことだ。そう、われわれの間に、何か決定的なことが訪れつつあるのだ）。

第七章

翌朝、わたしはボーイをよんで、わたしの勘定は別にするよう、申し渡した。わたしの部屋はさほど高くないので、ひどく恐れをなしてホテルをすっかり引き払うこともなかった。十六フリードリヒ・ドル手持があったし、その先は……その先は、大金持ということになるかもしれない！　奇妙なことに、まだ勝ったわけでもないのに、わたしは富豪のように振舞い、感じ、考えているし、それ以外の自分など想像することができない。

早い時間だったにもかかわらず、今すぐ、ここからたいそう近いイギリス・ホテルのミスター・アストリーのところへ行こうと考えていたところへ、突然デ・グリューが部屋に入ってきた。こんなことはこれまでついぞないことだったし、そのうえ、この先生とは最近ずっと、きわめてよそよそしい、この上なく緊迫した関係にあった。彼はわたしに対する蔑視《べつし》を露骨に隠そうとせず、隠すまいと努めてさえいた。わたしはわたしで、この男を好きになれない自分だけの理由があった。一口に言えば、わたしは彼を憎んでいた。彼の来訪はわたしをひどくおどろかせた。わたしはすぐに、これは何か特別なことが生じたな、と察した。

彼はたいそう愛想よく入ってきて、部屋に関してお世辞を言った。わたしが帽子を手にしているのを見て、こんなに早く散歩に出かけるのかとたずねた。わたしが用事でミスター・アストリーのところに行くことをきくと、彼はちょっと考えこんで、思案し、その顔が極度に心配そうな色をうかべた。

デ・グリューはすべてのフランス人と同様で、つまり、それが必要であり有利である場合には快活で愛想がいいのだが、快活で愛想よくしている必要がなくなると、やりきれぬくらい退屈な人間だった。フランス人がごく自然に愛想のいいことはまれで、フランス人の愛想のよさは常に、まるで命令されたか、あるいは打算からきているみたいだ。たとえば、空想的で、個性的で、いくらか月並でない人物になる必要を見いだすと、きわめて愚かしい不自然な空想が、前から取り入れられていてとっくにもう通俗なものとなっている形式から作りだされるのである。ごく自然なフランス人は、この上なく俗物的な、けちくさい、月並な実利性から成り立っており、一口に言うなら、世界でもっとも退屈きわまる存在なのだ。わたしに言わせれば、フランス人にイカれたりするのは、何も知らぬ素人《しろうと》や、とりわけロシアのお嬢さんだけである。ちゃんとした人間ならだれでも、こうしたサロン的な愛想のよさや、くだけ方、快活などという、きちんと確立された形式のお役所臭がすぐ目について、堪えられないものだ。「お話があって、うかがったのです」彼はこの上なく毅然《きぜん》とした、とはいえ、いんぎんな態度で切りだした。「包み隠しはしませんが、わたしは将軍の使者、というより、調停者として、こちらに参ったのです。ロシア語がからきしだめなもんで、ゆうべはほとんど何一つわからなかったのですが、将軍がくわしく説明してくれたので、正直のところ……」

「まあ、きいてください、ムッシウ・デ・グリュー」わたしは彼の言葉をさえぎった。「するとあなたはこの事件でも調停役をつとめることを引き受けたんですね。僕はもちろん、『一介の家庭教師《アン・ウチーテル》』にすぎませんし、あの家の親しい友人になる光栄だの、あるいは何か特に親密な関係だのを求めたことなんぞついぞないから、いっさいの事情がわからないんですが、ひとつ説明してくださいませんか。あなたは今やすっかりあの家族の一員なんですか？　なぜって、あなたは結局、あらゆることにこういう関わり方をして、必ずどんなことにでも、すぐに調停役をつとめるんですからね……」

わたしの質問は彼には気に入らなかった。彼にとってそれはあまりにも見え透いたものだったし、口をすべらしたくはなかったからだ。

「わたしと将軍を結びつけているのは、ある面では仕事ですし、ある面では一種の特別な事情です」彼はそっけなく言った。「将軍がわたしをよこしたのは、あなたに昨夜の意図を放棄していただくようおねがいするためなんですよ。あなたが思いつかれたことはすべて、もちろん、実に機知に富んでいます。しかし将軍は、そんなのはまるきり成功するはずがないってことをよく説明するよう、まさしくわたしに頼んだのです。そればかりじゃなく、男爵《だんしゃく》はあなたに会わないでしょうし、それに結局、いずれにしても男爵は、あなたからの今後の不快事を免れるあらゆる手段を持っているわけですからね。あなただって同意なさるでしょうに。何のために続きをやったりするんです、教えてくれませんか？　将軍は、しかるべき状況ができしだい、確実にあなたをまた自分の家に迎えるし、それまでの間、あなたの俸給を、ヴォ・アポワントマン（あなたの俸給）を通算しておくと約束しているんです。これはかなり得な話ですよ、違いますか？」

わたしはきわめて冷静に、彼の言うことはいささか間違っている、わたしは男爵のところから追い返されぬかもしれないし、むしろ反対に話をすっかりきいてもらえるかもしれないと反論したうえで、おそらくここへ来たのは、わたしがどんなふうにこの事件全体に取り組むかを探りだすためだろうから、正直に白状するよう頼んだ。

「こりゃ参ったな、将軍がことの当事者である以上、もちろん、あなたが何をどんなふうにするつもりなのか、知ることができたら嬉《うれ》しいでしょうよ。それはしごく当然の話ですとも！」

わたしは説明にとりかかり、彼はふんぞりかえったまま、首を心もちわたしの方にかしげ、隠しきれぬ皮肉の色を露骨に顔にうかべて、ききはじめた。概して彼の態度はきわめて傲慢《ごうまん》だった。わたしはこの上なくまじめな見地から事件を見ているふりをしようと、精いっぱい努めていた。わたしはこう説明した——男爵は、まるでわたしが将軍の召使ででもあるみたいに、わたしに対する苦情を将軍に持ちこんだため、まず第一に、そのおかげでわたしは職を失ってしまったし、第二に、わたしを、自分に対して責任をとることもできぬような、口をきくにも値しない人間として扱ったわけである。もちろん、わたしは正当に立腹していると感じている。しかし、年齢や、社会での地位や、その他もろもろの点での差をわきまえているから（このくだりで、わたしは笑いをこらえるのがやっとだった）、このうえさらに軽率な真似《まね》をするつもりは、つまり、男爵にじかに謝罪を要求するとか、あるいは単に謝罪するよう提言するだけのことさえ、するつもりはない。が一方ではわたしは、男爵と、そして特に男爵夫人に謝意を表明する十分な理由があると考えているし、まして実際に最近、健康がすぐれず、気持が乱れがちで、言ってみれば妄想《もうそう》的になっている、等々の状態である以上なおさらのことだ。ところが当の男爵自身が、わたしにとっては侮辱的な、将軍に対する昨日の苦情持ちこみと、将軍がわたしの職を奪うようにという強い要求とによって、今さらもはや男爵と男爵夫人に謝意を表明することなどできぬような立場に、わたしを追いこんでしまったのである。なぜなら、そんなことをすれば男爵も、男爵夫人も、世間全体も、きっと、わたしが職を取り戻すべく、心配のあまり謝罪に行ったと思うだろうからだ。こうしたいっさいの事情からして、わたしは今や男爵に、最初まず彼がわたしに謝罪する、それもごくおとなしい表現で、たとえば、わたしを侮辱するつもりは毛頭なかったとでも言ってくれるよう、頼まざるをえない立場におかれたことになるわけだ。そして、男爵がそれを言ってくれれば、今度はわたしももう、こだわりない気持で、誠実に、心底《しんそこ》からわたしの謝意を表明するだろう。一口に言えば、わたしは男爵に、わだかまりを解いてくれるようお願いするだけだ、とわたしは話を結んだ。

「ひぇ、なんて口やかましくて、線が細いんだろう！　それに、なぜあなたが謝罪する必要があるんです？　ねえ、そうでしょう、ムッシウ……ムッシウ……あなたは将軍を怒らせるために、わざとそんなことを企《たくら》んでいるんでしょう……ことによると、何か特別の目的があるのかもしれませんね……ねえ、あなた《モン・シエール・ムッシウ》、失礼《パルドン》、お名前を度忘れ《ジエ・ウブリエ・ッ》してしまって《オートル・ノン》、ムッシウ・アレクシス、でしたか？……違いますか《ネ・ス・パ》？」

「しかし、失礼ですが、親愛な侯爵《モン・シエール・マルキ》、あなたに何の関係があるんです？」

「しかし、将軍が《メ・ル・ジェネラル》……」

「将軍がどうしました？　将軍は昨日なにやら、どうとかの態度をとらなけりゃいけないとか言って……ひどく心配してましたね……でも僕にはさっぱりわからなかったけど」

「これにはね、これにはまさに特別の事情が存在するんですよ」腹立ちのひびきのますます強くなる哀願口調で、デ・グリューがすかさず言った。「マドモワゼル・ド・コマンジュをご存じでしょう？」

「つまり、マドモワゼル・ブランシュのことでしょう？」

「ええ、そう、マドモワゼル・ブランシュ・ド・コマンジュです……それと、母上《エ・マダム・サ・メール》と……あなただって同意なさるでしょうが、将軍は……一口に言や、将軍はぞっこん参っていて……ことによると、ここで結婚さえ成立するかもしれないんですよ……想像してもごらんなさい、そんな際にいろんなスキャンダルだの、事件だのなんて……」

「僕にはこの場合、その結婚に関わりのあるようなスキャンダルも、事件も見当りませんがね」

「しかし、男爵はひどくかっとなりやすくて《ル・バロン・エ・シ・イラシーブル》、プロイセン的な性格《アン・キャラクテール・プリュシアン》だから、とるに足《ヴ・サヴ》りないことから喧嘩を起しかねない《エ・アンファン・イル・フラ・ユヌ・クレール・ダルマン》んですよ」

「だから、それは僕に関係のあることで、あなたにじゃないでしょう。なぜって、僕はもうあの家の人間じゃありませんからね……（わたしはわざと、できるだけ物分りがわるくなろうと努めていた）。で、失礼ですが、マドモワゼル・ブランシュが将軍と結婚することは、もう決ったんですか？　何を待ってるんです？　僕が言いたいのは、どうしてそのことを隠しとかなけりゃいけないのかってことですよ、少なくとも、われわれ、身内の人間にまで？」

「それを言うわけには……もっとも、まだすっかりというわけでもないし……でも……あなたもご存じでしょう、ロシアからの便りを待っているんですよ。つまり、将軍が財政を建て直す必要があって……」

「ああ！　お祖母ちゃん《ラ・バブーリンカ》まか！」

デ・グリューは憎悪《ぞうお》をこめてわたしを睨《にら》みつけた。

「ひと言にして言えば」彼はさえぎった。「わたしはあなたの持って生れた愛想のよさと、知性と、節度とを十分期待しています……あなたはもちろん、肉親同様に迎えられて、愛され、尊敬されてきたあの家族のために、それをやってくださることでしょう……」

「冗談じゃない、僕は追いだされたんですよ！　あなたは現に今、これは世間体のためだと力説なさるけれど、いいですか、あなただってもし、『俺はもちろん君の耳を引っ張りたくなんぞないけど、世間体のために耳を引っ張らせてくれ……』と言われたらどうします？　だって、それとほとんど同じことでしょうが？」

「そういうことなら、どんな頼みも利《き》き目がないというのであれば」彼はきびしい、横柄《おうへい》な口調で言いだした。「お断わりしておきますが、しかるべき措置が講じられるでしょうな。ここには官憲があるから、あなたは今日にも追放されることでしょう。いまいましい《ク・ディアーブル》！　あなたみたいな青二才《アン・ブラン・ベック・コム・ヴー》が、男爵ともあろうお方に決闘を申しこもうとするなんて！　それでお咎《とが》めがないとでも思ってるんですか？　本当の話、あなたなんぞ、ここのだれ一人こわがるもんですか！　わたしが頼んだのも、むしろ自分の気持からしたことですよ、なぜってあなたは将軍を心配させたんですからね。ほんとにあなたは、あっさり追い返せと男爵が召使に命じることはないとでも思ってるんですか？」

「だって僕は自分で出向くわけじゃありませんからね」わたしはきわめて冷静に答えた。「あなたは誤解してますよ、ムッシウ・デ・グリュー、万事あなたが考えているより、ずっとみごとに運ぶでしょうよ。僕は今すぐミスター・アストリーのところに出向いて、僕の仲立人になってくれと頼むつもりです、一口に言や、決闘の介添人《セコンド》にね。あの人は僕に好意を持っているから、きっと、断わらないでしょうよ。あの人が男爵のところに行けば、男爵だって会うにきまってます。僕自身は一介の家庭教師《アン・ウチーテル》で、なにか下っ端《シュバルテルン》の人間で、それに結局は、うしろ楯《だて》のない身に見えるとしても、ミスター・アストリーはイギリス貴族《ロード》の、正真正銘のイギリス貴族の甥《おい》ですからね。これは周知のことです。ピブロック卿《きょう》の甥だし、そのロードはここに来ています。本当の話、男爵はミスター・アストリーを丁重に遇して、話をすっかりきくことでしょうよ。また、もしきこうとしなけりゃ、ミスター・アストリーはそれを自分に対する個人的侮辱と受け取って（あなたもご存じのとおり、イギリス人てのはしつこいですからね）、男爵のところへ友人をさし向けるでしょう、あの人には良い友人たちがいますからね。さ、今度は計算に入れとくことですね、あなたが考えているのとは違う結果が生ずるかもしれませんよ」

　フランス人はとことんふるえ上がった。実際、何もかもがいかにも本当らしかったし、したがってまた、わたしが現実に事件を起す力を持っていることになるのだった。

「しかし、お願いです」まるきり哀願するような声で、彼は言いだした。「そんなことはやめてください！ あなたはまるで、事件の起るのが嬉しいみたいですね！ あなたに必要なのは、謝罪じゃなくて、事件なんだ！ さっきも申しあげたように、そういうことはすべて、楽しくもあれば、機知にさえ富んだものになるでしょうし、あなたが狙《ねら》っているのも、たぶんそれでしょうが、しかし、一口に言って」わたしが立ち上がって帽子をつかむのを見て、彼は結論をだした。「わたしはさる人からこの言《こと》伝《づ》てをあずかって来たのです。お読みになってください――返事を待つよう頼まれたものですから」

こう言うと彼は、小さく折りたたんでシールで封をした手紙をポケットからとりだして、わたしに渡した。

ポリーナの手でこう書かれていた。

『あなたはこの事件をつづけるおつもりのように、お見受けしました。あなたはすっかり腹を立てて、小学生じみたいたずらをはじめようとなさっているのね。でも、ここには特別な事情があるのです。あとで、ことによったら、あたしが説明してあげるかもしれません。どうか、もう打ち切りにして、おとなしくなさってください。何もかも、実に愚劣じゃありませんか！ あなたはあたしに必要な人ですし、あたしの言うとおりにするとご自分で約束なさったのよ。シランゲンベルグを思いだしてください。どうか、いい子になってください、必要とあらば、あたしが命令します。あなたのP。

追伸 もし昨日のことであたしに腹を立てていらっしゃるのでしたら、許してください』

この数行の文章を読み終った時、わたしはまるで目の前ですべてがひっくり返ったような感じだった。唇が色を失い、わたしはふるえだした。いまいましいフランス人は、さもわたしの狼狽《ろうばい》を見ぬためといわんばかりに、むりに神妙な顔をしてわたしから目をそらせていた。むしろ、大声でわたしを笑い物にしてくれたほうがありがたかった。

「わかりました」わたしは答えた。「マドモワゼルに、安心なさるようお伝えください。それにしても、ひとつうかがいたいんですが」わたしは語気鋭く付け加えた。「なぜあなたはこんなに永いこと、この手紙を僕に渡そうとしなかったんです？下らんことをしゃべる代りに、こっちから切りだすべきだという気がしますね……もし、あなたがこの依頼で来られたのだとすれば？」

「ああ、わたしは実は……概してこの出来事はすべて実に奇妙なものですから、わたしのごく自然な性急さもどうかお許しください。わたしは少しでも早く、あなた自身の口から、あなたのご意向をじかにうかがいたかったものですからね。もっとも、その手紙に何が書いてあるか、わたしは知りませんから、いつでも渡せると思っていたんです」

「わかりました。あなたはごくあっさり、いよいよという場合にだけこれを渡せと言いつかったんでしょう。話し合いでうまく行ったら、渡すな、と。そうでしょう？　率直におっしゃってください、ムッシウ・デ・グリュー！」

「そうかもしれません《プ・テートル》」なにか特に控え目な顔つきをし、なにか一種特別な眼差《まなざ》しでわたしをみつめながら、彼は言った。

わたしは帽子をつかんだ。彼は一つうなずいて、出て行った。気のせいか、その口もとにあざけるような微笑がうかんでいたようだ。そう、それにきまっているではないか！

「お前とはいずれ決着をつけようぜ、フランス野郎、腕を競おうじゃないか！」階段を下りながら、わたしはつぶやいた。まるで頭をがんとやられたみたいで、まだ何一つ思いめぐらせなかった。外気がいくらかわたしをさわやかにしてくれた。

二分ほどして、ようやくはっきり思いめぐらせるようになったとたん、二つの思いが鮮烈に頭にうかんだ。第一の思いは、あんな下らぬことから、昨日もののはずみで口にした、青二才のいかにも子供じみた、およそ信じられぬようないくつかの脅し文句から、このような世間全体の大騒ぎが持ち上がった、ということだった！　そして、第二の思いは、それにしても、ポリーナに対するあのフランス人の影響力たるや、なんたるものだろう、ということだった。彼のたった一言だけで、彼に必要なすべてのことを彼女はやってのけ、手紙を書き、わたしに頼みさえしているではないか。もちろん、彼らを知るようになった時以来、そもそもの初めから、二人の関係はわたしにとって常に謎《なぞ》であった。しかし、ここ何日間か、わたしは彼女の内に、彼に対する決定的な嫌悪《けんお》や、さらには軽蔑《けいべつ》さえ認めていたし、彼のほうは彼女を見ようとさえせず、むしろ失敬な態度さえとることもあった。わたしはそれに気づいたのだ。ポリーナ自身、わたしに、嫌悪について語ったではないか。この上なく意味深長な告白が、もう彼女の口からほとばしろうとしかけていたのだ……してみると、彼はあっさり彼女を支配し、彼女は彼からなんらかの束縛を受けているのだ……

第八章

ここでは散歩道《プロムナード》とよばれている道、つまりマロニエの並木道で、わたしはわがイギリス人に出会った。

「おや、おや！」わたしを見るなり、彼はこう切りだした。「わたしがあなたを訪ねようとしていたら、あなたはわたしのところへですか。それじゃ、あなたはあの家の人たちとは別れてしまったんですね？」

「まず第一にうかがいますけど、なぜあなたはこの話をすっかりご存じなんです？」わたしはおどろいてたずねた。「何もかもみんなに知れているんですか？」

「ああ、いえ、みんなには知れていません。それに、みんなが知るほどのことはありませんしね。だれも話してやしませんよ」

「じゃ、なぜあなたはご存じなんです？」

「わたしが知っているのは、つまり、知る機会があったからです。今後あなたはここからどこへ行くおつもりですか？　わたしはあなたが好きなので、こうしてやって来たんですよ」

「あなたは実にいい人ですね、ミスター・アストリー」わたしは言った（とはいえ、わたしはひどくショックだった。彼はどうして知っているのだろう？）。「ところで、僕はまだコーヒーを飲んでいませんし、それにどうやらあなたもちゃんと飲んではおられないようだから、カジノのカフェに行こうじゃありませんか。あそこで腰をおちつけて、一服したら、何もかもお話ししますよ……あなたも話してくださるでしょうしね」

カフェは百歩ほどのところにあった。コーヒーが運ばれ、わたしたちは腰をおろし、わたしは煙草《たばこ》に火をつけたが、ミスター・アストリーは何も吸わずに、わたしをみつめて、話をきく心構えを示した。

「僕はどこにも行きませんよ、ここに残ります」わたしは話しだした。

「あなたは残られるだろうと、わたしも確信していました」ミスター・アストリーは賛成するように言った。

ミスター・アストリーのところへ向う時、わたしはポリーナに対するわたしの愛情について何かしら彼に話そうという意図などまったく持っていなかったし、むしろ故意に話すまいと思っていたほどだった。ここのところずっと、わたしはそのことについて彼にはほとんど一言も話していなかった。おまけに彼はたいそう内気だった。ポリーナが彼に並々ならぬ印象を与えたことは、わたしも最初から見ぬいていたが、彼は一度として彼女の名前を口にしたことがなかった。しかし、ふしぎなことに、ふいに今、彼が腰をおろして、生気のない食い入るような眼差《まなざ》しでわたしをみつめたとたん、なぜかわからないがわたしの内に、この男にすべてを、つまり、わたしの恋のすべてべてを、こまかい陰影までそっくり洩《も》らすことなく話してしまいたい欲求が生じた。わたしはたっぷり三十分は話したが、この上なく楽しかった。なにしろはじめてこの話をしたのだ！　いくつかの、とりわけ熱情的な個所で彼がどぎまぎするのを見てとったので、わたしはわざと話の熱情性を強めてやった。一つだけ後悔しているのは、フランス人に関して何か言わずもがなのことを口にしたかもしれない点だ……

ミスター・アストリーはわたしの向い側に身じろぎもせずに坐《すわ》って、言葉一つ、物音一つ発せずに、わたしの目をみつめながら、きいていた。しかし、わたしがフランス人について話しだすと、彼はだしぬけにわたしを押しとどめて、そんな第三者の事情に言及する権利があるのかと、きびしくたずねた。ミスター・アストリーはいつも非常に奇妙な質問の出し方をするのだ。

「あなたのおっしゃるとおりです。権利はないと思います」わたしは答えた。

「あの侯爵《こうしゃく》とミス・ポリーナに関しては、単なる推測以外、あなたは何一つ正確なことを言えないんでしょう？」

わたしはまた、ミスター・アストリーのような内気な人間のこんな断固とした質問にびっくりした。

「ええ、正確なことは何一つ」わたしは答えた。「もちろん、何も」

「だとしたら、あなたはわたしにそれを話そうとしたことによってだけじゃなく、心の中でそんなことを考えたということによってさえ、いけないことをなさったんですよ」

「わかりました、いいでしょう！　認めますよ、しかし今や問題はそんなことじゃないんです」内心おどろきながら、わたしはさえぎった。そこでわたしは昨日の一部始終を、ポリーナの突飛な言動から、男爵を相手の出来事、わたしの解職、将軍の異常なほどの弱腰などを、微に入り細をうがって彼に話してきかせ、最後に今朝のデ・グリューの来訪を、こまかなニュアンスまで洩らすことなく説明し、しめくくりに例の手紙を見せてやった。

「ここからどう結論されますか？」わたしはたずねた。「僕はまさにあなたの考えをうかがいに来たんです。僕に関して言うなら、僕はどうやらあのフランス野郎を殺しかねないし、たぶんやってのけるかもしれません」

「わたしもですよ」ミスター・アストリーが言った。「ところで、ミス・ポリーナに関して言うと……いいですか、わたしたちは、もし必要に迫られれば、わたしらの大嫌いな連中とさえ交渉を持つことになるんですよ。この場合、局外的な事情に左右される、あなたのご存じない交渉も生じえますね。でも、あなたは安心なさっていいと思いますよ——もちろん、ある程度まで、ですけど。彼女の昨日の行為に関して言うなら、もちろん奇妙ですね——といっても、あなたを厄介払いしようと望んで、男爵の棍棒《こんぼう》の下へ追いやったからではなく（男爵がせっかく棍棒を手にしていながら、なぜ用いなかったのか、わたしにはわかりませんがね）、そんな突飛な言動はああいう……ああいうすばらしい令嬢としては、はしたないからです。もちろん、あなたが彼女の嘲笑《ちようしよう》的な願望を文字どおり実行しようとは、あの人も予測できなかったんでしょうが……」

「そうだったのか！」突然わたしは食い入るようにミスター・アストリーをみつめながら、叫んだ。「あなたはもうこの一件に関して何もかもおききになっているようですね、だれからきいたかというんですか？　当のミス・ポリーナからですよ！」

ミスター・アストリーはびっくりしてわたしを眺めた。

「あなたは目をぎらぎらさせてますね。その目の中にわたしは疑惑の色が読みとれますよ」すぐさまそれまでの冷静さを取り戻して、彼は言い放った。「しかし、そんな疑惑をあらわす権利なぞ、あなたはいささかたりと持ち合せちゃいないんですよ。わたしはそんな権利を認めることはできませんから、あなたの質問に答えるのは全面的にお断わりします」

「ええ、結構です！　必要ありません！」奇妙に心を騒がせ、なぜこんな考えが頭にうかんだのかわからぬまま、わたしは叫んだ。それにしても、いったいいつ、どこで、どのようにして、ミスター・アストリーがポリーナの相談相手に選ばれたりできたのだろう？　もっとも、最近わたしは、ミスター・アストリーを視野から逸《そら》していたし、ポリーナは常日ごろからわたしにとっては謎《なぞ》であった——あまりに謎すぎて、たとえば今、ミスター・アストリーにわたしの恋物語のすべてを話しにかかったものの、話の最中にふいに、彼女とわたしの関係についてほとんど何一つ正確な、肯定的なことを言えなかったのに、ショックを受けたほどだった。それどころか、すべてが幻想的で、奇怪で、頼りなく、およそありえそうもないほどだった。

「なに、いいです、いいですとも。僕は混乱しちまって、今でもまだ多くのことが判断できないんですよ」まるで息切れでもしたみたいに、わたしは答えた。「しかし、あなたはいい人ですね。今度は別の問題です。僕はあなたの忠告じゃなしに、ご意見をうかがいたいんですよ」

わたしはちょっと沈黙してから、切りだした。

「あなたはどうお考えですか、なぜ将軍はあんなに怯気《おじけ》づいたんでしょう？　どうして僕のしごくばかげた悪ふざけから、あの人たちはみんなして、こんな事件をひきだしたんでしょうね？　まさに大事件なので、デ・グリューその人まで口出しする必要を認めて（あの男はいちばん重大な場合だけ口出しするんです）、僕を訪問して（どうですか！）、僕に頼み、哀願したんですよ、あのデ・グリューが、この僕に、です！　最後に、いいですか、あの男は九時に、いや、九時ちょっと前に来たのに、もうミス・ポリーナの手紙を持っていたんです。いったいいつ、あの手紙は書かれたんでしょう、おうかがいしたいもんですね。おそらく、ミス・ポリーナはそのために叩《たた》き起されたんでしょうよ！　このことから推して、ミス・ポリーナはあの男の奴隷《どれい》だと、僕は見るんですが（だって、僕にさえ許しを乞《こ》うんですからね！）、そればかりではなく、彼女にとってこの事件全体に何があるというんでしょう、彼女個人にとって？　彼女は何のためにこれほど関心を示すんでしょう？　なぜあの人たちはたかが男爵《だんしゃく》か何かにびくびくしたんですかね？　将軍がマドモワゼル・ブランシュ・ド・コマンジュと結婚するからといって、それがどうだというんです？　そういう事情のためになにか特別な態度をとる必要があるんだ、なんて言ってるけれど、それにしてもこれはあまりにも特別すぎるじゃありませんか、あなただってそう思うでしょうに！　どうお考えです？　あなたの目を見て僕は確信してるんですが、あなたはここでも僕より多くのことをご存じなんですね！」

ミスター・アストリーは苦笑して、うなずいた。

「たしかに、わたしはたぶん、この問題でもあなたよりずっとたくさん知っているでしょうよ」彼は言った。「この場合、問題はすべて一人マドモワゼル・ブランシュに関わりがあるんです。これはまったくの真実だと、わたしは確信しています」

「で、マドモワゼル・ブランシュがどうしたんです？」わたしはもどかしげに叫んだ。

（わたしの心に突然、今こそマドモワゼル・ポリーナに関して何かしら解明するだろう、という希望が生れた）

「僕の見たところ、マドモワゼル・ブランシュは今この瞬間、男爵夫妻との出会いをなんとかして避けねばならぬ特別の利害を持っているようですね、まして不快な出会いなぞ、なおさらのことだし、スキャンダル的なものとなったら、もっといかんでしょうね」

「ほう！　ほう！」

「マドモワゼル・ブランシュはおととし、シーズン中にもう、このルーレテンブルグに来たことがあるんです。わたしもここに来ていました。マドモワゼル・ブランシュは当時マドモワゼル・ド・コマンジュと名乗っていませんでしたし、同様に、母親のコマンジュ未亡人《マダム・ヴーヴ》も当時は存在していませんでした。少なくとも、彼女に関しては一言も人の口にのぼりませんでしたね。デ・グリュー――デ・グリューもやはりいませんでした。わたしは深い確信を持っているのですが、あの人たちは親戚《しんせき》同士でなぞないばかりか、付合いもきわめて日が浅いはずですよ。デ・グリュー侯爵になったのも、やはりごく最近のことです――わたしはさる事情があって、それを確信していますけどね。彼がデ・グリューと名乗るようになったのも最近のことだ、と想像することさえできます。わたしは、別の名前でいた時の彼に会ったことがあるというさる人物を、ここで知っていますがね」

「だけど、あの男は実際、交際範囲が広いでしょう？」

「ああ、それはありえますね。マドモワゼル・ブランシュだって、それくらいできますよ。でも、おととし、マドモワゼル・ブランシュは、ほかならぬあの男爵夫人の訴えによって、この町を立ち退《の》くようにという勧告を土地の警察から受けて、立ち退いたんです」

「どうしてそんなことに？」

「彼女はその時ここへ最初、さるイタリア人といっしょに現われたんです。バルベリーニ（訳注 フローレンスの名門の公爵）とかなんとか、それに似たような歴史的な苗字《みょうじ》の公爵《こうしゃく》かなにかでしたがね。全身これ指輪とダイヤずくめみたいな男で、しかもそれが、まがい物じゃないんです。二人ですばらしい馬車を乗りまわしていましたっけ。マドモワゼル・ブランシュは三十・四十《トラント・エ・カラント》をやって最初はツイていたんですが、そのうちひどく運に見放されるようになったんです。わたしの記憶ではそうでした。今でもおぼえていますが、ある晩彼女は途方もない金額を負けてしまったんです。しかし、なによりいけないことに、ある朝《アン・ボー・マタン》彼女の公爵がどこへともわからず姿をくらましてしまったんですよ。馬も馬車も、何もかも消え失《う》せてしまいましてね。ホテルの負債《つけ》は恐るべきものでした。マドモワゼル・ゼルマは（バルベリーニに代って、彼女は突然マドモワゼル・ゼルマに変身したんですよ）、極度の絶望におちこんでいました。ホテルじゅうにきこえるほどの声で泣いたり、わめいたり、狂ったように自分のドレスを引き裂いたりしましてね。ところが同じホテルにさるポーランドの伯爵《はくしゃく》が逗留《とうりゅう》していたんですがね（旅行をしているポーランド人てのは、みんな伯爵ですね）、ドレスを引き裂いたり、香水で磨きあげた美しい手で猫みたいに自分の顔を掻《か》きむしったりしていたマドモワゼル・ゼルマが、その伯爵にそこばくの印象を与えたんです。二人して話し合っていましたっけが、正餐《せいさん》のころまでには彼女は悲しみを忘れていましたよ。その晩、伯爵は彼女と腕を組んでカジノに姿を現わしたものです。マドモワゼル・ゼルマはいつもの癖で、ひどく大きな声で笑っていましたし、その物腰には前よりいくらか崩れるようなご婦人の中には、賭博台《とばくだい》に歩みよるなり、自分の席を空けさせるために、ゲームしている人間を力いっぱい肩で押しのけるような連中がいるものですが、彼女はひととびにそのカテゴリーに入ってしまったんです。そういうご婦人たちにあっては、そういうのが、ここでは特別シックとされているんですよ。あなたも、もちろん、お気づきになったでしょう？」

「ええ、ええ」

「気づくにも値しないんですがね。まともな客にとっては癪《しゃく》の種でも、そういう連中がここでは絶えることがないんです、少なくとも、そういう連中のうち、毎日賭博台のわきで千フラン札を何枚も両替するような手合いはね。もっとも、そういう手合いは札を両替しなくなるや否《いな》や、すぐさまお引取りを願われるんですが。マドモワゼル・ゼルマはそれでもまだ札を替えつづけていましたが、勝負のツキはどんどん落ちてきました。気をつけて見ているとわかりますが、ああいうご婦人方は往々にして勝負運が強いもんです。おどろくべき自制力なんですね。しかし、わたしの話はこれで終りです。ある日、公爵とそっくり同じように、伯爵も姿をくらましちまったんですよ。その晩マドモワゼル・ゼルマはもはや一人で勝負をしに現われたものの、今度はだれもプロポーズする者が出てきませんでした。彼女は二日間でとことん負けてしまいましてね。最後のルイ・ドル貨幣を賭けて、それもはたいてしまうと、彼女はあたりを見まわして、すぐわきに、深い憤《いきどお》りをこめて非常に注意深く彼女を眺めていたヴルマーヘルム男爵を見いだしたってわけです。ところがマドモワゼル・ゼルマは憤りの色を読みとれなかったもので、例の微笑をうかべながら男爵に話しかけて、彼女のために十ルイ・ドルを赤に賭《か》けてくれと頼んだんですよ。その結果、男爵夫人の訴えで、晩までに彼女は、二度とカジノに姿を現わさぬようにという勧告を受けたのです。わたしがこんな些末《さまつ》な、まったくぶしつけな細部まで残らず知っているのを、ふしぎに思われるでしょうが、それというのも、わたしはこの話を、その晩マドモワゼル・ゼルマを自分の幌馬車《ほろばしゃ》でルーレテンブルグからスパーまで運んだ、ミスター・フィーデルという、わたしの親戚からきいたものですからね。これでおわかりでしょう、マドモワゼル・ブランシュが将軍夫人になりたがっているのは、おそらく、おととしカジノの警察からくらったような勧告を、今後受けずにすますために違いありません。今じゃ彼女はもう勝負をやりません。しかし、それというのも、あらゆる徴候からいって彼女は今まとまった資本を持っていて、それをここの賭博狂たちに利息をとって貸しつけているからなんです。このほうがはるかに手堅いですからね。あの気の毒な将軍も彼女に借金しているとさえ、わたしは睨《にら》んでいるんです。ことによると、デ・

グリューも借金してるかもしれませんよ。あるいは、デ・グリューは彼女と共謀《ぐる》かもしれませんしね。あなたも同意してくださるでしょうが、少なくとも結婚式まで、彼女はなんらかの理由で男爵夫妻の注意をひきつけたくないはずなんです。一口に言って、彼女の立場としたら、スキャンダルはいちばん得になりませんからね。あなたはあの一家と結びつきがあるし、あなたの行為はスキャンダルをひき起しかねなかった、まして彼女は毎日のように将軍やミス・ポリーナと腕を組んで人中に姿を現わしてるんだから、なおさらのことです。これでおわかりになったでしょう？」

「いえ、わかりません！」わたしは叫んで、力まかせにテーブルを叩いたので、ボーイがぎょっとして駆けつけたほどだった。

「教えてください、ミスター・アストリー」わたしは夢中でくり返した。「そんな話を全部もう知っていらしたのなら、当然、マドモワゼル・ブランシュ・ド・コマンジュがどんな人物か、そらんじていらっしゃるんでしょうに、いったいどういうわけで、せめて僕なり、当の将軍なり、最後に、いちばん肝腎《かんじん》なことですが、ミス・ポリーナなりに、前もって注意してくださらなかったんです、なにしろミス・ポリーナはこのカジノの人中に、マドモワゼル・ブランシュと腕を組んで姿をさらしてきたんですよ。そんな話ってありますかね？」

「あなたに注意しておくことなんか、何もありませんでしたよ、なぜってあなたは何一つできやしませんでしたからね」ミスター・アストリーは落ちついて答えた。「もっとも、何を警告しろというんです？　将軍はマドモワゼル・ブランシュについて、わたしなぞよりもっと多くのことを知っているかもしれないのに、それでもやはり彼女やミス・ポリーナと散歩してるじゃありませんか。将軍は不幸な人です。昨日見たのですが、マドモワゼル・ブランシュがムッシウ・デ・グリューや、あの小柄なロシアの公爵と、すばらしい駿馬《しゅんめ》をとばしてゆくのを、将軍が赤毛の馬で追いかけていましたっけ。将軍は今朝、足が痛いなんて言ってたけど、騎馬ぶりはみごとなものでしたよ。ところが、まさにその瞬間、突然わたしの頭に、これはすっかり破滅した人間なんだという考えがうかんだんです。おまけに、こんなことはすべて、わたしの知ったことじゃないし、ミス・ポリーナとお近づきになったのもごく最近のことですしね。もっとも（ふいにミスター・アストリーははっと気づいた）、さっきも申し上げたとおり、あなたを心底から好きであるにもかかわらず、ある種の質問を発する権利をあなたに認めることはできませんが……」

「もうたくさんです」立ち上がりながら、わたしは言った。「今こそ僕には白日のように明らかになりました。ミス・ポリーナも、マドモワゼル・ブランシュに関して何もかも承知してはいるんだけれど、あのフランス人と別れることができないために、意を決してマドモワゼル・ブランシュと散歩することにしたんですよ。本当の話、ほかのいかなる影響力だって、彼女にマドモワゼル・ブランシュと散歩したり、男爵に手をださないでくれと手紙で僕に哀願させたりはしないでしょうからね。ここにはまさしく、あらゆるものが屈服するその影響力が存在しているに違いないんです！　だけど、それにしても、男爵に僕をけしかけたのも、彼女なんだな！　畜生、何がなんだかわかりゃしない！」

「忘れてらっしゃるようですが、第一に、あのマドモワゼル・ド・コマンジュは将軍の婚約者ですよ、第二に、将軍の義理の娘であるミス・ポリーナには、将軍の実の子である幼い弟と幼い妹がいて、その子たちはあの半狂人にすっかり放ったらかしにされたうえ、財産までかすめとられているかもしれないんですよ」

「そう、そうだ！　そのとおりです！　あの子たちから去ってしまうのは、つまり、完全に見すててしまうことになるし、このまま踏みとどまっていれば、つまり、あの子たちの利害を守って、ことによると領地の一片なりと救ってやれるかもしれないってわけですね。そう、そう、すべてそのとおりです！　しかし、それでもやはりね！ああ、なぜあの連中がみんなして今お祖母《ばあ》さんにあれほど関心をよせているのか、わかりましたよ！」

「だれにです？」ミスター・アストリーがたずねた。

「死ぬという電報をみんなが待ちわびているのに、いっこう死にそうもない、モスクワのあの年寄りの魔女ですよ」

「そう、もちろん、いっさいの関心がその人のところで結びついたんですよ。問題はすべて、遺産です！　遺産が公にされれば、将軍も結婚するでしょう。ミス・ポリーナは解放されるでしょうし、デ・グリューは……」

「どうなんです、デ・グリューは？」

「デ・グリューは金を払ってもらうでしょう。彼はここでそれだけを待ってるんですから」

「それだけ！　あの男の待っているのが、それだけだと思いますか？」

「それ以上、わたしは何も知りません」ミスター・アストリーは頑《かたく》なに沈黙した。

「ところが僕は知っています、僕は知ってますよ！」激怒してわたしはくり返した。「あの男も遺産を待ってるんです、なぜってポリーナは持参金をもらうでしょうし、金をもらえば、彼女はすぐさまあの男の頸《くび》にとびつくでしょうからね。女なんて、みんなそんなもんですよ！　この上なく気位の高い女だって、この上なく卑《いや》しい奴隷になるもんです！　ポリーナは情熱的な恋しかできない女で、それ以上の何物でもありゃしません！　これが彼女についての僕の見解ですよ！　彼女をよく見てごらんなさい、特に彼女が一人考えこんで坐《すわ》っているような時に――あれは何か、あらかじめ宿命づけられ、判決を言い渡された、呪《のろ》われた存在ですよ！　彼女は人生のあらゆる恐怖や熱情に向いている女です……彼女は……彼女は……それにしても、だれが僕をよんでるんだろう？」ふいにわたしは叫んだ。「だれが叫んでるのかな？　『アレクセイ・イワーノヴィチ！』と、ロシア語で叫んだのがきこえましたよ。女性の声で、ほら、きこえるでしょうが！」

その時わたしたちは自分のホテルに近づいていた。わたしたちはもう大分前に、ほとんど気づかぬうちにカフェをあとにしていたのだった。

「女性の声はきこえたけど、だれをよんでいるのか、わかりませんね。あれはロシア語だから。今度は、声がどこからするのか、わかりましたよ」ミスター・アストリーが指さした。「あれは、大きな車椅子《くるまいす》に坐ったまま、今大勢のボーイに表階段に運び入れられた、あの女性が叫んでいるんです。うしろからトランク類を運んでゆくところをみると、たった今汽車がついたところですね」

「しかし、なぜ僕をよんでるんでしょう？　また叫んでる、見てごらんなさい、僕たちに手を振ってますよ」

「見えますね、手を振ってるのが」ミスター・アストリーが言った。

「アレクセイ・イワーノヴィチ！　アレクセイ・イワーノヴィチ！　ああ、厭《いや》になっちゃう、なんて薄のろなんだろう！」ホテルの表階段から、やけくその叫びがひびいた。

わたしたちはほとんど走るようにして正面玄関に行った。わたしは踊り場に足を踏み入れ……おどろきのあまり両手が垂れ、両足はそのまま石畳に生えたようになった。

第九章

ホテルの幅広い表階段のいちばん上の踊り場に、車椅子のまま運び上げられ、召使や侍女やぺこぺこしている大勢のホテルの従業員たちに取りかこまれ、そのうえ、かくも仰々しく賑《にぎ》やかに、自分の屋敷の召使たちや、おびただしい数の旅行鞄《かばん》やトランクといっしょに乗りこんできたこの身分の高い客を迎えに出てきたボーイ長までも侍《はべ》らせて、鎮座ましましていたのは――お祖母さん、だった！　そう、それはまさしく彼女、みなにこわがられている裕福な、七十五歳のアントニーダ・ワシーリエヴナ・タラセーヴィチェワであり、女地主でモスクワの貴婦人で、危篤《きとく》だというのでしきりに電報のやりとりをしていたものの、結局死なずに、突然、青天のへきれきのように、みずからじきじきにわれわれの前に姿を現わした、あのお祖母《ラ・バブーリンカ》ちゃんであった。姿を現わしたとはいうものの、足がきかないので、この五年間ずっとそうしてきたように、例によって車椅子のまま運ばれてはいたが、いつものとおり、活潑《かっぱつ》で、気短かで、ひとりよがりで、しゃんとした姿勢で坐《すわ》ったまま、大声で頭ごなしに怒鳴りつけ、みんなを叱《しか》りとばし――つまり、わたしが将軍家に家庭教師として奉職して以来、二、三度拝顔の栄に浴した時とそっくりそのままだった。当然のことながら、わたしはおどろきのあまり、彼女の前にぽかんと突っ立っていた。ところが彼女のほうは、車椅子で運ばれている時に、百歩も離れたところからその山猫のような目で見つけて、わたしと気づき、これまた例によって一遍こっきりでしかと記憶に刻みつけたわたしの名前と父称をよんだのだった。『こんな元気な婆《ばあ》さまが、葬《ほうむ》られて遺産を残した姿を棺《かん》桶《おけ》の中に拝もうなんて、みんなで期待してたんだからな』こんな考えがちらとわたしの頭をよぎった。『しかし、この婆さまはわれわれみんなや、このホテルのだれよりも長生きするだろうよ！　しかし、大変だ、こうなると、うちの連中はどうなるんだろう、この先将軍はどうなるんだろう！　この婆さまはこれからホテルじゅうをひっくり返すことだろうな！』

「どうしたの、お前さん、わたしの前に突っ立って、目を丸くしたりしてさ！」お祖《ば》母《あ》さんはわたしを怒鳴りつづけた。「おじぎして挨拶することも知らないのかえ？　それとも高慢ちきになって、挨拶《あいさつ》なんぞしたくないっての？　でなけりゃ、お見忘れかね？　ちょいと、ポタープイチ」彼女は、旅行のお伴《とも》をしてきた、燕尾服《えんびふく》に白ネクタイ、ばら色に禿《は》げあがった白髪の老人である執事をかえりみた。「どうだね、わからないらしいよ！　葬式までしたんだものね！　死んだか、死なないかって、たてつづけに電報を打ってよこしたりしてさ。わたしはみんな知ってるのよ！　ところが、おあいにくさま、わたしゃこのとおりぴんぴんしてますからね」

「冗談じゃありませんよ、アントニーダ・ワシーリエヴナ、どうして僕があなたに厭《いや》なことを望むもんですか？」われに返って、わたしは快活に言った。「びっくりしただけですよ……それに、どうしておどろかずにいられますか、こんなだしぬけに……」

「何をびっくりすることがあるの？　汽車に乗って、やって来ただけのことじゃないかね。車室は静かだし、揺れはないしさ。散歩に行ってきたのかえ？」

「ええ、カジノへ行って来たんです」

「ここはいいね」あたりを見まわしながら、お祖母さんは言った。「暖かいし、木立ちは豊富だし。こういうの、わたしは好きさ！　みんなはいるかえ？　将軍は？」

「ええ！　いますよ、この時間なら、きっとみんないます」

「じゃ、あの連中はここでもきちんと時間を決めて、万事に格式ぶってるんだね？　格好をつけてるね。お抱えの馬車があるって、きいたよ。ロシアの貴族《レ・セニュール・リュス》さまだこと！　身上を使いはたしちまって、すたこら外国行きのくせに！　で、プラスコーヴィヤもいっしょかえ？」

「ポリーナ・アレクサンドロヴナもごいっしょです」

「あのフランスっぽもかい？　まあ、わたしのほうからみんなに会うとしよう。アレクセイ・イワーノヴィチ、ぶっつけに行くから、案内しておくれな。お前さんはここで楽しいのかえ？」

「まああってとこですよ、アントニーダ・ワシーリエヴナ」

「ちょいと、ポタープイチ、この薄のろのボーイに言っておくれ、あまり上の階じゃないところに、使いやすい、良い部屋をとって、そこへ荷物も今すぐ運ぶようにって。なにもみんなしてわたしを運ぼうと、しゃしゃりでることはないだろうに？　なんだって、そんなに這《は》いつくばるんだえ？　なんて奴隷《どれい》だろう！　お前さんのお連れはどういう方？」彼女はまたわたしに声をかけた。

「こちらはミスター・アストリーです」わたしは答えた。

「ミスター・アストリーってのは、いったいどういうお人？」

「旅行者です、僕のよい友人で。将軍ともお知り合いです」

「イギリス人ね。道理でわたしをじっとみつめたまま、口を開こうとしないわけだわ。もっとも、わたしはイギリス人は好きだけどね。さ、上に運んでおくれ、まっすぐあの連中の部屋へ。どこなの、部屋は？」

　お祖母さんは運ばれて行った。わたしは先頭に立ってホテルの幅広い階段をのぼった。われわれの行列はたいそう効果てきめんだった。行き会う者がみんな足をとめ、目を丸くしてみつめた。われわれのホテルはこの温泉でももっともいい、もっとも高級な、もっとも貴族的なものとみなされていた。階段や廊下ではいつも華やかな貴婦人や、偉そうなイギリス人と顔を合わせる。たいていの人が階下で、当人もひどく面くらっているボーイ長にたずねていた。ボーイ長は質問する人たちみんなに、もちろん、あれは偉い外国人であり、ロシア人《ユヌ・リュス》で、伯爵夫人《ユヌ・コンテッス》で、偉い貴婦人《グランド・ダーム》で、一週間前までN大公妃《ラ・グランド・デュセス》が使っていた部屋にお入りになるのだ、と答えていた。車椅子のままかつがれてゆくお祖母さんの、威厳のある高飛車な態度が、主要な効果の原因だった。

新しい顔に出会うたびに、彼女はすぐさま好奇心にかられた眼差《まなざ》しで相手を眺めまわし、いちいち大きな声でその人たちのことをわたしにたずねるのだった。お祖母さんは大柄の部類で、椅子から立ち上がらなくとも、一目見れば、非常に長身であることが感じとれた。背中は一枚板のようにまっすぐしゃんとしており、椅子にもたれなかった。彫りの深い大きな目鼻だちをした、白髪の大きな頭を上に反らして、なにか不《ふ》遜《そん》にさえ見える、挑むような態度に見えた。それでいて、眼差しやしぐさがまったく自然であることは明らかだった。七十五歳という年齢にもかかわらず、顔などもかなりみずみずしく、歯もさほどわるくなかった。彼女は黒い絹のドレスに白い室内帽をかぶっていた。

「お祖母さんはわたしにはとても興味がありますね」わたしと並んで階段を上りながら、ミスター・アストリーがささやいた。

『電報のことを知っているんだ』わたしは思った。『デ・グリューのことも知っている。しかし、マドモワゼル・ブランシュのことは、まだあまりご存じないらしいな』わたしはすぐミスター・アストリーにそのことを告げた。

わたしも罪深い人間だ！　当初のおどろきが過ぎ去ったとたん、わたしは今から将軍に与える雷のようなショックがひどく嬉《うれ》しくなった。

うちの連中の部屋は三階だった。わたしは取次ぎも乞《こ》わず、ドアをノックさえしないで、いきなりいっぱいに開けひろげ、お祖母さんを凱旋《がいせん》将軍のように運びこんだ。お誂《あつら》えむきに、全員が将軍の書斎に顔をそろえていた、十二時だったので、ピクニックか何かの相談をしていたらしい——馬車で行こうという者もあれば、全員そろって馬で行こうという者もあるようだった。そのほかにまだ、知人たちの内で招かれた人たちもいた。将軍と、ポリーナ、子供たち、乳母のほかに、部屋にいたのは、デ・グリューと、またぞろ乗馬服のマドモワゼル・ブランシュ、母親のコマンジュ未亡人、小柄な公爵《こうしゃく》、さらになにか旅行中の学者とかいうドイツ人とで、この男にここで会うのは、わたしは初めてだった。お祖母さんの車椅子は、書斎のど真ん中、将軍から三歩のところに、いきなり下ろされた。ああ、この時の印象をわたしは決して忘れないだろう！　わたしたちが入ってゆく前、将軍が何か話をして、デ・グリューがそれを修正したのだった。指摘しておかねばならないが、これでもう二日か三日、マドモワゼル・ブランシュとデ・グリューは、かわいそうな将軍《ア・ラ・バルブ・デュ・ポーヴル・ジェネラル》の鼻先で、小柄な公爵をなぜかひどくちやほやしていたので、一座は人工的かもしれぬとはいえ、この上なく楽しい、家族団欒《だんらん》的な調子に作られていた。お祖母さんを見たとたん、将軍はふいに呆然《ぼうぜん》となって、口をあけ、言葉半ばで絶句した。将軍はまるで怪獣の一睨《にら》みで金縛りにされたみたいに、目を剝《む》いてお祖母さんをみつめていた。お祖母さんも無言のまま、身じろぎ一つせずに将軍をみつめていたが、なんという勝ち誇ったような、挑戦的な、あざけるような眼差しだったことだろう！　二人は、周囲の人たちの深い沈黙の中で、まる十秒間ほど互いにみつめ合いつづけていた。デ・グリューは最初は呆然としていたが、間もなくその顔に極度の不安がちらとうかんだ。マドモワゼル・ブランシュは眉《まゆ》を吊《つ》り上げ、口をあけて、ふしぎそうにお祖母さんを眺めていた。公爵と学者は深い不審に包まれて、この光景の一部始終を観察していた。ポリーナの眼差しには極度のおどろきと不審の色があらわれたが、ふいに彼女は布のように蒼白《そうはく》になった。一分ほどすると、ぐんぐん顔に血がのぼり、頬を染めた。そう、これはだれにとっても一大異変であった！　わたしがしたことといえば、視線をお祖母さんから周囲のみんなに移し、またお祖母さんに戻しただけだった。ミスター・アストリーは例によって落ちつきはらって行儀よく、わきの方に立っていた。

「はい、やって来ましたよ！　電報の代りにね！」やっと沈黙を破って、お祖母さんが感情をぶちまけた。「どう、思いがけなかった？」

「アントニーダ・ワシーリエヴナ……伯母さん……それにしても、いったいどうやって……」哀れな将軍がつぶやいた。もしお祖母さんがあと何秒か口をきかずにいたら、おそらく将軍は発作を起していたことだろう。

「どうやって、とは何だね？　汽車に乗って、来ましたよ。鉄道は何のためにあるんだえ？　あんたたちは、わたしがもうお陀仏《だぶつ》して遺産でも残してくれた、と思ってたんだろうね？　あんたがここから電報をせっせと打っていたのを、わたしは知ってるんだから。電報代をさぞたんと払ったことだと思うよ。ここからだと安かないものね。ところが、わたしはみんなに担《かつ》がれて、ここへやって来たんだよ。これは、例のフランス人かえ？　ムッシウ・デ・グリュー、だったかね？」

「はい《ウィ》、奥さま《マダム》」デ・グリューがすかさず言った。「どうか信じてください、わたし《エ・クロワィエ・ジュ・》はとても感激しております《スィ・シ・アンシャンテ》……あなたのご健康は《ヴォートル・サンテ》……これは奇蹟です《セ・タン・ミラークル》……ここでお目《ヴー・ヴォ》にかかれるとは《ワール・イシ》、望外の喜びです《ユヌ・シュルプリーズ・シャルマント》……」

「喜びがきいて呆《あき》れるよ、あんたのことなら、わたしは知ってますよ。あんたは大した道化さ。わたしはね、あんたなんぞこれっぽっちも信用するもんかね！」こう言って彼女は自分の小指を示した。「これはどういう人」マドモワゼル・ブランシュを指さして、彼女は問いかけた。乗馬服を着て、鞭《むち》を手にした効果たっぷりのフランス女が、どうやらおどろかせたようだ。「土地の人かえ？」

「こちらはマドモワゼル・ブランシュ・ド・コマンジュです。それからあちらは、母上のマダム・ド・コマンジュで、ここのホテルに泊っておられるんです」わたしが報告した。

「娘のほうは結婚してるのかえ？」お祖母さんは遠慮せずにたずねた。

「マドモワゼル・ド・コマンジュは、まだ娘さんです」わたしはできるだけ丁寧に、わざと小声で答えた。

「明るい子かい？」

わたしは質問が理解できなかった。

「いっしょにいて退屈しないかえ？　ロシア語はわかるの？　このデ・グリューなんぞ、モスクワでロシア語をマスターしたじゃないの、だいぶ手抜き工事だったけど」

わたしは、マドモワゼル・ド・コマンジュは一度もロシアに行ったことがないと、説明した。

「こんちわ《ボンジュール》！」突然きりっとマドモワゼル・ブランシュの方に向き直って、お祖母さんが言った。

「こんにちわ《ボンジュール》、奥さま《マダム》」並みはずれた謙虚さといんぎんさの仮面の下で、こんな奇妙な質問や応対に対する極度のおどろきを、顔と姿の表情全体によって急いで示し、マドモワゼル・ブランシュは行儀よく、しとやかに腰をかがめた。

「おや、目を伏せたりして、お上品ぶってお行儀のいいこと。すぐに正体はわかるよ、女優かなにかだね。わたしはこのホテルの、下の階に部屋をとりましたからね」彼女はだしぬけに将軍に言った。「あんたのお隣さんになるわけさ。嬉しいの、嬉しくないの？」

「ああ、伯母さん！　真実の気持を信じてくださいよ……わたしの喜びを」将軍がすかさず言った。彼はもうある程度自分を取り戻していたし、場合によっては上手に、勿体《もったい》らしく、ある種の効果をねらって話すすべも心得ていたので、今も弁舌をふるいにかかった。「わたしらは伯母さんがご病気だという知らせに、そりゃ心配で、ショックを受けたもんです……そういう絶望的な電報を何通ももらっていたところへ、突然……」

「ふん、嘘《うそ》をおつき、嘘ばっかり！」お祖母さんがすぐにさえぎった。

「しかし、いったいどうして」この『嘘をおつき』を気にとめまいと努めて、将軍も急いで相手の言葉をさえぎり、声を高くした。「それにしても、どうして、こんな旅行を決心なさったんです？　そうじゃありませんか、そのお年で、そのお身体《からだ》で……少なくとも、あまり思いがけないことなんで、わたしたちのおどろきも察してくださいよ。しかし、わたしはとても嬉しいし……わたしたちみんなして（彼は歓喜、感激したように微笑しはじめた）、ここでの一シーズンをこの上なく楽しい時間つぶしにしてさしあげるよう、精いっぱい努力しますよ」

「ふん、たくさんよ、中身のないお喋《しゃべ》りなんて。例によって、大風呂敷《おおぶろしき》をひろげたもんだね。わたしは自分でもちゃんとやってけます。もっとも、あんたたちも袖《そで》にはしないけど。べつに恨みはないんだから。いったいどうして、とおききだね？　べつだんおどろくほどのことはありゃしないさ。ごく簡単な話。それなのに、何をみんなしておどろいているのかね。こんちわ、プラスコーヴィヤ。お前はここで何をしているの？」

「こんにちわ、お祖母さま」そばに近づきながら、ポリーナが言った。「道中は時間がかかりまして？」

「ほう、この子がいちばん気のきいた質問をしたわ、ほかの者は『あら、あら！』と言うだけだもの。ほら、ごらんのとおりだよ。ずっと寝こんだままで、さんざ治療に治療をかさねていたんだけれど、わたしは医者たちを追い返しちまって、ニコラ寺院の寺男をよんだんだよ。その男が、同じような病気をしていたある女を乾草《ほしくさ》の粉で癒《なお》したというんでね。それがわたしにも効いたんだよ。三日目には全身に汗をかいて、起き上がったんだからね。それから出入りのドイツ人たちがまた集まって、眼鏡なんぞかけて、評定をはじめてさ。『これから外国の温泉にでも行って、温泉療法をなされば、便秘もすっかりよくなるでしょうよ』なんて言うから、それじゃ行かない理由はあるまいと思ったわけ。ばか者のザジーギンなんて手合いは、『あら、あら』と肝をつぶして、『どこに行きつけるもんですか！』と言ってたから、よし、それなら見ていろ！　というわけで、一日で支度をして、先週の金曜に小間使と、ポタープイチと、召使のフョードルを連れて出発したんだけど、あのフョードルはベルリンから追い返しちまったよ。だって、あんな男はまるで必要ないことがわかったし、まるきり一人でも行きつけるだろうからね……汽車さえ特別室をとれば、どの駅にもポーターはいるから、二十カペイカでどこへでも運んでくれるもの。まあ、あんたたちは豪勢な部屋を借りてるんだこと！」彼女は部屋を眺めまわしながら、話を結んだ。「これはどういうお金から出ているんだえ、あんた？　だって、あんたの財産は全部、抵当に入っているんだろうに？　このフランスっぽだけにだって、たいへんなお金を借りてるってのに！　わたしは何もかも知ってるのよ、何もかも知ってるんだから！」

「わたしはね、伯母さん……」すっかりどぎまぎして、将軍が言いはじめた。「おどろきましたな、伯母さん……わたしだって、だれの監督もなしにやってゆけると思いますがね……おまけに、わたしの支出が資本を上まわってるわけじゃありませんし、わたしたちはここで……」

「上まわっていない、だって？　よくも言ったもんだ！　きっと、子供たちから最後の分までかすめ取っちまったんだろうよ、呆《あき》れた後見人だこと！」

「それじゃ、そんなことをおっしゃられたんでは……」憤然として将軍が言いだした。

「わたしはもう知りませんよ……」

「知らなくて結構！　きっと、ここじゃルーレットから離れようとしないんだろ？　すっかり使いはたしちまったんだろうに？」

将軍はあまりのショックで、こみあげる高ぶった感情のためにあやうく咽《む》せ返りそうになった。

「ルーレット？　このわたしが？　わたしほどの身分で……このわたしが？　しっかりしてくださいよ、伯母さん、きっとまだお加減がわるいんですね……」

「ふん、嘘をお言い、嘘を。きっと、いくら引っ張っても離れようとしないんだろうに。のべつ嘘ばかりついて！　わたしは今日にでも、そのルーレットとやらがどんなものか、見てこよう。プラスコーヴィヤ、ここへ来たらどこで何を見物するのか、話しておくれな、そしたらこのアレクセイ・イワーノヴィチが案内してくれるだろうから。それからお前はね、ポタープイチ、見に行く場所を全部書きとめておき。ここでは何を見物するんだえ？」ふいに彼女はまたポリーナに問いかけた。

「ここの近くにお城跡がありますし、それからシランゲンベルグですわね」

「何さ、そのシランゲンベルグってのは？　林かえ？」

「いいえ、林じゃなく、山です。そこのポワントが……」

「ポワントって何さ？」

「山のいちばん高い地点で、柵《さく》で囲まれた場所なんです。そこからの眺めは絶景ですわ」

「山の上に椅子《いす》をかつぎ上げるのかい？　上れるかしらね？」

「ああ、ポーターなら見つかりますよ」わたしが答えた。

この時、乳母のフェドーシヤがお祖母《ばあ》さんのところに挨拶《あいさつ》に近より、将軍の子供たちを連れて来た。

「いや、何も接吻《せっぷん》し合うことはないよ！　子供とキスするのは嫌いでね。子供はみんな洟《はな》たらしだから。で、ここはどうだえ、フェドーシヤ？」

「こちらはたいそう、たいそうようございます、アントニーダ・ワシーリエヴナ奥さま」フェドーシヤが答えた。「いかがでございました、奥さま？　わたしたちは奥さまのことで、それは心配いたしておりましたんですよ」

「知ってますよ、お前は純真だからね。これはどうなってるんだえ、いつもお客さんなのかい？」彼女はまたポリーナにたずねた。「あれはどういう人、あの眼鏡をかけた、汚ならしい男は？」

「ニーリスキー公爵ですわ、お祖母さま」ポリーナがささやいた。

「じゃ、ロシア人かえ？　わたしは、わかりっこないと思ってたわ！　たぶん、きこえなかっただろうよ！　ミスター・アストリーには、もうお会いしたんだよ。あら、またいらしてるね」お祖母さんは彼を見つけた。「どうも先ほどは！」彼女はふいに声をかけた。

ミスター・アストリーは無言で一礼した。

「で、あなたはどんないいお話をきかせてくださるの？　何かおっしゃってちょうだい！　通訳しておくれな、ポリーナ」

ポリーナが通訳した。

「あなたを拝見しているのがたいへん楽しいですし、ご壮健のご様子、なによりと思っております」ミスター・アストリーがまじめに、しかしきわめて手馴《てな》れた口調で答えた。お祖母さんは通訳してもらい、どうやらそれが気に入ったようだった。

「イギリス人はいつも実にちゃんとした返事をするもんだね」彼女は感想を述べた。

「わたしはどういうわけか、かねがねイギリス人が好きだったわ、フランスっぽなんぞとは比較になりゃしない！　お寄りくださいな」彼女はまたミスター・アストリーに話しかけた。「あまりご迷惑をかけないように努めますから。これを通訳しておくれ、そして、わたしは下の階だからと言っておくれな。いいですか、一階、一階ですから」指で下をさし示しながら、彼女はミスター・アストリーにくり返した。

ミスター・アストリーはこの招きにきわめて満足していた。

お祖母さんは注意深い、満足そうな眼差《まなざ》しで、ポリーナを頭から足の先まで眺めまわした。

「お前をかわいがってやりたいね、プラスコーヴィヤ」だしぬけに彼女は言った。「お前はとてもいい子だよ、いちばんすてきだ、それになかなか気骨もあるしさ、うん！　そりゃわたしだって気骨はあるけどね。ちょいと横を向いてごらん、お前の髪は、かもじかえ？」

「いいえ、お祖母さま、自分の髪ですわ」

「そうかい、わたしは当節のばからしいモードが嫌いでね。お前はとてもきれいだよ。わたしが男なら、惚《ほ》れこむところだ。どうしてお嫁に行かないんだね？　それはそうと、そろそろ行かなけりゃね。散歩もしたいし。でないと、ずっと汽車つづきだったからね……どうしたの、まだ怒ってるのかえ？」彼女は将軍に声をかけた。

「とんでもない、伯母さん、よしてくださいよ！」喜んだ将軍は急にわれに返った。

「わかっていますとも、あなたのお年では……」

「このお年寄りは子供に返っちまいましたね《セット・ヴィエーユ・エ・トムベ・アン・ナンファンス》」デ・グリューがわたしに耳打ちした。

「わたしはここで何もかも見物したいんだよ。あんた、アレクセイ・イワーノヴィチをわたしに譲ってくれるわね？」お祖母さんは将軍にかさねて言った。

「ええ、いくらでも、それにわたし自身だって……ポリーナやマドモワゼル・ブランシュも……わたしたちはみんな、お伴《とも》できるのを喜びに思っていますから」

「しかし、奥さま《メ・マダム》、それはお楽しみなことで《スラ・スラ・アン・プレジール》」デ・グリューが魅力的な微笑をうかべて、ひょいと口をはさんだ。

「そうとも、お楽しみ《プレジール》ですよ。あんたは滑稽《こっけい》だね、ほんとに。しかし、お金なんぞあんたにはあげないよ」唐突に彼女は将軍に向って付け加えた。「さ、それじゃ、わたしの部屋へ行こう。よく点検しなけりゃいけない、それから名所めぐりに行こうじゃないの。じゃ、かついでおくれ」

お祖母さんはまたかつぎ上げられ、みんなは車椅子のあとから一団となって階段を下りて行った。将軍はまるで棍棒《こんぼう》で頭を一撃されてぼっとなったみたいな様子で、歩いていた。デ・グリューは何やら思いめぐらしていた。マドモワゼル・ブランシュは残ろうとしたのだが、なぜかやはりみんなといっしょに行くことに決めた。公爵《こうしゃく》も彼女のあとにすぐつづいたので、三階の将軍の部屋に残ったのは、ドイツ人とコマンジュ未亡人だけだった。

第十章

温泉地では——それも、どうやら、ヨーロッパじゅうどこでもそうらしいが——客に部屋を割りふるにあたってホテルの支配人やボーイ長が指針とするのは、客の要求や希望というより、むしろ、客に対する自分たち自身の個人的な眼鏡である。しかも、めったに間違うことがない点は、指摘しておく必要があるだろう。だが、なぜかわからないが、お祖母《ばあ》さんに与えられたのは、あまりにも豪華な部屋で、薬の効きすぎの感さえあった。なにしろ、立派な調度を配した部屋が四つに、バスルーム、召使用の部屋がいくつか、小間使のための特別な小部屋、等々といった具合である。事実、この部屋に一週間前、どこかの大公妃《グランド・デュセス》が泊っていたのであり、そのことは、部屋にさらにいっそうの値打ちを添えるため、すぐさま新しい客に告げられた。それらの部屋全部をお祖母さんは運ばれて通った、というより車椅子《くるまいす》を押してゆかれ、注意深く厳密に点検した。ボーイ長は頭の禿《は》げた、もう年輩の男だったが、この最初の検分にうやうやしく付き従っていた。

彼らみんながお祖母さんを何者と受け取ったのか、わからないが、どうやら、並みはずれて偉い、そして肝腎《かんじん》な点は、きわめて裕福な人物ととったようだ。お祖母さんはいまだかつて公爵《こうしゃく》夫人になったことなどないのに、宿帳にはさっそく『将軍夫人、タラセーヴィチェワ公爵夫人』と記入された。おかかえの召使、列車の特別室、お祖母さんといっしょに到着した、不必要な旅行鞄《かばん》やトランクや、はては長持さえもある山のような荷物などが、おそらく、そうした威信の源となったに違いない。また、車椅子や、お祖母さんのきびしい口調や声、まったく遠慮せず、いかなる反論も我慢せぬ態度で発せられる風変りな質問など、一口に言って、姿勢のまっすぐな、きびしい、高圧的なお祖母さんの姿全体が、彼女に対する一同のうやうやしさを完全なものにしたのだった。検分の際にお祖母さんは、時折ふいに椅子をとめるよう命じ、調度類の何かの品を指さして、うやうやしい微笑をうかべてこそいるがもはや臆《おく》しはじめているボーイ長に、思いもかけぬ質問を発するのだった。お祖母さんはフランス語で質問を発するのだが、しかし、そのフランス語がかなりひどいので、たいていわたしが通訳した。ボーイ長の返事は大部分が彼女の気に入らず、不満足なものに思われた。それに、お祖母さんが質問することはすべて、まるで必要なことではなく、なにやらわからぬようなことばかりだった。たとえば、ふいに一枚の絵——神話を主題にしたなにか有名な絵のかなりお粗末な複製の前で、車椅子をとめる。

「だれの肖像画？」

ボーイ長は、たぶん、なんとか伯爵《はくしゃく》夫人のだろう、と説明する。

「どうして、お前さんは知らないんだえ？　ここに暮していながら、知らないなんて。なぜ、こんな絵がここにあるの？　どうして藪睨《やぶにら》みなんだえ？」

こんなどの質問にもボーイ長は満足に答えることができず、うろたえさえした。

「でくの坊だね！」お祖母さんはロシア語で酷評した。

お祖母さんはさらに押して行かれた。サクソニヤ陶器の彫像のところでも、まったく同じ一幕がくり返され、お祖母さんは永いことその彫刻をしげしげと眺めたあげく、なぜかわからないが、持ち去るよう命じたのである。しまいには、寝室の絨毯《じゆうたん》はいくらしたかとか、どこで織っているのかなどと、ボーイ長にしつこくたずねた。ボーイ長は調べておくと約束した。

「なんて間抜けぞろいなんだろう！」お祖母さんは不平をこぼし、すべての注意をべッドに注いだ。

「なんて仰々しい天蓋《てんがい》だろ！　めくってごらん」

寝床がめくられた。

「もっと、もっと、すっかりめくっておくれ。枕《まくら》や枕カバーは取り除いてちょうだい、羽布《はねぶ》団《とん》を持ち上げて」

何もかもひっくり返された。お祖母さんは注意深く点検した。

「南京虫《なんきんむし》がいないのは、結構だね。シーツ類は全部はずしとくれ！　わたしのシーツとわたしの枕にするんだよ。それにしても、何から何まで仰々しすぎて、わたしみたいな年寄りがこんな部屋をどうすりゃいいんだろ。一人じゃ淋しいよ。アレクセイ・イワーノヴィチ、子供たちの勉強を終えたら、せいぜいこまめに寄っておくれな」

「僕はもう昨日から将軍のところに勤めていないんです」わたしは答えた。「だから、このホテルにもまったく自前で泊ってるんですよ」

「それは、どういうわけ？」

「二、三日前にドイツのさる高貴な男爵《だんしゃく》が夫人同伴で、ベルリンからここへ来たんですがね。僕は昨日、散歩の時に、ベルリンふうの発音を守らないで、男爵にドイツ語で話しかけちまったんですよ」

「で、それがどうしたの？」

「男爵がそれを無礼とみなして、将軍に訴えたので、将軍は僕を昨日クビにしたんです」

「それで、どうなの、お前さんはその男爵とやらに毒づきでもしたのかえ？（たとえ毒づいたとしたって、かまやしないけどさ！）」

「いえ、そうじゃありません。むしろ反対に、男爵が僕にステッキを振り上げたんです」

「あんたも腰抜けだね、自分とこの家庭教師をそんなふうに扱わせたりしてさ」お祖母さんはふいに将軍をふり返った。「おまけにクビにするなんて！　あんたたちは間抜けばかりだよ、わたしの見るところ、そろいもそろって間抜けばかりさ」

「ご心配には及びませんよ、伯母さん」将軍がいくらか尊大な、馴《な》れなれしいひびきで答えた。「わたしは自分のことは自分で処理できますから。それに、アレクセイ・イワーノヴィチの話もまったく正確というわけじゃありませんしね」

「で、お前さんは結局泣き寝入りしたのかえ？」彼女はわたしに問いかけた。

「僕は男爵に決闘を申しこむつもりだったんですが」わたしはできるだけ謙虚に、冷静かに答えた。「将軍が反対したもんで」

「あんたはなぜ反対したの？」お祖母さんはまた将軍をかえり見た。（お前さんは退《さが》ってよろしい、よばれたら来なさい――彼女はボーイ長にも言葉をかけた――なにも、ぽかんと口をあけて突っ立ってることはないよ。わたしはこんなニュールンベルグ面《づら》、見るも我慢がならないわ！）ボーイ長はもちろんお祖母さんのお世辞を理解できずに、一礼して、出て行った。

「冗談じゃないですよ、伯母さん、決闘なんてできると思いますか？」嘲笑《ちようしよう》をうかべて将軍が言った。

「じゃ、なぜ、できないんだね？　男ってものはみんな雄鶏《おんどり》と同じなのさ、喧嘩《けんか》をすりゃいいのにさ。わたしの見るところ、あんたたちはみんな間抜けばかりだ。祖国を支えることなんぞできないね。さ、持ち上げとくれ！　ポタープイチ、いつでもポーターが二人用意できてるように手配して、やとって、話をとりきめといておくれ。二人以上は必要ないよ。かつぐのは階段だけで、平らなところや通りは、転がせばいいんだから、そう話しといておくれ。それに、前払いにしておやり、そのほうが丁寧にするだろうから。お前はいつでもそばに控えていなさいよ、それから、アレクセイ・イワーノヴィチ、散歩の時わたしにその男爵を教えてちょうだい、いったいどんな男爵さまか、せめて一目見てやりたいもの。で、そのルーレットとやらは、どこにあるんだね？」

わたしは、ルーレットがカジノのホールに設けられていることを説明した。そのあと、それはたくさんあるのか？　勝負をする人は大勢なのか？　一日じゅうやっているのか？　どういう仕組みなのか？　などという質問がつづいた。わたしは結局、いちばんいいのは自分の目で見ることであり、こんなふうに説明するのはかなりむずかしいものだ、と答えた。

「そう、それじゃまっすぐそこへ連れてっとくれ！　先に立っておくれな、アレクセイ・イワーノヴィチ！」

「それじゃ、伯母さん、旅の疲れを休めようとさえなさらないんですか？」将軍が心配そうにたずねた。彼はいくらかそわそわしはじめたみたいだったし、ほかのみんなもなんとなく困惑して、顔を見合せはじめた。きっと、お祖母さんの伴《とも》をしていきなりカジノにのりこむのが、いささかこそばゆく、恥ずかしくさえあったのだろうし、カジノに行けば、お祖母さんはもちろん何か突飛な振舞いを、しかも今度はもう公衆の面前で、しでかしかねなかったからに違いない。それでいながら、みんなは自分からお伴をしようと名乗りでるのだった。

「なにを休むことがあるんだえ？　わたしゃ疲れてませんよ。それでなくたって、五日も坐《すわ》りづめなんだし。そのあと、ここにはどんな源泉や霊泉があるのか、そういうのがどこにあるのか、見物しようじゃないの。それから例の……なんて言ったっけ、プラスコーヴィヤ、ポワントだっけ？」

「ポワントですわ、お祖母さま」

「ポワントなら、ポワントでもいいさ。そのほかに、ここには何があるの？」

「ここにはいろんなものがありますわ、お祖母さま」ポリーナが言い淀《よど》んだ。

「なんだ、自分も知らないのかい！　マルファ、お前もいっしょにおいで」彼女は自分の小間使に言った。

「しかし、何のためにその子なんぞを、伯母さん？」ふいに将軍がやきもきしはじめた。「それに結局、だめですよ。ポタープイチだって、カジノそのものには入れてもらえないでしょうよ」

「ふん、ばかなことを！　この子が召使だから、放っておけっていうの！　この子だって生身の人間ですよ。もう一週間も旅から旅へ駆けめぐってるんだもの、この子だって見物したいさね。わたしのほかに、だれについて行かれますか？　一人だったら通りに鼻を出す勇気もない子なんだから」

「でもね、お祖母さん……」

「あんた、わたしといっしょじゃ恥ずかしいとでもいうの？　だったら家に残っといでな、べつに頼んでやしないんだから。まったく、たいそうな将軍だこと。そういうわたしだって将軍夫人ですからね。それに、いったいどうしてあんたたちは、そんなにぞろぞろわたしのあとにくっついてくるんだえ？　わたしはアレクセイ・イワーノヴィチと、何もかも見物してきますよ……」

しかし、デ・グリューは断固として全員でお伴をすると言い張り、お伴をする喜びだとか何だとか、精いっぱい愛想のいい言葉をならべたてた。みんなで出発した。「彼女は子供に返っちまいましたね《エレ・トムベ・アン・ナンファンス》」デ・グリューは将軍にくり返した。「彼女一人だとばかな真似をしでかすでしょうよ《スル・エル・フラ・デ・ベティーズ》……」その先はわたしにはききとれなかったが、明らかに彼には何かの意図があるか、あるいは希望さえ戻ってきたらしかった。

カジノまで、五百メートルほどだった。わたしたちの道はマロニエの並木道を通って、辻《つじ》公園まで行き、それを迂回《うかい》してまっすぐカジノに通じていた。将軍はいくらか安心していた。というのも、わたしたちの行列が、かなり風変りだったとはいえ、それでも行儀よく、上品だったからである。それにまた、病気で衰弱した、足の不自由な人間が温泉地にあらわれたという事実に、なんらふしぎな点はなかった。だが、明らかに、将軍の恐れているのはカジノだった。いったい何のために、足の不自由な病人で、しかも老婆《ろうば》が、ルーレットに行ったりするのか？ ポリーナとマドモワゼル・ブランシュは、押されてゆく車椅子と並んで、両側を歩いていた。マドモワゼル・ブランシュは笑い声をあげ、控え目に快活で、時折きわめて愛想よくお祖母《ばあ》さんにふざけさえしたので、しまいにはお祖母さんも彼女を賞《ほ》めるようになった。反対側にいるポリーナは、たえず数限りなく浴びせられるお祖母さんの、今通ったのはだれ？ 馬車で通りすぎた女はどういう人？ この町は大きいのかえ？ 公園は大きいの？ あれはなんという木？ あれはなんていう山だい？ ここには鷲《わし》なんか飛んでいるかい？ あれはなんて滑稽《こっけい》な屋根なんだろうね？ などという質問に、答えなければならなかった。ミスター・アストリーはわたしと並んで歩き、今日は正餐《せいさん》までの間にいろいろなことが期待できそうだと、わたしに耳打ちした。ポタープイチとマルファは、今度は車椅子のあとについて、うしろを歩いていた――ポタープイチはいつもの燕尾服《えんびふく》に白ネクタイだが、大黒帽子をかぶっていたし、赤い頬をしているが髪のすでに白くなりはじめた四十歳のオールド・ミス、マルファは、更紗《さらさ》のドレスに室内帽をかぶり、よく軋《きし》む山羊《やぎ》皮《がわ》の靴をはいていた。お祖母さんはしじゅうこの二人をふり返っては、話しかけてやっていた。デ・グリューと将軍は少し遅れ、大変な熱をこめて何事か話していた。将軍はひどくしおれていたし、デ・グリューは決然とした顔つきで話していた。たぶん、将軍をはげましていたのだろう。明らかに、何か助言していた。だが、お祖母さんはさっきすでに『お金なんぞ、あんたにはあげないよ』と致命的な言葉を口にしたのだ。ことによると、デ・グリューにとってはこの通告がありえないものに思われたのかもしれないが、将軍は自分の伯母をよく承知していた。わたしは、デ・グリューとマドモワゼル・ブランシュが相変らず目くばせし合っているのに、気づいた。公爵とドイツ人旅行者の姿を、わたしは並木道のいちばんはずれに見分けたが、彼らは遅れて、どこかへ行ってしまった。

カジノへわたしたちは凱旋《がいせん》将軍のように乗りこんだ。ドア・ボーイにも、ボーイたちにも、ホテルの従業員たちの時とまったく同じうやうやしさが見いだされた。それでも、好奇心にみちた目つきだった。お祖母さんは最初まず、すべてのホールを案内してまわるよう命じた。賞めそやしたものもあったし、まるきり最後まで無関心のままだったところもあった。見るもの、きくものすべてについて、質問するのだった。ついに、賭博室《とばくしつ》にも行きついた。閉めきったドアの前に歩哨《ほしょう》のように立っていたボーイが、ショックを受けたように、やにわにドアをいっぱいに開け放った。

ルーレット台へのお祖母さんの出現は、客たちに深い印象を与えた。いくつものルーレット台のまわりや、三十・四十《トラント・エ・カラント》のテーブルのおかれている、ホールの向う端には、おそらく、百五十人か二百人の賭博者が何列にもなってひしめいていた。首尾よく台のすぐそばにもぐりこめた連中は、いつもの例で、がっちり立って、負けるまで自分の席を開け渡そうとしなかった。なぜなら、ただの見物人としてなんとなく立って、いたずらに賭博の席を占領することは、許されなかったからだ。台のまわりには椅子《いす》も配置されていたものの、賭博者のうち腰をおろすのは少数で、特に客が大勢つめかけた時はなおさらだった。それというのも、立っていれば、よけい詰め合って並ぶことができるし、したがってまた、場所を節約できるわけであり、それに賭《か》けるにも都合がよいからだ。二列目、三列目の人は一列目のうしろでひしめき合い、自分の番を待ったり、観察したりしている。しかし、時には待ちきれずに一列目の頭ごしに片手をのばして、自分の賭け金を張る者もあった。三列目からでさえ、そうやって賭け金をおこうと狙《ねら》う者もいた。そのため、十分か、時には五分とたたぬうちに、どこかの台の端でまぎらわしい賭け金をめぐって『いざこざ』がはじまるのだった。もっとも、カジノの警察はかなり優秀だった。混雑は、もちろん、避けるわけにいかない。むしろ反対に、客の大入りは、儲《もう》かるから、喜ばしいことである。だが、台の周囲に坐っている八人のディーラーが、目を皿のようにして賭け金を見張っているし、計算をするのも彼らで、争論が生ずれば彼らがそれも解決する。極端な場合には警察をよべば、問題は一分で片づいてしまう。警官は同じホールの中に、客たちにまじって私服でいるから、見分けることもできない。彼らが特に見張っているのは、並みはずれた仕事のしやすさからいってルーレット場にとりわけ多い、賭け金泥棒やイカサマ師である。実際、ほかの場所であればどこでも、盗みを働くには他人のポケットか錠のかかったところから取るしかないわけだが、これだと、失敗した場合、ひどく面倒な結果になる。ところがここなら、ごくあっさり、ただルーレット台に近づいて、勝負をはじめ、突然、正々堂々と大っぴらに他人の儲けをかき集めて、自分のポケットにしまいさえすればよい。喧嘩がはじまりそうになったら、泥棒は大声を張りあげて、その賭け金が自分のであることを言い張るのだ。手際《てぎわ》がうまく行って、目撃者たちが動揺したりすれば、泥棒はきわめてしばしば金を首尾よく手もとに引き寄せるのであるが、もちろん、金額がさして大きくない場合の話である。金額が大きい場合には、おそらく、ディーラーか、他の賭博者たちのだれかによって、それ以前にもうマークされているに違いない。しかし、金額がさして大きくなければ、本当の賭け主は時にはスキャンダルを恥じて、勝負をつづけるのをあっさりあきらめて、立ち去ることさえある。だが、うまく泥棒が尻尾《しっぽ》をつかまれようものなら、即座に赤恥をさらして引き立てられてゆくのである。

これらすべてをお祖母さんは強烈な好奇心を示して、遠くから眺めていた。チンピラの泥棒がつまみだされてゆくのが、彼女にはことのほか気に入った。三十・四十《トラント・エ・カラント》はあまり彼女の好奇心を刺激しなかった。ルーレットと、小さな玉のまわるのが、ずっと気に入ったのである。彼女はついに、もっと近くで勝負をじっくり眺めたいと言いだした。どうしてそんなことになったのか、わたしにはわからないが、ボーイや、その辺をうろちょろしている何人かのほかの代理人たち（これは主として、勝負に負けてしまったあと、ツイている賭博者や、すべての外人たちにサーヴィスをむり強いするポーランド人だった）が、この混み具合にもかかわらず、すぐさま台のいちばん真ん中の主任ディーラーの隣に、お祖母さんのために席を見つけて、場所を作り、そこへ車椅子を押して行った。勝負はしないが、わきから勝負を見物している大勢の客たち（主として家族連れのイギリス人である）は、とたんに、賭博者たちのうしろからお祖母さんを眺めようと、台の方につめかけた。数多くの柄付き眼鏡《ロールネット》が彼女の方に向けられた。ディーラーたちの心には、こんな風変りな賭博者が本当に何か並々ならぬことを約束してくれたかのような希望が生れた。七十五歳の、足の不自由な女性が勝負を望むなどということは、もちろん、尋常一様の出来事ではなかった。わたしも台のそばに割りこんで、お祖母さんのわきに陣どった。ポタープイチとマルファは、どこか遠く、わきの方の、人混みの中に取り残されてしまった。将軍と、ポリーナ、デ・グリュー、それにマドモワゼル・ブランシュは、やはりわきの方の、見物人の間におさまった。

お祖母さんは最初まず賭博者たちを観察しはじめた。彼女は半ばささやくように、あれは何者だえ？　あの女はどういう人？　などという断片的な鋭い質問をわたしに浴びせかけた。とりわけお祖母さんの気に入ったのは、台のはずれにいた一人の非常に若い男で、何千という金を賭けて非常に大きな勝負をやっており、周囲のひそひそ話によると、儲けはすでに四万フランほどに達しているということで、金貨や紙幣で目の前に山のように積み上げられていた。顔が真っ蒼《さお》で、目はぎらぎら光り、両手がふるえていた。男はもはやまったく当てずっぽうに、片手でつかめるかぎりの額を賭け、それでいてのべつ勝ち放しで、かき集める一方だった。ボーイたちが男のまわりをうろちょろして、うしろから椅子をあてがったり、少しでもゆったりして窮屈を感じぬように周囲の席を空けてやったりしていたが、これはすべて、たんまりとお礼を当てこんでのことだった。賭博者たちの中には、儲けのうちから時には勘定もせず、嬉《うれ》しまぎれにこれまたポケットから片手で握れるかぎりの金を、ぽいとボーイたちにくれてやるような連中もいるのである。その青年のわきには、もはや一人のポーランド人が陣どって、一生懸命に世話をやき、丁寧にではあるがひっきりなしに何やら耳打ちして、どうやら、どこに賭けるべきかを指示したり、助言したり、勝負を方向づけようとしたりしているらしかったが、もちろん、これもあとで心づけを期待してのことだった。しかし、賭博者はほとんどそれには目もくれず、ただ闇雲《やみくも》に賭けては、のべつかき集めていた。明らかに、分別を失《な》くしているようだった。

お祖母さんは二、三分その青年を観察していた。

「あの人に言っておやり」お祖母さんは、わたしをつついて、ふいにそわそわしはじめた。「もうやめるように言っておやり、早くお金を受け取って引き上げるようにさ。負けちまうよ、今すぐ全部すっちまうから！」心配のあまり息を喘《あえ》がさんばかりにして、彼女は気をもみだした。

「ポタープイチはどこだえ？　ポタープイチをあの人のところへやっとくれ！　ねえ、言っておやり、言っておやりったら」彼女はわたしをつついた。「ほんとに、ポタープイチはどこにいるの！　お帰《ル》りなさ《テ》い！　もう引《ツ》き上げるんで《ル》すよ《テ》！」彼女は自分で青年に叫びだした。わたしは彼女の方に身をかがめて、ここではそんなふうに叫んではいけないし、計算の邪魔になるため、ちょっとでも大声で話すことさえ許されていないので、わたしたちは今すぐ追いだされてしまうと、きっぱりした口調で耳打ちした。「なんて腹の立つこったろう！　人間一人、破滅しちまうなんて。つまり、自分が望んだってわけさ……見ちゃいられない、はらわたがひっくり返りそうだよ。なんてばかなんだろう！」こう言うと、お祖母さんは急いで反対側に向きを変えた。

左手にあたるそちらの、台の反対側では、賭博者たちの間で、一人の若い貴婦人と、その隣にいる、なにやら小人がひときわ目立っていた。この小人が何者なのか、彼女の親戚《しんせき》なのか、それとも彼女がなんとなく効果をねらって連れて歩いているのか、わからない。この婦人には以前からわたしも気づいていた。彼女は毎日、午後一時に賭博台に姿をあらわし、きっかり二時に引き上げる。毎日、一時間ずつ勝負をするのだった。彼女はすでに知られており、すぐに椅子をすすめられるのだった。彼女はポケットから金貨を何枚かと、千フラン紙幣を何枚かとりだして、静かに、冷静に、鉛筆で紙に数字を書きとめて、その瞬間にチャンスの集中する体系を発見しようと努めながら、十分な計算のうえで賭けはじめるのだ。賭け金はかなりな額だった。毎日、千、二千、多くて三千フランと勝ち、それ以上のことはないのだが、勝つと、すぐに引き上げて行った。お祖母さんは永いことその女を観察していた。

「うん、あの女は負けないね！　あれは負けっこない！　どういう素姓の女だえ？

知らないかい？　どういう女だろう？」

「フランス人ですよ、きっとああいう手合いでしょう」わたしは耳打ちした。

「やり方を見れば素姓がわかるもんだね。どうやら、爪《つめ》がとがっているようだよ。さ、今度はわたしに説明しておくれ、一回ごとの回り方にどんな意味があるんだえ、どういうふうに賭ければいいのさ？」

わたしはできるかぎり、赤《ルージュ》と黒《ノワール》、偶数《ペール》と奇数《アンペール》、前半《マンク》（訳注　1から18まで）と後半《パス》（訳注19から36まで）など、数多くある賭け方の組み合せや、最後に、数字の系統のさまざまなニュアンスを、お祖母さんに説明してやった。お祖母さんは注意深くきいて、おぼえこみ、何度もきき返しては、頭に叩《たた》きこんでいた。一つ一つの賭け方にすぐ例を引いてみせることができたので、いとも簡単に手っ取り早く、多くのことがおぼえられ、頭に入った。お祖母さんはきわめて満足だった。

「じゃ、ゼロってのは、何のことだえ？　ほら、あそこのディーラーが、縮れ毛の主任ディーラーが今、ゼロって叫んだだろうに？　それに、なぜあの男は台の上にあった賭け金を、全額かき集めたんだえ？　あんなにあった山を、全部一人占めしちまったじゃないか？　あれはいったいどういうこと？」

「ゼロはね、お祖母さん、胴元の儲けなんです。玉がゼロの上に止ったら、台の上におかれた賭け金は全部、勘定ぬきで胴元のものになるんですよ。もっとも、勝負なしになることはあるけど、その代り胴元は何も払わないんです」

「なるほどね！　じゃ、わたしは何ももらえないのかえ？」

「いいえ、お祖母さん、もしその前にゼロに賭けていて、うまくゼロが出れば、三十五倍払ってもらえますよ」

「なんだって、三十五倍も。それで、ちょいちょい出るのかい？　ばかだね、あの人たちは、どうして賭けないんだろう？」

「出ないチャンスが三十六もあるからですよ、お祖母さん（訳注　0と00は胴元の目とされており、ここに賭けることは自由だが、単で当った場合以外はすべて胴元に没収される）」

「それこそ下らないよ！　ポタープイチ！　ポタープイチ！　待っとくれ、わたしもお金を持っていたっけ――ほら！」彼女はぎっしり詰った財布をポケットから取りだし、そこから一フリードリヒ・ドルをぬいた。「さ、今すぐゼロに賭けとくれ」

「お祖母さん、ゼロはたった今出たばかりじゃありませんか」わたしは言った。「だから、今後当分は出ませんよ。大損しますよ、せめて少しお待ちなさいな」

「ふん、嘘《うそ》をおつき。賭けとくれよ！」

「いいですよ、だけど、おそらく晩まで出ないで、負けが千にも達するでしょうよ、

そういうことがあったんですから」狼《おおかみ》がこわけりゃ、森へ入らぬほうがいいよ。ど

「そんなばかな。ばかなことを！　負けた？　また賭けとくれ！」

二枚目のフリードリヒ・ドルも負けた。三枚目を賭けた。お祖母《ばあ》さんは席に坐《すわ》っているのもやっとで、回転する円盤の溝《みぞ》の上を跳びはねている玉を、燃えるような目で睨《にら》みつけていた。三枚目も負けた。お祖母さんは前後を忘れ、居ても立ってもいられぬ様子で、待望のゼロの代りにディーラーが『三十六《トラント・シ》』と叫んだ時など、拳《こぶし》で台を叩いたほどだった。

「まったく、もう！」お祖母さんは腹を立てた。「あのいまいましいゼロの奴《やつ》、いつになったら出てくれるんだろう？　永生きなんぞしたかないけど、ゼロが出るまで頑張ってやる！　あのいまいましい縮れ毛のディーラーの仕業だよ、あの男がやってちゃ決して出やしない！　アレクセイ・イワーノヴィチ、一遍に金貨を二枚お賭け！　こんなに負けてちゃ、ゼロが出たって、取り分なんぞありゃしない」

「お祖母さん！」

「お賭けよ、お賭けったら！　お前さんの金じゃないんだよ」

わたしはフリードリヒ・ドルを二枚賭けた。玉は永いこと円盤の上を転がっていた

が、ついに溝の上を跳びはねはじめた。お祖母さんは息をひそめて、わたしの手を握りしめた。と、ふいにコトリと音がした！

「ゼロ」ディーラーが大声で宣した。

「ほらごらん、ごらんよ！」お祖母さんは顔じゅうを喜びにかがやかせ、大満足で、すばやくわたしをふり返った。「だから言ったじゃないか、言ったとおりだろう！金貨を二枚賭けるというのも、まさしく神さまのお告げだよ。さ、今のでいくら買えるんだえ？どうして、くれないの？ポタープイチ、マルファ、あの連中はどこにいるんだえ？うちの連中はみんな、どこへ行っちまったの？ポタープイチ、ポタープイチ！」

「お祖母さん、あとになさいよ」わたしはささやいた。「ポタープイチは戸口にいます。ここへは入れてもらえないんですよ。見てごらんなさい、お祖母さん、お金を払ってくれますよ、受けとりなさいな！」青い紙に封印された五十フリードリヒ・ドルの、ずしりと重い包みがお祖母さんの方に投げられ、さらに封をされていない二十フリードリヒ・ドルが数え分けられた。それら全部をわたしは熊手《くまで》でお祖母さんの方にかき寄せた。

「みなさん《メシウ》、賭けてください《フエートル・ジュー》！　みなさん《メシウ》、賭けてください《フエートル・ジュー》！」ディーラーが賭けるよう促し、ルーレットをまわそうと身がまえながら、声を張りあげた。

「あれまあ！　遅れちまった！　もうすぐまわしはじめるよ！　お賭け、賭《か》けとくれ！」お祖母さんはあわてだした。「さ、ぐずぐずしないで、早く」彼女は前後を忘れて、力いっぱいわたしをつついた。

「でも、どこに賭けます、お祖母さん？」

「ゼロさ、ゼロだよ！　また、ゼロだよ！　できるだけたくさん賭けとくれ！　全部でいくらあるんだえ？　七十フリードリヒ・ドル？　そんなもの、惜しむことはない、一遍に二十フリードリヒ・ドルずつお賭け」

「しっかりしてくださいよ、お祖母さん！　ゼロなんて、時によると二百回も出ないことがあるんですよ！　本当です、元手を全部すっちまいますよ」

「ふん、ばかなことばかり言って！　お賭けったら！　ほら、鐘が鳴ってるじゃないか！　自分のしてることくらい、わかってますよ」お祖母さんは熱狂のあまり、ふるえだしたほどだった。

「規則で、ゼロに一度に十二フリードリヒ・ドル以上賭けることは、許されないんですよ、お祖母さん――はい、賭けましたよ」

「どうして許されないの？　嘘を言ってるんじゃあるまいね？　ムッシウ！　ムッシ

ウー！」すぐ左隣に坐って、盤をまわそうと身がまえたディーラーを、彼女はつついた。

「ゼロはいくら《コムビアン・ゼロ》？　十二《ドウーズ》？　十二《ドウーズ》？」

わたしは急いでこの質問をフランス語で説明した。

「はい《ウィ》、奥さま《マダム》」ディーラーがいんぎんに肯定した。「同様に、単一の賭け金は、規則によりまして、一回に四千フローリンを超えてはならないことになっております」

彼は説明を付け加えた。

「じゃ、仕方がない、十二枚お賭け」

「賭けは打ち切り《ル・ジウ・エ・フェ》！」ディーラーが叫んだ。円盤がまわりはじめ、十三が出た。負けだ！

「もっと！　もっと！　もっとお賭け！」お祖母さんは叫んだ。わたしはもう反対せず、肩をすくめながら、さらに十二フリードリヒ・ドルを賭けた。円盤は永いことまわっていた。お祖母さんは円盤を見守りながら、ただもうふるえていた。

『いったいこの人は、本当にまたゼロで勝とうと思ってるんだろうか？』呆《あき》れて彼女を眺めながら、わたしは思った。勝利に対する断固たる確信が、今すぐにもゼロ！と叫ぶだろうという絶対の期待が、彼女の顔にかがやいていた。玉が溝にとびこんだ。

「ゼロ！」ディーラーが叫んだ。

「どうだえ!!!」狂ったような勝ち誇った様子で、お祖母さんはわたしをふり返った。

わたし自身、賭博狂《とばくきょう》だった。まさにこの瞬間、わたしはそのことを感じた。手足がふるえ、頭ががんとなった。もちろん、十回かそこらのうちにゼロが三度出るなどというのは、めったにないケースである。しかし、この場合、特におどろくほどのことは何もないのだ、わたし自身が目撃者だったのだが、おとといは三度つづけてゼロが出たし、その際、熱心に当り数字を紙に記していた賭博者の一人が、つい昨日はほかならぬこのゼロが一昼夜に一遍しか出なかったのにと、大声で指摘したものだった。

もっとも莫大《ばくだい》な額を勝った人間であるお祖母さんには、特別注意深く、うやうやしく勘定をしてくれた。彼女はきっかり四百二十フリードリヒ・ドル、つまり、四千フローリンと二十フリードリヒ・ドル、受け取ることになった。二十フリードリヒ・ドルは金貨で、四千フローリンは紙幣で支払われた（訳注）。

しかし、今回はお祖母さんはもうポタープイチをよぼうとしなかった。それどころではなかったのである、人をつきもしなかったし、表面はふるえてさえいなかった。もしこういう表現ができるなら、内面でふるえていたのである。彼女のすべてが何かに集中し、必死に狙《ねら》いをつけていた。

「アレクセイ・イワーノヴィチ！　あの人は、一回に賭けられるのは四千フローリンだけ、と言ってたっけね？　さ、取って、その四千フローリンを全額、赤にお賭け」

お祖母さんは決断した。円盤がまわりはじめた。

説得するのも無益なことだった。

「赤《ルージュ》！」ディーラーが大声で宣した。

また四千フローリンの勝ちで、合計すると、つまり八千フローリンである。

「四千はこっちによこして、四千をまた赤に賭けとくれ」お祖母さんは命じた。

わたしはまた四千フローリン賭けた。

「赤《ルージュ》！」ふたたびディーラーが宣した。

「しめて一万二千だね！　それをみんな、こっちへちょうだい。金貨はこの財布へ入れて、お札はしまっとくれ」

「もういいでしょう！　帰りましょうよ！　車椅子《くるまいす》を押してください！」

（訳注）
この小説にはさまざまな貨幣が出てくるので、換算率を記しておく。
一ルーブル＝一・五フローリン
一フローリン＝一グルデン
＝二フラン
＝二ターレル
一フリードリヒ・ドル＝十フローリン
金貨＝十フリードリヒ・ドル

第十一章

車椅子《くるまいす》は、ホールの向う端にある戸口の方に押してゆかれた。お祖母《ばあ》さんは顔をかがやかせていた。うちの連中はみな、すぐさまお祖母さんのまわりにつめかけて、お祝いを述べた。お祖母さんの振舞いがいかに突飛なものであっても、華々しい勝利が多くのことを隠してくれたので、将軍ももはや、こんな風変りな女との親戚《しんせき》関係が人中での自分の恥さらしになることを恐れたりしなかった。彼はまるで幼な子をあやすように、鷹揚《おうよう》な、馴《な》れなれしく快活な笑顔で、お祖母さんにお祝いを言った。もっとも、すべての見物人と同様、明らかに彼も度肝をぬかれていた。まわりでは、お祖母さんを指さして、噂《うわさ》していた。たいていの者が、もっと近くでよく見ようと、お祖母さんのわきを通ってゆくのだった。ミスター・アストリーはわきの方で、二人の知り合いのイギリス人にお祖母さんのことを説明していた。威厳たっぷりな数人の見物の貴婦人が、威厳たっぷりな不審の表情で、何かの奇蹟《きせき》でも見るように、お祖母さんをじろじろ眺めまわしていた。デ・グリューはしきりにお祝いと微笑をまき散らした。

「なんという勝利でしょう《ケル・ヴィクトワール》！」彼は言った。

「でも、奥さま、あれは閃きでしたわ《メ・マダム・セテ・デュ・フゥ》！」おもねるような微笑をうかべて、マドモワゼル・ブランシュが付け加えた。

「そうですよ、あっという間に一万二千フローリン稼《かせ》いだでしょ？　一万二千なんてものじゃない、なにしろ金貨でだものね？　金貨を計算に入れると、ほとんど一万三千近くになるだろうよ。これはロシアのお金だと、いくらになるかしらね？　六千ルーブルくらいになるんだろうか？」

わたしは、優に七千は越えているし、現在の交換レートだと、たぶん、八千にまでゆくだろう、と告げた。

「冗談だろう、八千なんて！　それなのに、あんたたちときたら、のろまだね、こんなところにいながら、何一つしないなんて！　ポタープイチ、マルファ、見たかえ？」

「奥さま、どうしてまた？　八千ルーブルだなんて」マルファがおべっかを使って叫んだ。

「そらよ、お前たちに金貨を五枚ずつあげるわ、ほら！」

ポタープイチとマルファは、とびついて手にキスした。

「ポーターたちにも一フリードリヒ・ドルずつやっておくれ。金貨を一枚ずつやってちょうだい。アレクセイ・イワーノヴィチ。どうしてこのボーイはお辞儀をしてるの、もう一人のもさ？ 祝ってくれてるのかえ？ あれたちにも一フリードリヒ・ドルずつやっておくれな」

「公爵夫人《マダム・ラ・プランセス》……哀れな亡命者《アン・ポーヴル・エクスパトリエ》でございます……のべつ不幸つづきで《マラール・コンチニュエル》……ロシアの公爵方はたいそう気前がよろしくて《レ・プランス・リュス・ソン・シ・ジェネロー》……」くたびれたフロック・コートに柄物のチョッキを着こんだ口ひげの男が、ハンチングを身体《からだ》から離して握ったまま、卑屈な笑みをうかべて、車椅子のまわりにまつわりつこうとした。

「その男にも一フリードリヒ・ドル、おやり。いや、二枚おやり。さ、もうたくさん、でないとこんな連中相手じゃ、きりがありゃしない。持ち上げて、運んどくれな！ プラスコーヴィヤ」彼女はポリーナ・アレクサンドロヴナをかえりみた。「明日お前にドレスの布地を買ってあげるよ、そっちのマドモワゼル……なんて名だっけね、マダム・ブランシュだったかしら、その子にもドレスの布地を買ったげよう。通訳しておくれ、プラスコーヴィヤ！」

「ありがとう《メルシー》、奥さま《マダム》」マドモワゼル・ブランシュは感動したように腰をかがめたが、そのくせ口をゆがめて、あざけるような微笑をデ・グリューや将軍と交わした。将軍はいくらか当惑していたので、われわれが並木道に行きついた時には、ひどく喜んだ。

「フェドーシヤが、あのフェドーシヤが今ひどくおどろくと思うよ」馴染《なじ》みの将軍家の乳母を思いだして、お祖母さんが言った。「あれにもドレス代をやらなければね。ほら、アレクセイ・イワーノヴィチ、アレクセイ・イワーノヴィチったら、あの乞食《こじき》にやっておくれ！」

背の曲った、なにやらぼろ服姿の男が道を通りかかって、わたしたちを眺めていた。

「でも、あれは乞食じゃなくて、いかさま師か何かかもしれませんよ、お祖母さん」

「おやりよ！　おやり！　一グルデン、やりなさい！」

わたしはそばに行って、与えた。男は狐《きつね》につままれたような顔でわたしを見たが、それでも黙って一グルデンを受け取った。酒の匂《にお》いをさせていた。

「アレクセイ・イワーノヴィチ、お前さんはまだツキを試してみたことはないの？」

「ええ、お祖母さん」

「お前さん自身だって、目をぎらぎらさせていたよ、わたしは見たけど」

「これから試してみますよ、お祖母さん、あとで必ず」

「そしたら、いきなりゼロにお賭《か》け！　まあ、見ててごらんよ！　元手はどれだけあるんだえ?」

「全部でたった二十フリードリヒ・ドルです、お祖母さん」

「少ないね。なんなら、五十フリードリヒ・ドル、貸してあげるよ。ほら、この包みをお取りな。でもね、あんた、あんたはやはり期待するんじゃないよ、あんたには貸さないからね!」だしぬけに彼女は将軍に声をかけた。

相手はさっと顔色が変ったみたいだったが、黙りとおした。デ・グリューが眉《まゆ》をひそめた。

「畜生《ク・ディアーブル》、こいつは恐るべき婆さまだぞ《セ・チュヌ・テリブル・ヴィエイユ》!」彼は吐き棄《す》てるように将軍にささやいた。

「乞食だよ、乞食、また乞食がいるよ!」お祖母さんが叫んだ。「アレクセイ・イワーノヴィチ、あれにも一グルデン、やっておくれ」

今度行き会ったのは、なにやら裾《すそ》の長い青のフロック・コートを着て、長いステッキを手にした、片足が義足の、白髪の老人だった。年とった兵士みたいだった。だが、わたしが一グルデンをさしだすと、男は一歩あとずさり、すごい剣幕で睨《にら》みつけた。

「畜生め、これは何の真似だ《ヴァス・イスッ・デル・トィフェル》!」男は怒鳴り、さらに十ほども罵言《ばげん》を付け加えた。

「ふん、ばかが!」お祖母さんは片手を振って、叫んだ。「どんどん運んでおくれ!

お腹《なか》がぺこぺこだわ！　これからすぐ食事をして、そのあと少し横になったら、またあそこへ行こうね」

「また勝負なさる気なんですか、お祖母さん？」わたしは叫んだ。

「お前さんはどう思ってたの？　お前さんたちがここで引きこもって、くすぶっているのを、わたしに見物していろとでもいうのかえ？」

「しかし《メ》、奥さま《マダム》」デ・グリューが近づいた。「ツキというのは変るものですから《レ・シャンス・プーヴ・トゥルネ》、一度つまずいたら、全部失くしてしまいます《ユヌ・ソール・モーヴェーズ・シャンス・エ・ヴ・ペルドレ・トゥ》よ……特にあなたの賭け方だ《シュルトウ・アヴェク・ヴォートル・ジュー》と……あれ《セ》は恐ろしいもの《テ・テリブル》だ！」

「必ず失くしておしまいになります《ヴ・ペルドレ・アブソリュマン》わ……」マドモワゼル・ブランシュがさえずるように言った。

「それがあんたらに何の関係があるんだえ？　負けたって、あんたらのお金じゃなく、自分のなんだからね！　あのミスター・アストリーはどこ？」彼女はわたしにたずねた。

「カジノに残りましたよ、お祖母さん」

「残念だこと。あれはとてもいい人だよ」

宿に帰ると、お祖母さんは階段のところでもう、ボーイ長に出会うなり、よび寄せて、自分の勝ちを自慢した。それから、フェドーシヤをよんで、三フリードリヒ・ドルを与え、食事を運ばせるよう命じた。フェドーシヤとマルファは食事の間、しきりにお世辞を並べたてた。

「わたしは奥さまを拝見しながら」マルファがひっきりなしにしゃべりつづけた。「いったい何をなさるおつもりなんだろうと、ポタープイチに話していたんでございますよ。それに台の上のお金ときたら、山のようなお金で、そりゃもう大変！　生れてこの方、あんな大金は拝んだこともございませんわ、しかもまわりは立派な紳士ばかり、ずらりと紳士ばかり坐《すわ》ってらして。ねえ、ポタープイチ、いったいどこからこんな紳士ばかり集まったのかしらねって、わたしは申したんですの。聖母マリヤさま、奥さまにお力をお貸しくださいませ、と思っていましたわ。奥さまのためにお祈りしていても、心臓がとまりそうで、じんとしびれてきてしまって、身体がふるえるんですの、全身がふるえるんです。神さま、勝たせてください、と思っていたら、そのとたん、こうして神さまが授けてくださいましたんですよ。今でも、奥さま、こんなにふるえていますわ、全身がふるえてますよ」

「アレクセイ・イワーノヴィチ、食後、四時ごろに、支度をして繰りだそうね。じゃ、さしあたり、ひとまずさよなら。それから、だれか医者をわたしのところへよぶのを忘れないでおくれ。鉱泉も飲まなけりゃいけないし。でないと、きっと忘れるだろうからね」

わたしは酔払ったような気持で、お祖母さんの部屋を出た。うちの連中みんながこれからどうなるのか、事態がどんな転回をとげるのかを、想像しようと努めてみた。彼らが（とりわけ将軍が）、まだ最初の印象からさえ、われに返れずにいることが、わたしにははっきり見てとれた。今か今かと待ちかねていた逝去《せいきょ》の電報（したがって、遺産に関する電報）の代りにお祖母さんが出現したという事実は、彼らの意図や、とりきめていた決定などの全体系をとことん粉砕してしまったため、彼らはまるきり狐につままれたような思いと、一同を見舞った呆然《ぼうぜん》自失の状態とで、ルーレットでのお祖母さんのその後の大手柄に対応していたのだった。にもかかわらず、第二の事実は第一の事実より重大といってよいほどだった。なぜなら、たとえお祖母さんが、将軍に金をやらないと二度もくり返して言ったにしても、それはわからないし、やはりまだ希望を失《な》くすべきではなかったからだ。現に将軍のあらゆる問題に関わり合っているデ・グリューは、希望を失くしてはいない。わたしの確信では、これも深い関わりを持っているマドモワゼル・ブランシュも（もちろんのことだ、将軍夫人の座と莫大《ばくだい》な遺産がかかっているのだもの！）、希望を失くさず、お祖母さんに対して媚《こ》びの魅惑をありったけ行使するに違いない——依怙地《いこじ》で、甘えるすべを知らぬ高慢なポリーナとは対照的だ。だが今となっては、お祖母さんがルーレットであれほどの戦果をあげた今となっては、お祖母さんの人柄(強情で、権勢欲が強く、しかも子供に返った《エ・トムベ・アン・ナンファンス》老婆)がみなの前にあれほど鮮明に、典型的に彫りつけられた今となっては——今や、おそらく、何もかもだめになったのである。なにしろ、お祖母さんはやっと望みをはたしたことを子供のように喜んでいるし、お定まりの筋書きで、すってんてんに負けるにきまっているからだ。やれやれ!と、わたしは思った(神よ、許したまえ、わたしはこの上なく意地わるな笑いとともに、こう思ったのである)。——やれやれ、なにしろさっきお祖母さんの賭けたフリードリヒ・ドルの一枚一枚が、将軍の心に腫物《はれもの》となってこびりつき、デ・グリューを激怒させ、スープの匂いをかがされただけも同然のマドモワゼル・ド・コマンジュを狂乱にまで導いたのだ。そのうえ、こんな事実もある。儲《もう》けのうちからにせよ、お祖母さんが嬉《うれ》しさのあまり、みんなに金を分け与え、通行人の一人ひとりを乞食と取り違えた時でさえ、そのさなかにさえ、お祖母さんの口をついて将軍に発せられたのは、「でも、あんたにはやっぱり、やらないよ!」という言葉だった。これは、とりも直さず、この考えに落ちついて、しがみつき、危ない!危ない!という誓いをおのれに立てたということではないか。

わたしがお祖母さんのところから、正面階段をのぼって最上階の自分の小部屋に向う間、こうした考えが頭の中を去来していた。これらすべてがわたしの心を強く捉《とら》えていた。もちろん、これまでも、目の前の役者たちを結び合せている主要な太い糸は予測できていたとはいうものの、この芝居のあらゆる方法や秘密は、やはり最終的にわかってはいなかった。ポリーナはわたしに対して、決してすっかり心を開くことはなかった。たしかに、時折はつい思わずといった感じで自分の心を打ち明けるようなこともあったけれど、わたしが気づいたところでは、しばしば、それもほとんど常に、そういう打明け話のあとでは、言ったことすべてを笑いにまぎらせてしまうか、話をはぐらかして、わざと全体に嘘《うそ》の感じを与えるかするのである。そう！　彼女はたいていのことを隠していた！　いずれにせよ、この神秘的な緊迫した状態全体のフィナーレが迫りつつあることを、わたしは予感した。あと一撃で、何もかもが終り、明るみに出ることだろう。やはりすべてに関わっている自分の運命に関しては、わたしはほとんど心配していなかった。わたしは奇妙な気分だった。ポケットには全部で二十フリードリヒ・ドルしかなく、遠い異郷で、職もなければ、生活の資金もなく、希望も成算もないというのに、それを心配しないのだ！　もしポリーナへの思いがなかったなら、わたしは目前に迫った大詰めの喜劇的な興味にだけ、ただもうのめりこんで、あらんかぎりの大声で哄笑《こうしょう》したところだろう。だが、ポリーナがわたしを当惑させるのだ。彼女の運命は決しつつあるし、わたしもそれを予感していたが、告白すると、わたしを不安がらせているのは、彼女の運命でなどさらさらない。わたしは彼女の秘密をつきとめたいのだ。彼女がわたしのところに来て、『だって、あなたを愛しているんですもの』と言ってくれることを望んでいるのであって、もしそうでなければ、そんなばかげたことなぞ考えられぬというのであれば、その時は……そう、いったい何を望めばいいのだろう？　自分が何を望んでいるのか、わたしにわかるとでもいうのか？　わたし自身、途方にくれているにひとしいのだ。わたしはただ彼女のそばに、彼女の後光とかがやきに包まれていたいだけだ、永久に、いつも、一生の間。その先のことは何一つわからない！　それに、このわたしが彼女から離れることなぞできようか？

三階の、うちの連中の廊下のところで、わたしは何かに小突かれたような気がした。ふり返ってみると、二十歩か、それ以上離れたところに、戸口から出てくるポリーナの姿を見いだした。彼女はわたしを待ち受けて観察していたかのように、すぐにさし招いた。

「ポリーナ・アレクサンドロヴナ……」

「静かに！」彼女は注意した。

「おどろいたな」わたしはささやいた。「僕は今、脇腹《わきばら》を突つかれたみたいな気がしたんですよ。ふり返ってみたら、あなたじゃありませんか！　まるであなたから何かの電気でも流れてるみたいだ！」

「この手紙をあずかって」どうやらわたしの言ったことがききとれなかったらしく、ポリーナは気遣わしげに眉をくもらせて言った。「そして今すぐミスター・アストリーに渡してちょうだい。急いでね、お願い。返事は要らないわ。あの人が自分で……」

彼女はしまいまで言わなかった。

「ミスター・アストリーに？」わたしはおどろいてきき返した。

しかし、ポリーナはすでに戸口に姿を消してしまった。

「なるほど、あの二人は手紙のやりとりなんぞしてるってわけか！」わたしはもちろん、すぐさまミスター・アストリーを探しに走った。最初ホテルに行ってみたが、見つからず、それからカジノのホールというホールを走りまわったあげく、むかっ腹を立て、やけを起しかけて宿へ戻る途中、なにやらイギリス人男女の騎馬の一行に加わっている彼に、ひょっこり出くわした。わたしは彼を手招きして、よびとめ、手紙を渡した。目を見交わすひまもなかった。だが、わたしの勘ぐりでは、ミスター・アストリーはわざと馬を急がせたようだった。

わたしは嫉妬《しっと》に苦しめられていたのだろうか？　しかし、ひどく打ちのめされた気分だった。二人が何の件で手紙をやりとりしているのかを、確かめる気にもならなかった。つまり、彼は彼女の信任篤《あつ》い人物、というわけだ！『親友であることは間違いない』わたしは思った。それは確かだ（それにしても、いったいいつ、そこまで漕《こ》ぎつけたのだろう）。『しかし、ここには愛情が存在するんだろうか？　もちろん、ありゃしないさ』分別がわたしにささやいた。だが、こういう場合、分別だけでは間に合わない。いずれにせよ、このこともはっきりさせなければならなかった。事態は不愉快に入り組んできていた。

ホテルに入るか入らぬうちに、ドア・ボーイと、自分の部屋から出てきたボーイ長とがわたしに、あなたさまをご用で探しておられ、三度も使いをよこしてどこにいるかとたずねにこられたし、できるだけ早く将軍の部屋に来てほしいとのことだ、と伝えた。わたしはこの上なく疎《うと》ましい気分だった。将軍の部屋でわたしは、当の将軍のほかに、デ・グリューと、マドモワゼル・ブランシュとを見いだした。母親はおらず、彼女一人だった。この母親は、まったく、お飾りのためだけに用いられる、添え物のような人物だった。だが、いざ本格的な事件となると、マドモワゼル・ブランシュが一人で活躍するのだ。それに、母親のほうは自分の義理の娘の事情に関して何かしら知っているかどうかも怪しいものだった。

彼らは、三人で、何やらむきになって相談しているところで、部屋のドアに錠さえかけてあったが、こんなことはついぞないことだった。戸口に近づきながら、わたしは声高な話し声をききわけた——毒を含んだ、不遜《ふそん》なデ・グリューの話し声と、ブランシュの破廉恥《はれんち》に罵《ののし》る、いきりたった叫びと、明らかに何かを弁解しているような将軍の哀れっぽい声だった。わたしの姿を見ると、三人ともいくらか自分を抑えて、姿勢を立て直すかのようだった。デ・グリューは髪を撫《な》でつけ、怒り顔から笑顔をこしらえた——わたしのひどく嫌いな、あの疎ましい、無表情でいんぎんな、フランス式の微笑だった。意気銷沈《しょうちん》して、呆然自失の態《てい》だった将軍は、勿体《もったい》をつけてみたものの、どことなく機械的な感じだった。ひとりマドモワゼル・ブランシュだけは、怒りに燃える表情をほとんど変えることなく、苛立《いらだ》たしげな期待をこめた視線をひたとわたしに注いで、口をつぐんだだけだった。指摘しておくが、これまで彼女はわたしに対して信じられぬほど失敬な態度をとり、わたしの会釈《えしゃく》にさえ答えず、まるきりわたしなぞ眼中になかったのである。

「アレクセイ・イワーノヴィチ」やさしく叱責《しっせき》する口調で、将軍が切りだした。「この際はっきり言わせていただくけれど、実に奇妙ですぞ、この上なく奇妙だ……一口に言って、わたしと、わたしの家族に対する君の振舞いは……一口に言うなら、この上なく奇妙なもので……」

「いや《エー》！　それは違うんだ《ス・ネ・パ・サ》」腹立ちと軽蔑《けいべつ》をこめて、デ・グリューがさえぎった。（断然、この男がいっさいを切り回していた！）「ねえ、あなた《モン・シエール・ムッシウ》、親愛な将軍は間違っているんです《ノートル・シエール・ジェネラール・ス・トロムプ》、あんな口調になったりして（わたしは彼の言葉をロシア語でつづけることにする）。しかし、将軍があなたに言いたかったのは……つまり、注意したかったというか、もっと適切に言うなら、たってお願いしたかったのは、自分を破滅させないでくれということなんです――そう、破滅させないでほしいと！　わたしがまさにこうした表現を用いるのは……」

「しかし、どうやって、どうやってです？」わたしはさえぎった。

「冗談じゃない、あなたはあのお婆《ばあ》さんの、あの気の毒なる恐るべきお婆さん《セット・ボーヴル・テリブル・ヴィエイユ》の師範役を（それとも、ああいうのを何と言えばいいのかな？）買って出たじゃありませんか」デ・グリュー自身まで、とり乱していた。「しかし、あの人はいずれ負けちまいますよ。何もかもすってんてんにはたくでしょうよ！　あの人の賭《か》けっぷりを、あなた自身も見たでしょうに。あなたは目撃者でしょうが。いったん負けだしたら、あの人は頭にきて、意地になって、賭博台《とばくだい》から離れようとしないでしょうし、どこまでもどんどん勝負するでしょうよ。そうなったら、決して負けを取り戻せっこないし、あげくのはては……あげくのはては……」

「あげくのはては」将軍が先をつづけた。「あげくのはては、君はわたしの家族全部を破滅させることになるんです！　わたしとわたしの家族は、わたしたちはあの人の相続人なんですよ。あの人には、わたしたちより近い身内はないんだから。君にはざっくばらんに言うけど、わたしの財政は乱れてます。極度に乱れているんです。あなた自身もある程度はご存じでしょうがね……もし、あの人が莫大な金額なり、あるいは、ひょっとして全財産さえ、はたいてしまうようなことがあれば、その時はわたしの子供たちは、あの子たちはどうなるんです！（将軍はちらとデ・グリューをふり返った）。このわたしは、どうなるんです！（彼は、軽蔑もあらわに顔をそむけたマドモワゼル・ブランシュを眺めやった）。アレクセイ・イワーノヴィチ、助けてくれたまえ、わたしらを救ってくれたまえよ！」

「しかし、どうやってです、将軍、僕がどんなお役に立てるのか、教えてくださいよ……僕なんぞに何の意味があるんです？」

「断わってくれたまえ、断わってあの人を放りだしてくれたまえ！」

「そしたら、別のが現われますよ！」わたしは叫んだ。

「それは違う《ス・ネ・パ・サ》、それは違うんです《ス・ネ・パ・サ》」またデ・グリューがさえぎった。「えい、畜生《ク・ディアーブル》！　そうじゃないんです、放りだすんじゃなく、少なくとも助言するんです、説得して、気持をわきへそらせてください……そう、結局のところ、あの人にあまりたくさん負けぬようにさせて、なんとか気持をわきへそらさせてください」

「でも、僕にどうやってそれができますか？　その仕事はあなた自身が引き受けたらどうなんです、ムッシウ・デ・グリュー？」わたしはできるだけ無邪気に言い添えた。

　この時わたしは、マドモワゼル・ブランシュがデ・グリューに投げた、すばやい、燃えるような、物問いたげな一瞥《いちべつ》に気づいた。デ・グリュー自身の顔にも何か一種特別な、何やら露骨な表情がひらめき、彼はそれを抑えることができなかった。

「そこなんですよ、今となっちゃあの人はわたしを相手にしてくれないでしょうからね！」デ・グリューが片手を振って叫んだ。「それができればね！……まあ、いずれは……」

　デ・グリューはすばやく、意味深長にマドモワゼル・ブランシュを眺めた。

「ねえ、親愛な《モン・シエール》ムッシウ・アレクシス、ぜひお願いしますわ《ソワィエ・シ・ボン》」魅力たっぷりな微笑をうかべてマドモワゼル・ブランシュがみずからわたしに歩みより、わたしの両手をつかんで、ぎゅっと握りしめた。畜生！　この悪魔的な顔は一瞬のうちに変るすべを心得ていた。この瞬間、彼女は心底《しんそこ》から頼むような顔に、実に愛らしい、あどけなく微笑する、いたずらっぽいような顔にさえなった。言葉の終りごろには、みなに内緒で、ずるそうにウィンクしてみせたものだ。わたしを一撃で倒そうとでも思っているのだろうか？　そして、首尾はわるくなかった――ただ、それにしても、これはえげつなかったし、ひどいものだった。

彼女のあとから将軍も駆けよった――まさしく、駆けよったのである。

「アレクセイ・イワーノヴィチ、さっきはあんなふうに話を切りだしたりして、許してくれたまえ、わたしが言いたかったのは、まるきり違うことなんですよ……お願いです、頼みます、ロシア式に平身低頭します――わたしたちを救うことができるのは、君だけなんだ、君しかいないんですよ！　わたしとマドモワゼル・コマンジュとでお願いします。君もわかってくれるでしょう、君だってわかってるでしょうに？」彼はマドモワゼル・ブランシュを目で示しながら、哀願した。ひどく哀れだった。

この時、静かにうやうやしくドアを三度ノックする音がひびいた。開けてみると、ノックしたのはルーム・ボーイで、その二、三歩うしろにポタープイチが立っていた。

お祖母《ばあ》さんからの使いだった。即刻わたしを探しだして連れてくるようにとのことだった。「お腹立ちでらっしゃいます」ポタープイチが告げた。

「だって、まだ三時半でしかないよ！」

「奥さまは寝つくことができずに、のべつ寝返りを打っておられましたが、そのうち不意にお起きになって、車椅子《くるまいす》をお命じになったうえ、あなたさまをお迎えによこしたのでございます。もう、正面玄関に出ておいでで……」

「なんてひねくれ婆《ケル・メジェール》だ！」デ・グリューが叫んだ。

実際、わたしはすでに正面玄関で、わたしがいないのでしびれを切らしているお祖母さんを見いだした。彼女は四時まで我慢できなかったのだ。

「さ、かついでおくれ！」彼女が叫び、わたしたちはまたルーレット場に向った。

第十二章

お祖母さんは苛立《いらだ》ちやすい、せっかちな気分になっていた。明らかに、ルーレットがしっかりと頭にこびりついてしまったようだ。それ以外のあらゆるものに対して関心がなく、概して極度の放心状態だった。たとえば、さっきとは違って、途中何一つたずねようとしなかった。わたしたちの横を疾風のように走りすぎて行った一台の豪華な幌馬車《ほろばしや》を見て、片手をあげ、「あれは何だえ？　だれのだね？」とたずねはしたが、どうやら、わたしの返事がききとれなかったらしい。お祖母さんの瞑想《めいそう》はたえず、じれったげな急激な身動きと突飛な言動によって中断された。もうカジノに近づいたころ、わたしが遠くからヴルマーヘルム男爵《だんしやく》夫妻をさし示した時も、彼女はぼんやりと眺めて、まったく無関心そうに「ああ！」と言ったあと、うしろから歩いてくるポタープイチとマルファの方を急にふり返って、ぴしりと言った。

「これ、お前たちはなぜくっついてきたんだえ？　そのつどお前たちを連れて行くわけにいくもんかね！　宿へお帰り！　わたしにはお前さんだけで十分ですよ」二人があたふたとお辞儀して宿へ引き返すと、お祖母さんはわたしに向ってこう付け加えた。

カジノではもうお祖母さんを待っていた。すぐさまお祖母さんのために、ディーラーのわきの同じ席が仕切られた。わたしが思うに、このディーラーたちは、いつも実に礼儀正しくて、胴元が勝とうと負けようとほとんどまったく関係がないといった、ごく平凡な官吏みたいな顔をしているが、胴元の負けには決して無関心でないし、それにもちろん、賭博者《とばくしや》たちを引き寄せるためや、国庫の利害をよりいっそう監視するために何らかの指令を受けているのであって、その報酬として必ず当人たちも賞与や歩合をもらっているのだ。少なくとも、お祖母さんはもはやカモ扱いされていた。やがて、われわれの身に予測されていたことが生じた。

いきさつはこうだった。

お祖母さんはいきなりゼロにとびつき、すぐさま一回に十二フリードリヒ・ドルずつ賭《か》けるよう命じた。一度、二度、三度賭けたが、ゼロは出なかった。「お賭け、お賭け！」お祖母さんは待ちきれずにわたしをつついた。わたしは素直に従った。

「何度負けたね？」じれったさに歯がみしながら、やっと彼女はたずねた。

「もう十二回賭けましたよ、お祖母さん。百四十四フリードリヒ・ドルの負けです。言っときますけどね、お祖母さん、晩までにたぶん……」

「お黙り！」お祖母さんはさえぎった。「ゼロにお賭け、それから今度は赤《ルージュ》に千グルデン賭けとくれ。はい、チップ」

赤は出たが、ゼロはまたはずれた。千グルデン、戻ってきた。

「ほらね、ごらんな！」お祖母さんが耳打ちした。「これまでの負けが、ほとんどそっくり戻ってきたじゃないか。またゼロに賭けとくれ。あと十回ぐらい賭けて、やめにしよう」

だが、五回目でお祖母さんはすっかりふさぎこんでしまった。

「このいまいましいゼロなんぞ、放りだしておしまい。さ、四千グルデンをそっくり赤にお賭け」彼女は命じた。

「お祖母さん！　多すぎますよ。赤が出なかったらどうします」わたしは哀願した。しかし、お祖母さんはわたしを打ち据えんばかりにした。（もっとも、彼女はひどく小突くので、ほとんど喧嘩《けんか》しているにひとしいと言ってもよいほどだった）。仕方がない、わたしは先ほどから勝った四千グルデンを全額、赤に賭けた。円盤がまわりはじめた。お祖母さんは絶対の勝利を疑うことなく、落ちつきはらって、傲然《ごうぜん》と身体《からだ》をまっすぐ起して坐《すわ》っていた。

「ゼロ」ディーラーが宣した。

最初、お祖母さんは理解できなかったが、ディーラーが台にのっている賭け金全部といっしょに彼女の四千グルデンもかき寄せたのを目にし、お祖母さんがつい今しがたゼロを罵《ののし》ってあきらめた矢先に、あれほど永い間出ずに、ほとんど二百フリードリヒ・ドル近くもわれわれが負けてきたゼロが、まるで厭《いや》がらせのようにとびだしたのを知ると、あっと叫んで、ホールじゅうにひびくほど両手を打ち鳴らした。周囲では笑い声さえ起った。

「なんてこったい！　いまいましいね、今ごろになってとびだしてくるなんて！」お祖母さんは嘆いた。「まったく、なんて、なんて癪《しゃく》な奴《やつ》だろう！　これというのも、お前さんだよ！　みんな、お前さんのせいよ！」小突きながら、猛然とわたしに食ってかかった。「お前さんが思い止《とど》まらせたからだよ」

「お祖母さん、僕は本筋を話したまでですよ、どうしてすべてのチャンスに対して責任を負えますか？」

「チャンスがきいて呆《あき》れるよ！」彼女はすごい剣幕でささやいた。「わたしから離れとくれ」

「さようなら、お祖母さん」わたしは退散しようと向きを変えた。

「アレクセイ・イワーノヴィチ、アレクセイ・イワーノヴィチ、残っていておくれ！　どこへ行くのさ？　え、どうして、どうしてなの？　そんな、怒ったりしてさ！　ばかだね。さ、いておくれ、もう少しいておくれな、さ、怒ったりしないで。わたしのほうがばかだったよ！　さ、教えとくれ、今度はどうすればいいの！」

「僕は助言役は引き受けませんよ、お祖母さん、なぜって僕のせいになさるでしょうからね。自分で勝負してください。言ってくださりゃ、賭けますから」

「いいよ、いいよ！　じゃ、また四千グルデン、赤に賭けとくれ！　はい、財布、あずかっとくれ」彼女はポケットから財布を出して、わたしに渡した。「早くお取りよ、ここに現金で二万ルーブル入ってるからね」

「お祖母さん」わたしは耳打ちした。「そんな大金を……」

「たとえ死んだって、負けを取り戻してみせるから。お賭け！」賭けて、負けた。

「お賭け、お賭けったら。八千そっくりお賭け！」

「だめですよ、お祖母さん、最高の賭け金が四千なんです！」

「じゃ、四千お賭け！」

今度は勝った。お祖母さんは元気づいた。

「ほらね、ごらんよ！」彼女はわたしをつついた。「また四千賭けとくれ！」

賭けて、負けた。それからもう一度、さらに一度負けた。

「お祖母さん、一万二千、すっかり消えちまいましたよ」わたしは報告した。

「すっかり消えちゃったことくらい、わかっているさ」かりにこういう表現ができるなら、彼女はなにやら狂気の冷静さで言い放った。「わかってるとも、なにさ、わかってますよ」身じろぎもせず自分の前をみつめたまま、まるで思案でもするように、彼女はつぶやいた。「ええ！　たとえ死んだっていい、もう四千グルデンお賭け！」

「だって、お金がありませんよ、お祖母さん！　この財布にはロシアの五分利債券と、ほかに為替か何かがあるだけで、お金はありませんよ」

「じゃ、小銭入れには？」

「小銭が残ってます、お祖母さん」

「ここには両替屋があるんだろ？　ロシアのお金もそっくり換えられるってきいたけど」お祖母さんが決然とした口調でたずねた。

「ええ、いくらでも！　だけど、換算で損をする分ときたら、それこそ……ユダヤ人でもおぞけをふるうくらいですよ！」

「そんな、下らない！　負けを取り戻すのよ！　連れてっておくれ！　あの間ぬけたちをよぶんだよ！」

わたしは車椅子《くるまいす》を押して行った。ポーターたちが現われ、われわれはカジノを出た。

「早く、早く、早く！」お祖母さんは命令した。「道を教えとくれ、アレクセイ・イワーノヴィチ、なるべく近道をしてね……で、遠いのかえ？」

「すぐそこです、お祖母さん」

だが、辻《つじ》公園から並木道への曲り角で、わたしたちはうちの一行と出会った。将軍と、デ・グリューと、マドモワゼル・ブランシュと母親とだった。ポリーナ・アレクサンドロヴナはいっしょではなかったし、ミスター・アストリーもいなかった。

「ほれ、ほれ、ほれ！　止らなくともいいよ！」お祖母さんは叫んだ。「さ、あんたたちは何の用なの？　あんたの相手をしてる暇はないのよ！」

わたしはうしろから歩いていた。デ・グリューがわたしのところにとんで来た。

「この前の勝ちをすっかりはたいたうえに、一万二千グルデン使いはたしましたよ。五分利債券を換金しに行くところです」わたしは手早く彼に耳打ちした。

デ・グリューは片足を踏み鳴らし、将軍に知らせにすっとんだ。わたしたちはそのままお祖母さんを運びつづけた。

「やめさせてくれたまえ、止めてくれたまえ！」将軍が狂ったようにわたしにささやいた。

「だったら、試しに止めてごらんなさい」わたしはささやいた。

「伯母さん！」将軍が近づいた。「伯母さん……わたしたちは今から……今から……」その声はふるえて、勢いがなかった。「馬車をやとって、郊外へ出かけるんですよ……そりゃすばらしい眺望でしてね……展望台《ポワント》が……伯母さんを誘いに来たんです」

「ふん、お前さんなんぞ、ポワントごと消えておしまい！」お祖母さんは苛立たしげに片手を振った。

「そこには村がありましてね……そこでお茶を飲もうというわけです……」将軍はもはや完全な絶望をこめて言いつづけた。

「みずみずしい草の上で牛乳を飲むんですよ《ヌ・ボワロン・デュ・レ・シュール・レールブ・フレーシュ》」獣のような憎しみをこめて、デ・グリューが言い添えた。牛乳《デュ・レ》だの、みずみずしい草《ドゥ・レールブ・フレーシュ》だの――こういったものが、パリのブルジョアにあっては、理想的な牧歌情緒のすべてなのだ。周知のように、これが「自然と真実《ナチュール・エ・ラ・ヴェリテ》」に対する彼らの見方なのである。

「ふん、お前さんなんぞ、牛乳もろとも消えておしまい！　ひとりでお飲みよ、わたしゃあんなものを飲むとお腹《なか》が痛くなってね。それに、なんだって付きまとうんだえ?!」お祖母さんは叫んだ。「そんな暇はないと言ってるだろうに！」

「つきましたよ、お祖母さん！」わたしは叫んだ。「ここです！」

わたしたちは銀行の事務所のあるビルについた。わたしが換金に行き、お祖母さんは正面玄関に残って待つことにした。デ・グリューと、将軍と、ブランシュは、どうしてよいのかわからず、わきの方に立っていた。お祖母さんが憤然と睨《にら》みつけたので、彼らはカジノへ行く道を歩み去って行った。

示された交換率があまりひどいものだったので、わたしは決めかねて、指図を仰ぎにお祖母さんのところへ戻った。

「ああ、盗《ぬす》っ人《と》だね！」彼女は両手を打ち鳴らして、叫んだ。「なに！　かまやしない！　換えておくれ！」彼女は決然と叫んだ。「お待ち、頭取をここへおよび！」

「だれか銀行員をでしょう、お祖母さん？」

「なに、銀行員だって同じことさ。まあ、盗っ人だこと！」

銀行員は、よんでいるのが、歩くことのできぬ衰弱した老齢の伯爵《はくしゃく》夫人であることを知って、出てくることに同意した。お祖母さんは永いこと、憤然として大声で、欺《ぎ》瞞《まん》行為だと銀行員を難詰し、ロシア語、フランス語、ドイツ語をごちゃまぜで掛引きしたが、そばでわたしも通訳を手伝った。くそまじめな銀行員はわたしたち二人をしげしげと眺め、無言で首を振っていた。彼は好奇心をむきだしにしてあまりにもまじまじとお祖母さんを眺めていたので、これはもはや礼を失していた。しまいに彼は薄笑いをうかべはじめた。

「さ、お退《さが》り！」お祖母さんは叫んだ。「わたしのお金で息でもつまらせるがいい！　あの男のところで換金しておくれな、アレクセイ・イワーノヴィチ、もう時間がないからね、でなけりゃ、よそへ行ってもいいけど……」

「あの銀行員の話だと、よそはもっと低いそうですよ」

その時の交換率を正確におぼえてはいないが、ひどいものだった。わたしは金貨と紙幣で一万二千フローリンに兌換《だかん》し、計算書をもらって、お祖母さんのところへ持って行った。

「さあ！　さあ！　さあ！　何も計算なんぞすることはないよ」彼女は両手を振った。「早く、早く、早く！」

「あのいまいましいゼロにはもう決して賭《か》けないよ、赤にもね」カジノに乗りつけながら、彼女はつぶやいた。

今回はわたしも、チャンスの流れの中では常に大きな金額を賭けるタイミングもあるのだからと説いて、できるだけ賭け金を少なくするよう極力お祖母《ばあ》さんに吹きこもうと努めた。だが、彼女はあまりにも性急なので、最初こそ同意するものの、勝負の間じゅう彼女を抑えておくことなどできなかった。十フリードリヒ・ドルか二十フリードリヒ・ドルの賭けに勝ちはじめるや否《いな》や、「ほらね！　ほらね！」と、わたしを小突きだすのだ。「ほら、勝ったじゃないの、十フリードリヒ・ドルでなしに四千賭けておけば、四千儲《もう》かったところだよ、でなくて今は何て始末だえ？　これもみんなお前さんだよ、お前さんのせいよ！」

そのため、彼女の勝負を見ていて、どんなに腹立たしさに捉《とら》えられても、わたしはついに、沈黙してそれ以上何一つ助言すまいと決心した。

ふいにデ・グリューが駆けよって来た。彼らは三人ともそばにいたのである。マドモワゼル・ブランシュが母親といっしょにわきの方にたたずんで、小柄な公爵《こうしゃく》にお愛想をふりまいているのに、わたしは気づいた。将軍は目に見えて寵《ちょう》を失い、ほとんど放ったらかしだった。将軍が必死にわきをうろちょろしているのに、ブランシュは彼のことを見ようとさえしなかった。かわいそうな将軍！　彼は青くなったり、赤くなったりして、ふるえ、もはやお祖母さんの勝負を見守ってさえいなかった。ブランシュと小柄な公爵は、しまいには、出て行ってしまった。将軍は二人のあとを追って走った。

「マダム、マダム」デ・グリューがお祖母さんの耳もとにまでにじり寄って、甘たるい声でささやいた。「マダム、それじゃ賭けはだめです……だめ、だめ、いけないです……」彼は舌足らずなロシア語で言った。「だめ！」

「じゃ、どうするんだえ？　さ、教えとくれ！」お祖母さんは彼をふり返った。デ・グリューはだしぬけに早口のフランス語で話しだし、助言しはじめ、そわそわして、チャンスを待たねばならぬと説き、何やら数字をいくつかあげにかかった……お祖母さんには何一つわからなかった。彼はのべつわたしに通訳してくれるよう頼んだ。指で台をつついては、さし示していたが、とうとう鉛筆をつかんで、紙の上で計算しはじめた。お祖母さんはついにしびれを切らしてしまった。

「さ、お行き、お行きったら！　下らないことばかりほざいて！『マダム、マダム』なんて言うばかりで、当人も肝腎《かんじん》のことはわかってないんだから。お行きよ！」

「しかし、奥さん《マダム》」デ・グリューはさえずり、また指でつついたり、さし示したりしはじめた。そうせずにはいられなかったのだ。

「じゃ、一遍あの男の言うように賭けてごらんな」お祖母さんがわたしに命じた。「見てみようじゃないの。ひょっとして、本当に出るかもしれないよ」

デ・グリューの望みは、お祖母さんの気持を大きな賭け金からそらすことだけだった。彼は単の数字と、ひとグループの数字に賭けるようすすめた。わたしは彼の指示に従って、最初の十二《ドゥーズ・プルミエ》のうちの奇数に一フリードリヒ・ドルずつと、十三から十八まで、十九から二十四までの数字のグループにそれぞれ五フリードリヒ・ドルずつ賭けた（訳注　原文では、十二から十八、十八から二十四とあるが、ルーレットの数字のグループは十三から十八、十九から二十四なので、あえて正しておいた）。賭けたのは全部で十六フリードリヒ・ドルだった。

円盤がまわりはじめた。「ゼロ」――ディーラーが叫んだ。わたしたちは全額負けた。

「なんて阿呆《あほう》だ！」お祖母さんはデ・グリューをふり返って、叫んだ。「なんていやらしいフランスっぽだろう！　悪党がよくも助言したもんだよ！　お行き、お行きよ！　何もわかってないくせに、くちばしをはさんだりして！」

ひどく気をわるくしたデ・グリューは肩をすくめ、さげすむようにお祖母さんを一瞥《いちべつ》して、離れ去った。彼自身もかかり合ったのが恥ずかしくなったのだ。あまりにも我慢ならなかったのである。

いかに悪あがきしようと、一時間ほどのちには、わたしたちはすっかり負けてしまった。

「帰りますよ！」お祖母さんは叫んだ。

並木道につくまで、彼女は一言も発しなかった。並木道で、もうホテルにつくころになって、慨嘆がほとばしりでるようになった。

「なんてばかなんだろう！　なんてばかだ！　年寄りのくせに。ばかな婆《ばあ》さんだよ！」

部屋に車椅子で入るなり、

「お茶をおくれ！」とお祖母さんは叫んだ。「そして、すぐに支度よ！　出発するから！」

「どちらへお出かけになられますの、奥さま？」マルファが言いかけた。

「お前の知ったことかえ？　身のほどをわきまえなさい！　ポタープイチ、すっかり支度をおし、荷物は全部つめるからね。モスクワへ帰るのよ！ わたしゃ一万五千ルーブルも巻き上げられちまった！」

「一万五千ですって、奥さま！ まあ、何てことを！」どうやら気に入られようと考えたらしく、ポタープイチは叫んで、感に堪《た》えぬように両手を打ち鳴らした。

「ほら、ほら、ばかが！ おまけに泣き言をはじめたりして！ お黙り！ 支度しなさい！ 勘定だよ、早く、早く！」

「いちばん早い汽車は九時半発ですよ、お祖母さん」彼女の狂憤《フロール》をおしとどめるために、わたしは知らせた。

「で、今、何時？」

「七時半です」

「いまいましいね！ ま、どうでもいいさ！ アレクセイ・イワーノヴィチ、わたしには一カペイカもお金がないのよ。さ、あと二枚、証券をあげるから、ひとっ走りあそこへ行って、これも換金してきておくれ。でないと、汽車に乗ろうにも文無しだからね」

わたしは出かけた。三十分ほどしてホテルに戻ってみると、お祖母さんの部屋にうちの連中が顔をそろえていた。お祖母さんがすっかりモスクワへ引き上げてしまうことを知って、彼らはどうやら、お祖母さんの負けにもましていっそうショックを受けたらしい。出立《しゅったつ》によってお祖母さんの財産は救われたとしても、その代り将軍はこれからどうなるのだろう？　だれがデ・グリューに支払ってくれるのか？　マドモワゼル・ブランシュは、もちろん、お祖母さんが死ぬまで待ってはくれぬだろうし、きっと今となっては小柄な公爵かほかのだれかと道行きをきめこむに違いない。彼らはお祖母さんの前に立って、慰めたり、説得にかかったりしていた。ポリーヌの姿はまた見えなかった。お祖母さんは凄《すさ》まじい剣幕で彼らを怒鳴りつけた。

「離れとくれ、憎らしい！　お前さんたちに何の関係があるんだえ？　この山羊《やぎ》ひげは何だってわたしに付きまとうんだね」彼女はデ・グリューに叫んだ。「それに、お前さんは何の用なの、狆《ちん》くしゃ女？」彼女はマドモワゼル・ブランシュに向って言った。「何だってうろちょろしてるんだい？」

「畜生め《ディアントル》！」マドモワゼル・ブランシュは激怒して目を光らせ、こうつぶやいたが、突然高笑いして、出て行った。

「その人は百歳も生き永らえるわよ《エル・ヴィーヴラ・サン・タン》！」戸口を出しなに、彼女は将軍に叫んだ。

「ああ、お前さんはわたしの死ぬのを当てにしてるのかい？」お祖母さんは将軍に大声で言った。「出てお行き！　みんな追い出しとくれ、アレクセイ・イワーノヴィチ！　お前さんたちには関係ないだろうに？　わたしがはたいたのは自分のお金で、お前さんたちのじゃないんだよ！」

将軍は肩をすくめ、背を曲げて、出て行った。デ・グリューがそれにつづいた。

「プラスコーヴィヤをおよび」お祖母さんはマルファに命じた。

五分ほどして、マルファがポリーナと戻ってきた。この間ずっとポリーナは子供たちと自室にこもりきりで、どうやら、一日じゅう出ぬことにわざと決めていたようだ。その顔は真剣で、愁《うれ》いをおび、気遣わしげだった。

「プラスコーヴィヤ」お祖母さんは切りだした。「さっきわきから聞いて知ったんだけど、お前の義理の父親にあたる、あのばか者が、あんな低能で尻軽《しりがる》なフランス女と結婚する気でいるとかいうのは、本当かえ――あの女は女優なのかい、それとももっとわるい素姓？　教えとくれ、本当なの？」

「そのことなら正確には知らないんです、お祖母さん」ポリーナは答えた。「でも、マドモワゼル・ブランシュはべつに隠し立てする必要を認めていないので、あの人自身の言葉から推しはかると……」

「もう結構」お祖母さんはエネルギッシュにさえぎった。「すっかりわかったわ！　わたしはかねがね、あの男ならこんなことになりかねないと思ってたし、あの男はおよそ中身のない軽はずみな人間だといつもみなしていたんだよ。将軍だなんて、格好つけて（大佐上がりで、退役の時にありついたのにさ）、おまけに偉そうにしてるんだからね。わたしはね、お前、何もかも知ってるんだよ、お前さんたちが『婆さんはまだくたばりそうもないか？』って、立てつづけにモスクワに電報を打ってよこしたことくらい。みんなで遺産を期待してさ。なにしろお金がなけりゃ、あの卑《いや》しい女は――何て名だっけ、ド・コマンジュだったかね――あんな男なんぞ下男にもやとっちゃくれないさ、おまけに入れ歯なんぞはめてるんじゃね。なんでもあの女自身は、金をしこたま持っていて、利息をとって貸し付けて、ひと財産作ったそうだよ。わたしはね、プラスコーヴィヤ、お前を責めてるんじゃないんだよ。お前が電報を打ったわけじゃないんだからね。それに、済んだ話を持ちだすつもりもないし。お前がきつい性格だってことは知ってるさ――まるで虻《あぶ》だ！　刺されたら、ひどく腫《は》れあがるもの。でも、わたしはお前が不憫《ふびん》なんだよ、それというのも、お前の亡《な》くなった母親のカテリーナを、わたしは好きだったからね。で、どうだい？　ここのことはすべて打っちゃって、わたしといっしょにお行きよ。だって、お前、身の振り方がつかないだろうに。それに、今となっちゃ、あんな連中といっしょにいるのは不体裁だよ。まあお待ち！」答えようとしかけたポリーナを、お祖母さんはさえぎった。「わたしの話はまだ終っちゃいないんだから。わたしゃお前には何一つ要求しません。モスクワのわたしの屋敷は、お前も知ってのとおり、御殿だからね、上の階をそっくり使ってもいいし、もしわたしの気性が気に入らないんなら、二週間でも三週間でも下におりてこなけりゃいい。さ、どうだえ、厭《いや》かね？」

「その前におうかがいしたいんですけれど、ほんとに今すぐお立ちになるおつもりなんですか？」

「わたしが冗談を言っているとでも、お前？　言ったからには、立ちますよ。わたしは今日、お前さんたちのあのクソいまいましいルーレットで、一万五千ルーブルもはたいちまったんだよ。五年前にモスクワ郊外の領地の教会を木造から石造に建てかえる約束をしたんだけど、それをする代りにここで散財しちまった。今度は、お前、教会を建てに行くさ」

「でも、鉱泉は、お祖母さま？　だって、鉱泉を飲みにいらしたんでしょうに？」

「ふん、鉱泉なんぞ知っちゃいないよ！　わたしを苛々《いらいら》させないどくれ、プラスコーヴィヤ、わざとやっているのかえ？　さ、お答え、行くの、それとも行かないの？」

「ほんとうに心から感謝いたしますわ、お祖母さま」ポリーナは感情をこめて口を開いた。「隠れ場所を提供してくださって。わたしの立場をある程度察してくださいましたのね。あたし、ほんとうにありがたいと思っておりますから、ひょっとしたら、ごく近いうちに伺うかもしれませんわ、本当に。でも今はいろいろと……深刻な理由があって……今すぐ、たった今決めるわけには参りませんの。お祖母さまがせめてあと二週間お残りになられるのでしたら……」

「つまり、厭なんだね？」

「つまり、できないんです。そのうえ、いずれにしても弟と妹を置いてゆくわけにも参りませんし、なぜって……なぜって……なぜって実際にあの子たちが捨子同然になるようなことになりかねませんもの、ですから……おちびさんたちといっしょにわたしを引き取ってくださるのでしたら、お祖母さま、もちろん伺いますし、本当に、そのご恩返しはいたしますわ！」彼女は熱っぽく付け加えた。「でも、子供を連れずには伺えません、お祖母さま」

「ほれ、めそめそしなさんな！（ポリーナはめそめそする気などなかったし、それに、ついぞ泣いたことのない女性だった）。雛《ひょ》っ子たちの居場所くらい見つかるさ、鶏小《とりご》舎《や》は広いもの。おまけに、あの子たちも学校に上がるころだしね。それじゃ、今は行かないってわけだね？　いいかい、プラスコーヴィヤ、気をつけるのよ！　わたしはお前のためになればと思ったのに。だって、お前がなぜ行かないか、わかっているからね。わたしは何もかも知ってるのよ、プラスコーヴィヤ！　あのフランスっぽはお前をろくな目に会わせないよ」

ポリーナは真っ赤になった。わたしはびくりと身ぶるいした。（みんなが知ってるんだ！　してみると、僕だけが何一つ知らないってわけか！）

「さあ、さあ、むずかしい顔をしなさんな。べつに吹聴《ふいちょう》する気はないさ。ただ、注意するんだよ、わるいことにならないように、わかったね。お前は利口な子だもの。お前が不憫になるだろうからね。さ、もうたくさん、お前さんたちなんぞ、だれも彼も見たくもない！　お行き！　さよなら！」

「でも、お祖母《ばあ》さま、まだお見送りを」ポリーナが言った。

「要らないよ。邪魔しないどくれ、それにお前さんたちはみんな、鼻についたよ」ポリーナはお祖母さんの手に接吻《せっぷん》したが、お祖母さんはその手を引っ込め、自分は彼女の頬に接吻した。

わたしのわきを通りしなに、ポリーナはすばやくわたしを一瞥し、すぐに目をそらせた。

「じゃ、お前さんも、さようなら、アレクセイ・イワーノヴィチ！　出発まで一時間しかないからね。それに、お前さんもわたしの相手でさぞ疲れたと思うよ。さ、この金貨を五十枚受け取っておくれ」

「それは恐れ入ります、お祖母さん。でも、気がとがめるな……」

「なんの、なんの！」お祖母さんは叫んだが、その口調が実にはげしく、おそろしかったので、わたしは断わりきれずに、受けとってしまった。

「モスクワで、職がなくて走りまわるようだったら、わたしのところにおいで。どこかに紹介してあげよう。それじゃ、お行き！」

わたしは自分の部屋に戻って、ベッドに横になった。両手を枕《まくら》にして、三十分ほど仰向けになっていたと思う。すでにカタストロフが突発していたから、考えるべきことはあった。明日はポリーナとじっくり話し合おうと決心した。ああ！　あのフランス野郎か？　してみると、やはり本当だったのだ！　だが、それにしても、いったい何が起りえたというのだろう？　ポリーナと、デ・グリュー！　いやはや、なんという組合せだろう！

何もかも、およそ信じかねる話だった。わたしはわれを忘れてふいにはね起きた。今すぐミスター・アストリーを探しだして、なにがなんでも口を割らせるためにだ。あの男は、もちろん、この件でもわたしよりいろいろと知っているにきまっている。ミスター・アストリーか？　これまた、わたしにとって、一個の謎《なぞ》だった。

しかし、だしぬけに戸口にノックがひびいた。見ると、ポタープイチだ。

「あの、アレクセイ・イワーノヴィチ。奥さまがおよびでらっしゃいます！」

「いったい何だね？　もうお立ちかい？　発車までまだ二十分もあるよ」

「そわそわなさって、おちおち坐《すわ》ってもいらっしゃれないご様子でして。『早く、早く！』とおっしゃって、つまり、あなたさまをおよびしてこいというわけでございます。お願いですから、お急ぎになってくださいまし」

わたしはすぐに下に駆けおりた。お祖母さんはもう廊下にかつぎだされていた。両手で財布を握りしめている。

「アレクセイ・イワーノヴィチ、先に立っておくれ、出かけるわよ！」

「どこへです、お祖母さん？」

「わたしゃ死んだって、負けを取り返してみせるよ！　さ、進軍だ、詮索《せんさく》は無用だよ！　あそこは夜中まで勝負をしているんだろ？」

わたしは唖然《あぜん》として、一瞬考えたが、すぐに肚《はら》をきめた。

「そりゃお祖母さんのご随意ですがね、アントニーダ・ワシーリエヴナ、僕は行きませんよ」

「なぜだえ、それは？　そりゃまた、どういうわけ？　お前さんたちはみんな、気でも触れたんだろうさ！」

「それはお祖母さんのご随意ですがね。僕はあとでわれとわが身を責めることになるんですから。まっぴらですよ！　証人になるのも、共犯になるのも、ご免です。勘弁してください、アントニーダ・ワシーリエヴナ。さ、いただいた五十フリードリヒ・ドルをお返しします。それじゃ、さようなら！」こう言ってわたしは、お祖母さんの車椅子《くるまいす》の横にあったサイドテーブルに金貨の包みをのせると、一礼して、立ち去った。

「下らないことを言って！」お祖母さんはわたしのうしろ姿に向って叫んだ。「それじゃ、行かなけりゃいい、いいともさ、わたしだって一人で道くらい見つけるさ！　ポタープイチ！　ついておいで！　さ、かついで、運んどくれ！」

わたしはミスター・アストリーを見つけられずに、宿に戻った。その晩遅く、もう夜中の一時近くになって、わたしはポタープイチから、お祖母さんの一日がどんな首尾に終ったかをきき知った。お祖母さんは、さっきわたしが兌換《だかん》してきた金、つまり、ロシアの金にするとまだ一万ルーブルもあったものを全部、はたいてしまったのだった。カジノでは、先ごろお祖母さんに二フリードリヒ・ドル貰《もら》った例のあのポーランド人がとりついて、終始、勝負のコーチをつとめた。最初、ポーランド人が来るまでは、お祖母さんはポタープイチに賭《か》けさせていたのだが、すぐにお払い箱にした。そこへポーランド人がとびついたというわけだ。おあつらえ向きに、そのポーランド人はロシア語がわかったし、三カ国語ちゃんぽんでなんとか話すことさえできたので、二人はどうにかお互いに理解できたのである。お祖母さんはのべつポーランド人を容赦なく叱《しか》りとばし、相手がたえず『奥さまの足もとにへいつくばっていた』のに、『あなたさまに対する扱いとはくらべものになりませんでしたよ、アレクセイ・イワーノヴィチ』と、ポタープイチは話した。『あなたさまに対しては、まるで貴族扱いでしたけれど、あの男ときたら、なんてことはございませんよ。わたしはこの目で見たんですが、いえ、本当でございますとも――あの男はその場で賭博台《とばくだい》から奥さまのお金をくすねたんでございますよ。奥さまご自身も二度ほど台の上で現場をおさえて、叱りつけたんです。そりゃもう、口をきわめて罵《のの》りましてね、一度なぞ髪を引きむしったほどでございますよ。ほんとですとも、嘘《うそ》じゃございません。ですから、まわりで笑い声が起ったものでございます。でも、全部はたいておしまいになりました。持っておられたものを全部。あなたさまが換えてきてくださったものを全部でございますよ。わたくしどもがここへお連れしましても、水を一杯ご所望になっただけで、十字をお切りになって、寝床へ入っておしまいになりました。すっかりお疲れになったとみえて、すぐにお寝《やす》みになられましてね。安らかにお寝みになれるとよろしいんですが！　ああ、もう、こんな外国なんて！』ポタープイチはしめくくった。『だから、ろくなことはないと申し上げたんですのに。早くモスクワへ帰りとうございますよ！　モスクワなら、なんだってございますからね。公園もあるし、花だってここにはないようなものまでございますし、それにあの香り。リンゴもそろそろ熟して参りますし、広々としていて。そう、外国へ来ることなんぞございませんでしたよ！　やれ、やれ！……』

第十三章

わたしが、混乱してこそいるが強烈なさまざまの印象に影響されて書きはじめたこの手記に、手をつけぬようになってから、もうほとんどまる一カ月過ぎ去った。当時、わたしがその接近を予想していたカタストロフは、実際に訪れたが、それはわたしが考えていたより、百倍もはげしい、思いがけぬものだった。すべてが何か異常な、醜悪な、そして、少なくともわたしの身にとっては悲劇的なものであった。わたしの身にはいくつかの事件が起ったが、それはほとんど奇蹟《きせき》に近いものだった——少なくとも、わたしはいまだにそう見ている——とはいえ、別の見方をしたり、とりわけ当時わたしの巻きこまれていた渦《うず》から判断したりすれば、それらはまったくありふれた出来事とは言えぬ、といった程度にすぎないのかもしれない。だが、わたしにとって何より奇蹟にひとしかったのは、それらすべての事件に対してわたし自身のとった態度であった。わたしはいまだに自分がわからない！　そして、それらすべてが――わたしのあの情熱さえもが、夢のように過ぎ去ってしまった。わたしの情熱は強烈な、真剣なものだったのに……あれは今、どこへ行ってしまったのだろう？　たしかに、今でもどうかすると時折、こんな思いが頭にひらめくことがある。『俺はあの時、気が違って、あのころずっとどこか精神病院に入っていたんじゃないだろうか、いや、ひょっとすると、今も入っているのかもしれない――だから、何もかも、そう思えただけのことで、いまだにそんな気がしているにすぎないんだ……』

わたしは自分の原稿を集めて、読み返してみた。（ことによると、精神病院で書いたのではないだろうかと、たしかめるためだったかもしれない）。今、わたしはまったくの一人ぼっちだ。秋が訪れ、木の葉が黄ばみはじめている。わたしは淋しいこの田舎町にひきこもって（ああ、ドイツの田舎町はなんて淋しいのだろう！）、これからとるべき一歩を考えるべき代りに、過ぎ去ったばかりのさまざまな感覚、なまなましい思い出、当時あの渦巻の中にわたしをひきずりこんで、またどこかへ放りだした、ついこの間までのあの旋風などの影響の下で暮しているのだ。いまだに時折、自分が相変らずその旋風にもまれていて、今にもまたあの嵐《あらし》が吹き起り、ついでにわたしをその翼でひっさらい、わたしはまたしても秩序や節度の感情からとびだして、とめどなくきりきり舞いをしはじめるのだ、という気がしてならない……

もっとも、このひと月の間に起ったすべてのことを、可能なかぎり、正確にはっきり理解できるなら、わたしも足が地について、きりきり舞いをやめるかもしれない。わたしはまた、筆をとりたい気持にかられている。それに、時折は毎晩何一つすることがなくなってしまうのだ。妙な話だが、せめて何かで時間をつぶすために、この町の貧弱な図書館でポール・ド・コック（訳注 十九世紀フランスの流行作家）の小説を借りだしてくる（ドイツ語訳ときた！）。そんな小説は、ほとんど我慢できないのだが、それでも読むのだ――そして、われながら、ふしぎに思っている。まるで、まじめな本や、何かまじめな仕事によって、過ぎ去ったばかりのことの魅力をぶちこわすのを恐れているかのようだ。まるで、あの醜悪な夢や、そのあとに残された印象のすべてが、あまりにも貴重なので、それが霧消してしまわぬよう、何か新しいもので触れることさえ恐れているかのようだ！　あれらすべてが、わたしにとって、それほど貴重なのだろうか？　そう、もちろん、貴重なのだ。ことによると、四十年後にも思いだすかもしれない……というわけで、執筆にとりかかることにする。もっとも、今ならばすべてを、ある程度まで、手短かに語ることができる。印象がまったく別のものになっているからだ……

まず第一に、お祖母《ばあ》さんの話を片づけねばなるまい。お祖母さんはあの翌日、洗いざらいすっかりはたいてしまった。これは当然起るべきことであった。ああいう人間で、いったんこの道に踏みこんだ者は、雪山を橇《そり》で滑りおりるようなもので、ますますその早さが増すばかりなのだ。お祖母さんは晩の八時まで終日、勝負していた。わたしはその勝負に立ち会っていたわけではなく、人の話で知っているにすぎない。

ポタープイチは終日カジノでお祖母さんに付き添っていた。お祖母さんをコーチしたポーランド人たちは、この日は何度か交代した。お祖母さんはまず手はじめに、髪を引っ張ってやった昨日のポーランド人を追い払い、別のポーランド人をやとったが、これがもっとひどいと言ってもよいことがわかった。この男をお払い箱にしたあと、追放の期間中そばを離れずに車椅子《くるまいす》のうしろをうろつきながら、のべつ首を突きだしていた最初の男をまたやとったものの、ついにまったくやけくそになってしまった。お払い箱になった二人目のポーランド人も、やはりなんとしても立ち去ろうとしなかった。一人が右側に、もう一人は左側に陣取った。二人はしじゅう賭《か》け金や賭け方をめぐって議論したり、罵《ののし》り合ったりし、お互いに『ろくでなし《ワイダーク》』だの、そのほかポーランド語の悪態だのをぶつけ合っていたが、やがてまた仲直りして、まったくでために金を賭け、闇《やみ》くもに指図した。喧嘩《けんか》をすると、彼らはそれぞれ自分流に賭けるのだった。たとえば、一人が赤に賭ければ、もう一人がすぐさま黒に賭けるという具合にである。とどのつまり、彼らはお祖母さんをすっかり混乱させ、迷わせてしまったため、ついにお祖母さんはほとんど涙をうかべんばかりにして、この連中を追い払って自分を保護してくれるよう、年寄りのディーラーに頼みこむ始末だった。彼らは実際、怒鳴ったり抗議したりしたにもかかわらず、即座に追い払われた。彼らは二人いっぺんにわめきたて、お祖母さんが二人に借りがあるだとか、二人を何かのことで欺《だま》したただとか、誠意のない卑劣な仕打ちをしただとかと、説きたてにかかった。不幸なポタープイチはこれらすべてのことをその晩、負けたあとで、涙まじりにわたしに話してきかせ、ポーランド人たちが自分のポケットに金をつめこんでいたことや、彼らが恥知らずに金をくすねて、のべつポケットにねじこんでいたのを、彼自身が目にしたことなどを、こぼしたものだった。たとえば、仕事の報酬としてお祖母さんから五フリードリヒ・ドルをせびると、すぐにそれをルーレット台の、お祖母さんの賭け金の隣に賭ける。そしてお祖母さんが勝つと、それは自分の賭けが勝ったのであって、お祖母さんは負けたのだと、わめくのである。ポーランド人たちが追い払われることになった時、ポタープイチは進みでて、この二人のポケットは金貨でいっぱいであると訴えた。お祖母さんがすかさずディーラーにしかるべき処置を求めたので、二人のポーランド人がいかにわめきたてようと（まるで両手で捕えられた二羽の雄鶏《おんどり》さながらに）、警察が現われて、すぐさま二人のポケットは、お祖母さんの申し立てどおりに、空っぽにされた。お祖母さんは、負けてしまわぬうちは、ディーラーたちや、カジノ当局全体の間で、明白な権威を有していたのである。彼女の知名度は少しずつ町全体に広まっていった。この温泉地を訪れる人々はみな、国籍を問わず、ごく普通の人からきわめて高貴な人にいたるまで、すでに『数百万の金』をはたいてしまった『子供に返ったロシアの老伯爵夫人《ユヌ・ヴィエイユ・コンテス・リュス・トムベ・アン・ナンファンス》』を一目見ようと、つめかけてきた。

　しかし、二人のポーランド人から解放してもらったことによってお祖母さんが得したものは、ごくごくわずかだった。二人に代ってすぐさま第三のポーランド人がコーチ役に現われたのだが、これはもうまったく完璧《かんぺき》にロシア語を話し、やはり召使くさいところはあったとはいえ、紳士のような身なりをして、やけに大きな口ひげをたくわえ、尊大に構えていた。この男も『奥さまのおみ足』に接吻《せっぷん》し、『奥さまの足もとにへいつくばって』はいたが、周囲の人間に対しては横柄《おうへい》な態度をとって、専制君主のように指図し――一言で言えば、一遍にお祖母さんの使用人ではなく、主人の立場に身をおいたのだった。一回賭けるたびに彼はたえずお祖母さんをかえりみて、自分自身も『自尊心に富む』貴族であるから、お祖母さんのお金からは一カペイカたりと貰《もら》わないと、ひどく大仰な誓いをたてた。あまりしばしばその誓いをくり返したので、お祖母さんはすっかりおじけづいてしまった。しかし、この貴族は最初のうちは実際にお祖母さんの旗色を立て直して、儲《もう》けそうな勢いだったので、お祖母さん自身のほうでもはや彼から離れられなくなった。一時間ほどすると、カジノからつまみだされた、前のポーランド人が二人ともまたぞろお祖母さんの椅子のうしろに姿を現わし、たとえ走り使いなりとお役に立ちたいと、またもや申しでた。ポタープイチが断言したところによると、『自尊心に富む貴族』は彼らと目くばせし合い、何かを手渡してさえいたという。お祖母さんは昼食もとらず、車椅子をほとんど降りなかったほどなので、実際にポーランド人の一人は役に立った。すぐ隣にあるカジノの食堂へ一走りして、コンソメを一杯、そしてのちには紅茶をとってきたからだ。もっとも、走り使いをしたのは二人ともだった。だが、一日の終り近くなって、お祖母さんが最後の銀行手形まではたいてしまいそうなことが、もうだれの目にも明らかになったころには、車椅子のうしろにむらがる、それまで見たこともきいたこともないポーランド人たちは、もはや六人にもなっていた。そして、お祖母さんがもう最後の貨幣をはたくころには、彼らはみなお祖母さんの言うことなぞきこうとせず、気にもとめないで、肩ごしにじかに賭博台《とばくだい》に手をのばして、自分で金をつかみ、自分勝手に切りもりして賭け、自尊心に富む貴族と馴《な》れなれしい口をききながら、議論したり、怒鳴ったりしていたし、自尊心に富む貴族もお祖母さんの存在さえほとんど忘れていた。すっかり全部はたいてしまったお祖母さんが、夜の八時にホテルへ帰ろうとした時でさえ、三、四人のポーランド人はいまだにお祖母さんを手放す気になれないで、車椅子のまわりをちょこまかしながら、お祖母さんは何かのことで彼らを欺したのだから、これだけのものは返すべきだなどと、あらんかぎりの声でわめきたて、早口に力説していたほどだった。そんなふうにしてホテルまでついてきて、結局は小突かれて追い払われたのである。

ポタープイチの計算によると、お祖母さんは前の日に負けた金は別にして、その日で総額九万ルーブル負けてしまった。証券類はすべて——持ってきた五分利の国内債券も、株券もことごとく、次から次へと換金していった。彼女がその七時間か八時間をずっと、車椅子に坐《すわ》ったまま、ほとんど賭博台から離れずに頑張りとおしたことに、わたしは舌を巻いたが、ポタープイチの話によると、三度ばかりお祖母さんは実際にしこたま勝ちはじめたため、またぞろ希望に魅入られて、離れることができなくなったのだそうだ。もっとも、賭博好きの人間なら知っていることだが、カードをする人は左右に目を配りながら、ほとんどまる一昼夜も一つ場所に坐りとおしていられるものなのである。

一方、この日は一日じゅう、うちのホテルでもやはり、きわめて決定的な事態が進行していた。まだ朝のうち、十一時前、お祖母さんがまだ部屋にいるころに、うちの連中、つまり将軍とデ・グリューとが、最後の手段を決行しようとしたのである。お祖母さんが出発を考えていないばかりか、むしろ反対に、またもやカジノに繰りだそうとしていることを知って、彼らは全員顔をそろえて（ポリーナを除いて）、お祖母さんのところへ、ぎりぎり決着の、肚を割った話し合いをしに出かけて行った。自分にとって恐るべき結果を念頭においたために、おそれおののき、胸をしめつける思いだった将軍は、いささかワサビをきかせすぎさえした。三十分ほど哀願や泣き落しをしたあと、何から何まで、つまり、あらゆる負債のことや、マドモワゼル・ブランシュに対する自分の情熱のことさえ、率直に認めすらしたあげく（彼はまるきり度を失っていたのだ）、将軍はふいに恫喝《どうかつ》口調になって、お祖母さんを怒鳴りつけたり、足を踏み鳴らしたりしはじめたのである。そして、お祖母さんが家門に恥をかかせたとか、町じゅうのスキャンダルになったとかとわめきちらし、あげくのはてに……あげくのはてに『あなたはロシアの名前に恥をかかせているんですよ、伯母さん！　警察はダテにあるわけじゃないんですぞ！』と将軍は叫んだのだった。お祖母さんはとうとう彼を杖《つえ》で（本当の杖で）追い払った。将軍とデ・グリューはその朝さらに一、二度相談したが、二人の心を占めていたのはまさしく、実際になんとか警察を利用するわけにはゆかぬだろうか、ということだった。不幸な、しかし尊敬すべき老婦人が常軌を逸してしまって、最後の持ち金をはたこうとしている、とでも言ったらどんなものだろう、というわけだ。一言で言うなら、なんとか奔走して、監視なり、禁止なりをとりつけるわけにゆくまいか、ということだった。しかし、デ・グリューは肩をすくめて、もはやすっかりお喋《しゃべ》りに夢中になって部屋の中を行ったり来たりしている将軍を、面と向ってせせら笑うだけだった。結局、デ・グリューはあきらめ顔に片手を振って、どこかに姿を消した。晩になってわかったのだが、彼はあらかじめマドモワゼル・ブランシュときわめて決定的な内密の話し合いをすませたあと、すっかりホテルを引き払ったのだった。そのマドモワゼル・ブランシュはといえば、彼女はもう朝のうちから最終的な手を打っていた。彼女はすっかり将軍を放りだし、自分の目に触れるところにさえ寄せつけようとしなかった。将軍が彼女のあとを追ってカジノに走り、小柄な公爵《こうしゃく》と腕を組んだ彼女に出会った時、彼女も、コマンジュ老夫人も素知らぬ顔をした。小柄な公爵もお辞儀をしなかった。この日一日じゅう、マドモワゼル・ブランシュは、いよいよ公爵に決定的なことを言わせようと、探りを入れたり、カマをかけたりしていた。だが、悲しいかな！　公爵に対する計算で彼女はむざんに裏切られてしまった！　このちょっとしたカタストロフが生じたのは、もう晩になってからだった。公爵がまるきり素寒貧《すかんぴん》で、そのうえ、彼女から手形引換えに金を借りてルーレットをしようと、当てにさえしていたことが、ふいに露見したのである。ブランシュは憤然として彼を叩《たた》きだし、自分の部屋に閉じこもってしまった。

その日、わたしは朝早くミスター・アストリーのところに足を運んだ。というより、昼食までの間ずっとミスター・アストリーを探しまわっていたのだが、どうしても見つけだすことができなかった。ホテルにも、カジノにも、公園にも、彼の姿はなかった。この日彼は自分のホテルで昼食をとらなかった。四時すぎになって、わたしはふいに、鉄道のプラットフォームからまっすぐイギリス・ホテルに向って歩いてくる彼を見つけた。彼はせかせかと急いでおり、ひどく心配そうな様子だった。もっとも、その顔にうかんでいるのが心配ごとなのか、それともなんらかの困惑なのか見分けるのは、むずかしかったが。彼は『やあ！』といういつもながらの声とともに、嬉《うれ》しそうに片手をさしのべたが、道ばたに立ちどまろうともせず、かなり早足でそのまま歩きつづけた。わたしはあとにまつわりついた。だが、彼がなにかこう実にうまい返事をするので、わたしは何一つたずねるひまがなかった。おまけに、わたしはポリーナの話を切りだすのが、なぜかひどく気がとがめてならなかった。彼のほうも自分からは彼女に関して一言もたずねなかった。わたしは彼にお祖母さんのことを話してきかせた。彼は注意深く真剣に話をききとり、肩をすくめた。

「お祖母さんは全部はたいてしまうでしょうよ」わたしは言った。

「ええ、そうですね」彼は答えた。「だってあの人はさっき、わたしが出かける時に、もう勝負しに行きましたからね。だからわたしには、あの人が負けるってことが、ちゃんとわかっていたんです。もし時間があれば、カジノへ見物に行ってみよう。だっておもしろいですからね……」

「どこへ行ってらしたんです？」わたしは、今までそれをたずねずにいたのをふしぎに思って、叫んだ。

「フランクフルトに行ってきたんです」

「用事で？」

「ええ、用事で」

それ以上、わたしに何がたずねられただろう？　もっとも、わたしは相変らず彼と並んで歩いていたのだが、彼は道筋に立っているホテル「四季」の方にふいに向きを変えると、一つうなずいて、姿を消した。家に向いながら、わたしは少しずつ思いだったのだが、たとえ二時間も彼と話しつづけたところで、まったく何一つききだせなかったことだろう、なぜなら……何一つたずねるべきことがなかったからだ！　そう、もちろん、そうだとも！　わたしは今や、絶対に自分の質問を明確に述べることなどできないに違いない。

この日一日じゅうポリーナは、公園で子供たちや乳母と遊んだり、宿にひきこもったりしていた。彼女はもう大分以前から将軍を避けており、ほとんど何一つ、少なくとも何かまじめなことに関しては、将軍と話をしなかった。わたしはとうにそのことに気づいていた。しかし、今日の将軍がどんな状況におかれているかを知っていたので、わたしは、将軍とて彼女を避けて通るわけにはゆくまい、と思った。つまり、二人の間に、なにか家庭内の重大な話し合いがなされぬはずはなかった。それでも、ミスター・アストリーとの話のあとでホテルへ戻る途中、子供たちといっしょのポリーナに会った時、彼女の顔にあらわれていたのはこの上なく穏やかな安らぎの色で、まるで家庭内のあらゆる嵐《あらし》が彼女だけを避けて通りすぎたかのようだった。わたしの会釈《えしゃく》に答えて、彼女はうなずいてみせた。わたしはすっかり腹を立てて自分の部屋に戻った。

もちろん、わたしはヴルマーヘルム夫妻との例の出来事のあと、彼女と話すことを避けていたし、一度として顔をつき合せたことはなかった。その際わたしはある程度、勿体《もったい》をつけ、無理をしていた。だが、時がたつにつれ、わたしの心の中ではますますはげしく本当の憤《いきどお》りが煮えたぎってきた。たとえ彼女がいささかもわたしを愛していないにせよ、やはり、これほどわたしの感情を踏みにじり、わたしの告白をこれほど冷淡に受けとったりしてはいけないのではあるまいか。なぜなら、わたしが心底から愛していることは、彼女だって知っているからだ。そもそも、わたしがこんなふうに話すことを認め、許したのは、彼女自身ではないか！　たしかに、わたしたちの間の発端は、なにか奇妙ではあった。大分以前、もう二カ月ほど前になるが、しばらくの間わたしは、彼女はわたしを自分の親友か、肚《はら》を打ち割った相談相手にしようと考え、ある程度まで試みさえしているのに、気づくようになった。しかし、なぜか当時、わたしたちの間でそれは板につかなかった。その代りに、現在の奇妙な関係が残されたのである。わたしが彼女にあんな口のきき方をするようになったのも、そのためではないか。それにしても、もしわたしの愛が疎《うと》ましいのなら、なぜ彼女について語ることを、ずばりと禁止しないのだろう？

禁じないどころか、時には彼女のほうから会話に誘うことさえある……それも、もちろん、笑いものにするためにだ。わたしは確かに知っているし、しかと見ぬいた——彼女は、わたしの話をすっかりきいて、苦痛なほどわたしを苛立《いらだ》たせたあと、だしぬけに、なにか最大の軽蔑《けいべつ》か無関心かを示す突飛な言動でわたしを呆然《ぼうぜん》とさせるのが、楽しかったのである。なぜなら、彼女なしにわたしが生きてゆかれぬことは、彼女とて承知しているからだ。現に今も、男爵《だんしやく》相手の例の一件から三日しかたっていないのに、わたしはもう彼女との別離を堪えられずにいる。今、カジノのわきで出会った時、わたしは胸がひどく高鳴って、顔色をなくしたほどだった。しかし、彼女とて、わたしなしには生きてゆかれやしない！　わたしは彼女にとって必要なのだ——はたして、道化のバラーキレフ（訳注　アンナ女帝のもとに仕えていた道化）としての役割でしかないというのか？

彼女には秘密がある——それは明らかだ！　彼女とお祖母《ばあ》さんの会話は、ひどくわたしの心を傷つけた。なにしろ、わたしに対しては率直にしてほしいと、これまで千回も頼んできたのだし、わたしが実際彼女のためなら生命をも投げだす覚悟でいることくらい、彼女だって知っているのだ。だが、彼女はいつも軽蔑にひとしい態度で身をかわしたり、あるいは、わたしが捧《ささ》げるという、生命の犠牲の代りに、あの時の男爵相手のような突飛な振舞いをわたしに要求したりしてきた！　これでも腹立たしくないというのか？　はたして彼女にとっては全世界が、あのフランス人に集約されているのだろうか？　じゃ、ミスター・アストリーは？　しかし、ここにいたって事態はもはや決定的に不可解なものになってくるし、にもかかわらず、ああ、わたしはなんと苦しんだことだろう！

部屋に帰ると、わたしは怒りの発作にかられて、ペンをとり、次のような一文を彼女にしたためた。

『ポリーナ・アレクサンドロヴナ、いよいよ大詰めが訪れたことが、僕にははっきりわかるし、それは、もちろん、あなたをも巻き添えにすることでしょう。最後にもう一度言います。あなたには僕の生命《いのち》が必要ですか、要らないのですか？　もし、せめて何かになりと必要になるようなら、好きなようになさってください。僕は今のところ、少なくともたいていは、自分の部屋にこもっていますし、どこにも出かけません。

ご用があったら、手紙をくださるなり、よびつけるなりしてください』

わたしは封をすると、じかに手渡すよう指示してこの手紙をルーム・ボーイに持たせてやった。返事は期待していなかったが、三分ほどするとボーイが、『よろしくとのことでございました』という言伝《ことづ》てを持って、戻ってきた。

六時すぎに、わたしは将軍のところによばれた。

彼は居間にいたが、まるでどこかへこれから出かけるような身なりだった。帽子とステッキがソファーにのっていた。わたしが部屋に入る時、彼は両足をひろげ、うなだれて部屋の真ん中に突っ立ち、声をだして何かひとりごとを言っていたように思われた。だが、わたしの姿を見るや否《いな》や、彼はほとんど叫び声をあげんばかりにしてとびついてきたので、わたしは思わずあとずさり、逃げだそうとしかけた。しかし、彼はわたしの両手をつかんで、ソファーの方に引っ張って行った。自分はソファーに坐り、わたしを真向いの肘掛椅子《ひじかけいす》に坐らせて、彼はわたしの手を放さずに、唇をふるわせながら、ふいに睫毛《まつげ》に涙を光らせて、祈るような声で口走った。

「アレクセイ・イワーノヴィチ、助けてくれたまえ、助けて。慈悲を施してくれたまえ！」

わたしは永いこと何一つ理解できずにいた。彼はのべつ『慈悲をかけてくれたまえ、慈悲を！』と、ただそればかり何度も言い、くり返すばかりだった。ようやくわたしは、彼がわたしに何か助言の類《たぐ》いを期待しているのだと、思いいたった。というよりは、みなに見棄《みす》てられ、心ふさぎ、不安にかられて彼は、わたしのことを思いだし、ただただ口をきき、話をし、しゃべるために、わたしをよんだのだった。

彼は錯乱していた。少なくとも、度を失っていた。両手を合わせて、わたしの前にひざまずきかねない勢いだった。しかも、何のためにかと言えば（どう思います？）――わたしが今すぐマドモワゼル・ブランシュのところへ行って、将軍のもとに戻って結婚するよう頼み、彼女の良心をゆさぶってほしいというのである。

「冗談じゃありませんよ、将軍」わたしは叫んだ。「それに、マドモワゼル・ブランシュはおそらく、これまで僕になんぞ目もとめていなかったでしょうに？　僕に何ができるというんです？」

だが、反駁《はんばく》するのもむだだった。何と言われているか、わかっていないからだ。彼はお祖母さんのことについても話しはじめたが、ただおそろしく脈絡がなかった。彼は相変らず警察をよびにやろうという考えにこだわっていた。

「わが国なら、わが国ならね」ふいに憤りを煮え返らせて、将軍は言いだした。「ひと言で言や、わが国のように、しっかりした当局があって、秩序の整った国家であれば、ああいう婆《ばあ》さんどもにはすぐさま後見をつけるところだろうよ！　そうですとも、君、そうですよ」だしぬけに叱責《しっせき》口調になって、席から立ち上がり、部屋の中を歩きまわりながら、彼はつづけた。「君はまだそのことを知らなかったんですよ、ええ、君」将軍は部屋の一隅にだれか架空の「君」なる人物がいるつもりで、話しかけた。「それなら、いずれわかりますよ……そうですとも……わが国なら、ああいう婆さんは絞めつけられるんです、金縛りに、金縛りにね、そうですとも……えい、いまいましい！」

そして彼はまたソファーに身を投げ、しばらくすると、ほとんど啜《すす》り泣きせんばかりに息を喘《あえ》がせながら、マドモワゼル・ブランシュが自分と結婚してくれないのは、電報の代りにお祖母さんが乗りこんできたからだとか、今となってはもう自分が遺産を貰《もら》えぬことははっきりしているだとかと、わたしにせきこんで話した。わたしがまだ何一つそんなことを知らないと思っているのである。わたしがデ・グリューのことを話しかけると、将軍は手を振って言った。「行っちまったよ！　わたしの全財産があの男に担保におさえられているんだ。わたしはまったくの無一文ですよ！　君が持ってきてくれたあの金は……あの金は、いくらあったのか知らないけれど、たぶん七百フランくらいは残っているはずです――それで十分ですとも。それが全部なんです。

その先は知るもんですか、知りませんよ……！」

「じゃ、ホテルの払いはどうするんです？」ぎょっとして、わたしは叫んだ。「それに……そのあとはどうなるんです？」

彼は考えこむように眺めたが、どうやら、何も理解できなかったようだし、ことによるとわたしの言葉さえききとれなかったのかもしれない。わたしがポリーナ・アレクサンドロヴナや、子供たちのことを話そうと試みると、彼は手早く答えた。「そう！　そうです！」だが、すぐにまた、公爵《こうしゃく》のことだの、今やブランシュはあの男といっしょに行ってしまうのだということだのを話しはじめ、そうなったら……「そうなったら、わたしはどうすればいいんです、アレクセイ・イワーノヴィチ？」ふいに彼はわたしに問いかけた。「神に誓ってもいい！　わたしはどうすりゃいいんです──教えてください、だってこんな真似《まね》は恩知らずじゃありませんか！　こんなのは恩知らずでしょうが？」

とうとう、彼はさめざめと泣きだした。

こんな人間には、打つべき手がなかった。しかし、一人きりにしておくのも、やはり危険だった。へたをすると、何か、しでかしかねないからだ。それでも、わたしはどうにか彼のところから逃げだしたが、乳母にはなるべくこまめにのぞいてみるよう耳打ちしておいたし、そのほか、ルーム・ボーイにも話しておいた、これはたいそう物わかりのよい若者で、自分としてもよく気をつけていると約束してくれた。

将軍をおいて出るとすぐ、ポタープイチがお祖母さんのよびだしを持って現われた。夜の八時で、お祖母さんは決定的な敗北のあとカジノから戻ったばかりのところだった。わたしが出向くと、老婆《ろうば》はすっかり疲れはてて車椅子に坐《すわ》っており、明らかに、加減がすぐれぬようだった。マルファがお茶を一杯持ってきて、ほとんど無理矢理に飲ませた。お祖母さんの声も口調も、いちじるしく変っていた。

「こんばんわ、アレクセイ・イワーノヴィチ」重々しくゆっくりと首をかしげながら、彼女は言った。「また騒がせて、勘弁しておくれよ。年寄りと思って赦《ゆる》しておくれ。わたしはね、全部そっくりあそこにおいてきたよ、ほとんど十万ルーブル近くもね。ゆうべお前さんがついてこなかったのは、正しかったよ。今やわたしはお金がないのよ、小銭一枚ありゃしない。ただの一分たりとぐずぐずしていたくないから、九時半ので立つわ。わたしはお前さんの友達の、アストリーというあのイギリス人のところに、使いをだしたんだよ、一週間ばかり三千フラン用立ててもらおうと思ってね。だから、お前さん、あの男がなにか妙に勘ぐって断わったりしないように、よく話しておくれな。わたしはこれでもまだ、なかなか金持なんだよ。村が三つに、屋敷が二軒あるんだもの。それにお金だって、まだ出てくるだろうさ、全部持ってきたわけじゃないんだから。わたしがこんなことを言うのは、あの男がなにかで疑ったりしないようにさ……あ、あの人が来た！　立派な人間だってことが、すぐにわかるね」

ミスター・アストリーはお祖母さんの最初のひと声で急いでやって来たのだった。いささかも考えることなく、多言をついやさずに、彼はすぐお祖母さんがサインした手形と引換えに、三千フランを数えて渡した。用件を終えると、彼は一礼して、さっさと出て行った。

「それじゃ、お前さんも行きなさい、アレクセイ・イワーノヴィチ。あと一時間とちょっとだから、少し横になりたいわ。骨が痛くてね。この年寄りのばか者を責めないでおくれ。これからはもう、若い人たちの軽はずみを咎《とが》めだてしないわ。それに、あの不幸な将軍のことだって、これからはやはり、非難するのは罪深い話さね。お金はやはり、あの男の望んでいるようになんか、やりはしないけど。なぜって、わたしの見たところ、あの男はまるきりの愚か者だからね。ただ、このわたしだって、年寄りのばか者で、あの男より賢いとは言えないけどさ。ほんとに神さまは、年寄りになってからでもお咎めになるし、傲《おご》りを罰しなさるんだね。じゃ、さよなら、マルフーシャ、わたしを起しとくれ」

しかし、わたしはお祖母さんを見送りたかった。それだけではなく、わたしは一種の期待に包まれていて、今にも何かが起るだろうと、のべつ心待ちしていた。部屋にじっとしていられなかった。わたしは廊下に出たり、ほんの少しの間、並木道をぶらつきに外出さえした。彼女にあてたわたしの手紙は、明快で、断固たるものだったし、現在のカタストロフはもちろん、もはや決定的なものだった。ホテルでわたしは、デ・グリューの出発のことを耳にした。結局、彼女が友人としてのわたしを斥《しりぞ》けるとしても、召使としてなら斥けないだろう。とにかく、せめて走り使いになりと、彼女にとってわたしは必要だからだ。それに、わたしは役に立つことだろう、そうに決っている！

列車の時刻までにわたしはプラットフォームに一走りして、お祖母さんを乗せてやった。一行は家族用の特別室におさまった。「ありがとうよ、欲得ぬきで世話をしてくれて」お祖母さんはわたしに別れを告げた。「それからプラスコーヴィヤに、昨日わたしの言ったことを伝えておくれ――わたしが待っているからってね」

わたしは宿に帰った。将軍の部屋のわきを通りしなに、乳母に出会ったので、将軍の様子をたずねてみた。「いえ、べつにどうってことも」乳母は浮かぬ口調で答えた。それでもわたしは寄ってみたのだが、部屋の戸口で、決定的なおどろきにかられて立ちどまった。マドモワゼル・ブランシュと将軍がなにやら競い合うように大声で笑いころげていたのだ。コマンジュ老夫人もそこのソファーに坐っていた。将軍はどうやら嬉《うれ》しさにぽっとなっているらしく、ありとあらゆるたわごとをしゃべっては、神経質な長い笑い声をたて、そのために顔全体が無数の小皺《こじわ》に包まれて、眼がどこかに隠れてしまっていた。あとで当のブランシュからきいて知ったのだが、彼女は公爵を追い払ったあと、将軍の悲嘆ぶりを知って、慰めてやる気になり、ほんのちょっと立ち寄ったのだった。だが、気の毒にも将軍は、この瞬間には彼の運命が決せられていたことや、ブランシュがすでに明朝一番の列車でパリに飛ぶため、荷作りをはじめていたことを、知らなかったのである。

将軍の部屋の戸口にしばらくたたずんでいたあと、わたしは中に入るのを思い直し、気づかれぬまま出てきた。自分の部屋に上りついて、ドアを開けたあと、わたしは薄暗がりの中に突然、窓際《まどぎわ》の片隅の椅子に腰かけている、だれかの人影を見いだした。わたしの姿を見ても、その人影は立ち上がらなかった。わたしは急いで歩みより、見つめた——そして、息がつまった。それはポリーナだった！

第十四章

わたしは思わず叫んだ。

「どうしたの？　どうしたのよ？」彼女はふしぎそうにたずねた。顔が蒼白《そうはく》で、暗い目つきをしていた。

「どうしたもこうしたもないでしょう？　あなたが？　ここに、僕の部屋にいるなんて！」

「あたしは、来るとなったら、すっかり来てしまうの。それがあたしの習慣なのよ。今すぐにわかるわ。蠟燭《ろうそく》をつけてちょうだい」

わたしは蠟燭をつけた。彼女は立ち上がって、テーブルに歩みより、一通の開封した手紙をわたしの前においた。

「読んでちょうだい」彼女は命令した。

「これは——これは、デ・グリューの筆蹟《ひっせき》ですね！」わたしは手紙をつかんで、叫んだ。手がふるえ、行が目の前で踊った。手紙の正確な表現は忘れたが、これがその手紙である——言葉はそのままではないにせよ、少なくとも意味はそっくりそのままである。

『マドモワゼル』と、デ・グリューは書いていた。『好もしからぬ事情がわたしを即刻出立させることになりました。あなたご自身ももちろんお気づきのように、わたしは、すべての事情が解明されるまで、あなたとの最終的な話し合いをことさら避けて参りました。あなたのご親戚《しんせき》の老婦人(de la vieille dame)の到着と、彼女の愚行がわたしのいっさいのためらいに片をつけてくれたのです。わたし自身の紊乱《びんらん》した経済状態が、しばらくの間酔うことをおのれに許してきた甘美な期待を、これ以上はぐくむことを、最終的に禁じております。過ぎてしまったことは遺憾に思いますが、わたしの振舞いには、貴族と誠実な人間(gentilhomme et honnête homme)とにふさわしからぬ点は何一つ見いだされぬことと思います。あなたの義父へのご融通で持ち金のほとんどすべてを使いはたしたため、わたしは、残されたものに頼る極度の必要に迫られております。そのため、わたしはすでにペテルブルグにいる友人たちに、わたしの抵当とされている財産の売却を即刻手配するよう、連絡いたしました。しかし、軽率なあなたの義父があなた自身の金まで使いこんでしまったことを承知していますので、わたしは五万フランだけ免除することに決め、その金額に相当する、彼の財産の抵当証書の一部を返却いたします。ですから、あなたは今後、裁判によって彼の領地を請求なさることによって、失われたものをすべて取り戻す可能性に恵まれたわけです。マドモワゼル、現在の財政状態の下で、わたしの行為はあなたにとってきわめて有利なものになるだろうと、期待します。さらに、この行為によってわたしは、誠実で高潔な人間としての義務を完全にはたすものと思います。あなたについての記憶が永久にわたしの心に焼きつけられていることを、どうか信じて下さい』

「これが何なんです、すべて明快じゃありませんか」ポリーナをかえりみて、わたしは言った。「それとも何か別のことを期待できたとでも」憤《いきどお》りをこめて、わたしは付け加えた。

「あたしは何も期待していなかったわ」見たところ平静に彼女は答えたが、その声が何かふるえたみたいだった。「あたしはとっくにすべてを決めていたの。彼の考えを読んで、何を思っているかを知ったわ。彼はこう思っていたのよ、あたしが求めている……あたしが固執するだろうって……（彼女は言葉を切り、しまいまで言いきらずに、唇を嚙《か》んで、黙った）。あたしはわざと、彼に対する軽蔑《けいべつ》を強めてやったわ」彼女はまた話しだした。「彼がどう出るか、待っていたの。もし遺産に関する電報が来ていたら、あたし、あのばか者（義父）の借金を彼に叩《たた》きつけて、追い払っていたところだわ！　あんな男、もうずっと前から憎くてたまらなかった。ああ、前はあんな人間じゃなかったのに。まるきり違う人間だったのよ、それなのに今は、今は！　ああ、もし今あの男に、あの卑劣な顔に五万フランを叩きつけて、唾《つば》を吐きかけてやったら……唾を塗りたくってやったら、どんなに幸せな気持かしら！」

「でも、書類は――あの男が返してよこした、五万フランに対する担保証書は、将軍のところにあるんでしょう？　それを貰《もら》って、デ・グリューに返してしまいなさいよ」

「ああ、そんなことじゃないのよ！　違うのよ！」

「そう、たしかに、たしかに、そんなことじゃない。それに、今さら将軍が何の役に立ちますか？　でも、お祖母《ばあ》さんは？」突然わたしは叫んだ。

ポリーナはなにか放心したように、もどかしげにわたしを見た。

「なぜ、お祖母さんが？」ポリーナは腹立たしげに言った。「あたし、お祖母さんのところへなんか行かれないわ……それに、だれにも赦《ゆる》しを乞《こ》いたくないもの」彼女は苛立《いらだ》って付け加えた。

「じゃ、どうすりゃいいんです！」わたしは叫んだ。「それにしても、どうして、どうしてデ・グリューなんぞを愛することができたんですかね！　ああ、あの卑劣漢、悪党め！　そう、あなたが望むなら、僕は決闘でぶち殺してやる！　今どこにいるんです、あいつは？」

「フランクフルトよ、あそこに三日滞在するはずだわ」

「あなたの一言さえあれば、僕は行きますよ、明日にも、最初の列車で！」わたしはなにか愚かしい熱狂にかられて、くり返した。

彼女は笑いだした。

「ばかねえ、あの男はきっとこう言うわ。最初にまず五万フラン返してほしいって。それに、彼が何のために決闘する必要があるの？　ばかばかしい！」

「だったらどこで、いったいどこでその五万フランを手に入れるんです」歯嚙みしながら、わたしはくり返した。まるで、それだけの金をひょっこり床から拾うことができるとでもいわんばかりだった。「そうだ、ミスター・アストリーは？」一種奇怪な考えの糸口をつかんで、わたしはポリーナに向ってたずねた。

彼女の目がきらりと光った。

「そうだったの、それじゃあなた自身は、あたしがあなたを棄《す》ててあのイギリス人のところへ行ってしまえばいいと思ってるの？」刺し貫くような眼差《まなざ》しでわたしの顔をみつめ、悲痛にほほえみながら、彼女は言い放った。生れてはじめて、彼女がこんな親しい口をきいてくれたのだ。

どうやら、この瞬間彼女は興奮のあまり目まいがしたらしく、力つきたようにソファーに坐《すわ》りこんだ。

わたしはさながら稲妻に打たれたかのような思いだった。わたしは立ちつくし、目を、耳を信じられなかった。そうだったのか、してみると、彼女はわたしを愛しているのだ！　彼女がやって来たのはわたしのところへであって、ミスター・アストリーのところへではない！　若い娘がただ一人で、ホテルのわたしの部屋に来たのだ——つまり、みずから世間にうしろ指をさされるような真似《まね》をしたわけだ——それなのにわたしは、わたしは彼女の前に突っ立って、いまだに理解できずにいるのだ！

ある奇怪な考えがわたしの頭にひらめいた。

「ポリーナ！　僕に一時間だけください！　ここで一時間だけ待っていてね……帰ってくるから！　これは……これは、やむをえないんだ！　今にわかるよ！　ここにいてね、ここにいるんだよ！」

そしてわたしは、彼女のふしぎそうな、もの問いたげな視線には答えずに、部屋をとびだした。彼女がわたしのうしろ姿に何か叫んだが、わたしは引き返さなかった。

そう、時としてきわめて奇怪な、一見およそありえそうもない考えが、しっかりと頭にこびりついてしまって、ついにはそれを何か実現可能なものと思いこんでしまう場合があるものだ……そればかりではなく、その考えが強い情熱的な欲求に結びついたりすると、時にはついにそれを、何かあらかじめ定められた宿命的、必然的なもの、何かもはや起らざるをえない、生じざるをえないものと思いこんでしまうのだろう！ことによると、そこにはさらに何かが、なにか予感の組合せとか、並みはずれた意志の努力とか、自分自身の空想による中毒とか、あるいはさらに何かがあるのかもしれないが——わたしにはわからない。だが、その晩（わたしはその晩のことを終生忘れないだろう）、わたしには奇蹟《きせき》的な出来事が起ったのだった。それは算数で完全に証明されるにせよ、それでもやはり、わたしにとってはいまだになお奇蹟的である。それにしてもなぜ、いったいどうして、そんな確信があのころ、あんなに深くしっかりとわたしの内に根づいていたのだろう、それももうあんなに以前から？　たしかに、わたしはそのことを——くり返して言うが——何回かに一回起りうる偶然としてではなく、絶対に起らぬはずのない何かとして、考えていたのだった。

十時十五分だった。わたしはゆるぎない期待をいだき、同時にいまだかつて経験したことのないような興奮をおぼえながら、カジノに入った。賭博場《とばく》には、正餐《せいさん》前の半数くらいとはいえ、まだかなりの人々がいた。

十時すぎになると、賭博台のまわりに残っているのは、こわいもの知らずの本格的な賭博狂ばかりで、彼らにとって温泉地に存在するのはただルーレットのみ、彼らはそのためだけにやってくるのであり、周囲に起ることなぞろくに気にもとめず、シーズンを通じて何にも関心をいだかずに、朝から深夜までもっぱら勝負をしており、もしできるのであれば、夜明けまででも夜通し勝負しかねないだろう。だから、十二時にルーレットが閉ざされると、いつも腹立たしげに散ってゆく。そして、十二時近くなって、ルーレットが閉ざされる前に主任ディーラーが「最後の三ゲーム《レ・トロワ・デルニエ・クー》ですよ、みなさん《メッシュウ》！」と宣すると、彼らは時には最後のその三ゲームに、ポケットにあるだけの金を全部賭《か》けかねない――また事実、この時にいちばんたくさん負けるのである。わたしは、先ほどお祖母さんの坐っていた、その同じ台に向った。さほど混んではいなかったので、しごく手早く台のわきに、立ったまま、席をとることができた。目の前の、グリーンのラシャに、「Passe」という言葉が記されてあった。パスというのは――十九から三十六までの数字の一組である。前半、一から十八までは、「Manque」とよばれる。だが、そんなことがわたしに何の関係があるだろう？　わたしは計算などしなかったし、最後の当りがどの数字に出たかもきかず、勝負をはじめるにあたって、そのことをたずねもしなかった――多少なりとも計算をする賭博者なら、だれでもそれくらいするのだろうが。わたしは二十フリードリヒ・ドルを全部つかみだして、目の前にある「後半《パス》」に賭けた。

「二十二《ヴァン・ドゥ》！」ディーラーが叫んだ。

わたしは勝った——そして、また全額賭けた。前の分も、今の儲《もう》けも。

「三十一《トラント・エ・タン》！」ディーラーが叫んだ。また、勝ちだ！ つまり、全部で八十フリードリヒ・ドルである！ わたしは八十フリードリヒ・ドルを全額、真ん中の十二《ドゥーズ・ミリュ》の数字（訳注 十三から二十四まで）に賭けた（儲けは三倍だが、はずれる確率は二倍である）——円盤がまわりはじめ、二十四が出た。わたしの前に、五十フリードリヒ・ドルずつの包みが三つと、金貨が十枚、積み上げられた。前の分と合わせて、わたしの手もとに、総額二百フリードリヒ・ドルできていた。

わたしは熱病にうかされたように、その金の山をそっくり赤に賭け、突然われに返った！ そして、その晩を通じて、全勝負を通じてたった一度だけ、恐怖が寒さとなって背筋を走りぬけ、手足にふるえがきた。わたしは、今負けることがわたしにとって何を意味するかを、恐怖とともに感じ、一瞬にして意識した！ この賭けにわたしの全生命がかかっていた！

「赤《ルージュ》！」ディーラーが叫んだ。わたしは息を継いだ。全身に焼けるような痛痒感《つうようかん》が走った。支払いは銀行貨幣だった。つまり、総額で四千フローリンと、八十フリードリヒ・ドルあるわけだ！（わたしはまだこの時は計算を追うことができた）。

そのあと、忘れもしないが、二千フローリンをまた真ん中の十二に賭けて、負けた。金貨と八十フリードリヒ・ドルを賭けて、負けた。狂気がわたしを捉《とら》えた。わたしは残った最後の二千フローリンをつかむと、最初の十二《ドゥーズ・プルミエ》に賭けた——ただなんとなく、ひょっとしたらという気持で、計算もせず、いい加減にだ！　もっとも、期待の一瞬はあったし、その印象はひょっとすると、マダム・ブランシャール（訳注　フランスの飛行家の妻。気球で事故死した）がパリで気球から地面にとんだ時に味わった印象に似ているかもしれない。

「四《カートル》！」ディーラーが叫んだ。今の賭け金と合わせて、全部でまた六千フローリンができた。わたしはもう勝利者のような顔つきで、今ではもはや何一つ、何物もおそれることなく、四千フローリンを黒《ノワール》に投じた。九人ばかりの人がわたしにつづいて、これまた黒に賭けようと殺到した。ディーラーたちは顔を見合せ、話し合っていた。周囲では話し交わし、期待していた。

黒が出た。ここからはもう、わたしは計算も、賭《かけ》の順序もおぼえていない。夢の中のようにおぼえているのは、ただ、わたしがどうやらもう一万六千フローリンばかり勝ったらしい、ということだけだ。突然、三度の不運な目で、そのうちの一万二千フローリンを失った。そこで、最後の四千を「後半《パス》」に賭けた（しかし、その際ほとんたのだ。わたしはただ、何の考えもなく、なにか機械的に待っていた（何の感覚もなかった）。そして、また勝った。そのあと、さらに四回たてつづけに勝った。何千という金をかき集めたことだけはおぼえている。さらにまた、わたしが妙にひきつけられた真ん中の十二がいちばんひんぱんに出たことも、おぼえている。それはなにか規則的に出た——必ず三、四回つづけて出て、そのあと二度姿を消し、それからまた三、四度連続して戻ってくるのだった。このふしぎな規則性が時には順ぐりに現われるので、まさにそれが、鉛筆を手にして計算する名うての賭博者をまごつかせるのである。それにしても、ここでは時として、なんという恐ろしい運命の嘲笑《ちょうしょう》に出くわすことだろう！

わたしが来てからせいぜい三十分足らずしかたたなかったように思う。突然、ディーラーが、わたしは三万フローリン勝ったけれど、胴元は一度にそれ以上の責任は負えないので、ルーレットは明朝まで閉ざすことを告げた。わたしは金貨をありたけつかんで、ポケットにねじこみ、紙幣を全部ひっつかむと、すぐさま、別のルーレット台のある、隣のホールの、別の台に移った。群集がみんな、わたしのあとにどっとついてきた。そこでは、すぐわたしのために席を空けてくれたので、わたしはまた、計算もせず闇《やみ》くもに賭けはじめた。何がわたしを救ってくれたのか、今でもわからない！

もっとも、時折は頭の中で計算がひらめきはじめることもあった。いくつかの数字やチャンスにひきつけられるのだが、ほどなくそれも打っちゃって、またもやほとんど無意識に賭けていた。きっと、わたしはひどくぼんやりしていたに違いない。ディーラーたちが何度かわたしの賭け方を訂正してくれたのをおぼえているからだ。わたしはひどい間違いをしでかしていた。こめかみは汗でびっしょり濡《ぬ》れ、両手はふるえていた。ポーランド人たちも親切ごかしに寄ってきたが、わたしはだれの言葉にも耳をかさなかった。幸運はとぎれなかった！　ふいに周囲で大きな話し声と笑いが起った。「ブラーヴォ、ブラーヴォ！」みんなが叫んでいたし、拍手する者さえいた。わたしはここでも三万フローリン巻きあげ、胴元がふたたび明日まで閉鎖したのだ！

「引き上げなさい、引き上げなさい」右側からだれかの声がわたしにささやいた。それは、なんとかいうフランクフルトのユダヤ人だった。この男は終始わたしのそばに立っていて、時折はわたしの勝負に助言していたらしい。

「お願いですから、お帰りになってください」わたしの左の耳もとで、別の声がささやいた。わたしはちらと見た。それは、きわめて質素な、しかし品のいい身なりをした、三十近い貴婦人で、なにか病的に蒼白《そうはく》な、疲れた顔をしていたが、その顔は今でもかつてのすばらしい美しさを思い起させるものがあった。その時わたしは揉《も》みくしゃにした紙幣をポケットというポケットにつめこみ、台の上に残った金貨をかき集めているところだった。五十フリードリヒ・ドルある最後の一束をつかむと、わたしはまったく目立たぬように、すかさずそれを蒼《あお》ざめた婦人の手につかませた。その時はひどくそうしたくてならなかったのであり、彼女の細い瘦《や》せた指が心底からの感謝のしるしにわたしの手をしっかり握りしめたのをおぼえている。これらすべてが一瞬の出来事だった。

すべてをかき集めると、わたしは急いで三十・四十《トランテ・エ・カラント》（訳注）に移った。三十・四十のテーブルを囲んでいるのは、貴族的な客である。これはルーレットではなく、カードだ。ここでは胴元が一度に十万ターレルまで責任を負ってくれる。賭

（訳注）　トランプのゲーム。親一人、子供数人で六組のカードを使用する。場は赤と黒で色分けしてあり、子供は赤か黒に賭ける。絵札は10点、その他は数字と同じ点数とし、親は六組のカードを混ぜ合わせて、一枚ずつ一列に場にならべ、31点から40点の間でそれを打ち切り、今度は反対側にひらいてゆく。赤か黒のうち、31点に近いほうが勝ちとなり、負けたほうの賭け金は没収される。勝ったほうは賭け金の二倍返しを受け取る。

け金の最大額はやはり四千フローリンである。わたしはこのゲームをまったく知らなかったし、ここにもやはりある赤と黒以外は、賭け方もほとんど一つとして知らなかった。その赤と黒にわたしはひきつけられたのである。カジノじゅうがまわりにむらがっていた。この間たとえ一度なりとポリーナのことを考えたかどうか、おぼえていない。その時わたしが感じていたのは、ずんずん目の前に積み上げられてゆく紙幣の山をひっつかみ、かき集めるという、一種の抑えきれぬ快感であった。

実際、まるで運命がわたしをあと押ししているかのようだった。今回は、まるでわざとのように、ある現象が、といっても勝負事ではかなりしばしばくり返される現象が生じた。たとえば、幸運が赤にとりついて、十回、いや、十五回もたてつづけに赤を見放さないのである。つい一昨日きいたのだが、先週は赤が二十二回連続して出たという。こんなことはルーレットでも記憶にないので、おどろきをこめて話題になっていた。もちろん、たとえば、もう十回も出たあとなら、みなはすぐに赤をやめてしまい、意を決してそこに賭ける者などほとんどだれ一人いはしない。しかし、そんな時には年期を積んだ賭博者なら、だれ一人、赤の反対の黒にも賭けないものである。年期を積んだ賭博者は、この『偶然の気まぐれ』が何を意味するか、承知しているからだ。たとえば、赤が十六回出れば、十七回目の当りは必ず黒に出る、という気がしそうなものだ。新米たちは群れをなしてそこにとびつき、賭け金を二倍、三倍とふやして、手ひどく負けるのである。

しかしわたしは、一種異様な気まぐれによって、赤が七回つづけて出たことを見てとると、ことさら赤にこだわった。この場合、半ばは自尊心だったと、確信している。わたしは無鉄砲な冒険《リスク》で見物人の度肝《どぎも》をぬいてやりたかったのだ。そして――ああ、異様な感覚ではないか――はっきりおぼえているが、わたしは突然、なんら自尊心に挑発されることなく、実際に、冒険への恐ろしい渇望《かつぼう》に捉えられた。ことによると、あまり多くの感覚をくぐりぬけると、魂が充《み》たされることなく、ただ苛立《いらだ》つばかりで、決定的に疲れはてるまで、さらにますます強烈な感覚を要求するのかもしれない。実際、嘘《うそ》ではなく、もし勝負の規則が一度に五万フローリン賭けることを許したとしたら、おそらくわたしは賭けたに違いない。周囲では、そんなのは無鉄砲だ、赤が出るのはこれでもう十四回目なのに、などと叫んでいた。

「あの紳士《ムッシウ》はもう十万《ア・ガニエ・デジャ・サン・ミール・フローラン》フローリンも勝ったんだよ」わたしの隣でだれかの声がした。

わたしは突然われに返った。なんだって？　この一晩で十万フローリン勝ったって！　だったら、何のためにそれ以上必要なんだ？　わたしは紙幣にとびついて、数えもせずにポケットにねじこみ、金貨や札束をかき集めると、カジノを走り出た。いくつものホールを通ってゆく時、わたしのふくらんだポケットや、金貨の重さでふらつく足どりを眺めて、まわりではみんなが笑っていた。金貨は半プード（訳注　約八キロ）よりずっと重かったと思う。何本かの手がわたしのほうにさしのべられた。わたしは拳《こぶし》に握れるだけ握って、分け与えてやった。戸口で二人のユダヤ人がわたしをよびとめた。

「あなたは大胆だ！　あなたは実に大胆です！」彼らはわたしに言った。「でも、必ず明朝、できるだけ早くお立ちなさい、さもないと、きれいさっぱり負けてしまいますよ……」

わたしは彼らの言葉などきいていなかった。並木道は暗かったので、自分の手も見分けられぬほどだった。ホテルまで五百メートルほどあった。わたしは、いまだかつて、子供のころでさえ、泥棒も追剝《おいは》ぎも恐れたことはなかった。今もそんな連中のことなど、考えていなかった。もっとも、みちみち何を考えていたのか、おぼえていない。思考というものがなかったからだ。わたしが感じていたのは、なにか恐ろしい快感——成功や、勝利や、威力などの快感——だけだったが、どう表現していいものか、わからない。ポリーナの面影も目の前にちらついていた。自分が今彼女のところへ向っており、今すぐ彼女と顔を合わせ、話してきかせ、見せてやり……といったこともおぼえていたし、意識していたが、先ほど彼女が何を話したかや、何のために自分が出かけたのかは、もうほとんど思いだせなかったし、たった一時間ほど前にあった、つい先ほどの感覚が、今ではもはやとうの昔に過ぎ去り、修正され、古びてしまって、そんなものなどもう二度と思い起すことはないもののように思われた。なぜなら、今から何もかもが新たにはじまるからだ。ほとんど並木道の終りころになって、ふいに恐怖がわたしを襲った。『もし今殺されて、金を奪われたら、どうなるだろう！』一歩ごとにわたしの恐怖は倍加した。わたしはほとんど走っていた。突然、並木道のはずれに、無数の灯火に照らしだされたわたしたちのホテルが、一挙に全容をきらめかせた――ありがたい、わが家だ！

わたしは自分の階に走りつき、急いでドアを開けた、ポリーナはそこにいた。ともした蠟燭《ろうそく》を前に、腕を組んで、わたしのソファーに坐《すわ》っていた。おどろいたように彼女はわたしを見た。もちろん、その時のわたしは、見るからにかなり異様だったにきまっている。わたしは彼女の前に立ちどまり、テーブルの上に金の山を全部放りだしはじめた。

第十五章

忘れもしない、彼女はひどくまじまじとわたしの顔を眺めていたが、席を動こうともしなければ、姿勢さえ変えもせずにだった。

「僕は二十万フラン勝ちましたよ」最後の札束を放りだしながら、わたしは叫んだ。紙幣と金貨の束との巨大な山がテーブルいっぱいを占め、わたしはそこから目を離すことができなかった。時には、ポリーナのことさえまったく忘れる瞬間もあった。その紙幣の山を整理して、いっしょに積み重ねてみるかと思えば、金貨を一つの山に積んでみたりしていた。かと思うと、すべてをほったらかして、足早に部屋の中を歩みはじめ、考えこんでみたりするのだが、やがてふいにまたテーブルに歩みより、また金の勘定をはじめるのだった。突然、まるでわれに返ったかのように、わたしは戸口にとんで行くと、鍵《かぎ》を二度まわして、大急ぎで戸じまりをした。それから、思案にくれてわたしの小さなトランクの前に立ちどまった。

「明日までトランクにしまっとくべきかしらね？」ふいにポリーナをかえりみて、わたしはたずね、ふいに彼女のことを思いだした。彼女は相変らず同じ場所に身じろぎもせずに坐《すわ》って、食い入るようにわたしの動きを見守っていた。顔の表情がなにか異様だった。その表情がわたしには気に入らなかった！　そこには憎悪《ぞうお》があったと言っても、誤りではない。

わたしは足早に彼女に歩みよった。

「ポリーナ、さあ、二万五千フローリンだよ――これで五万フラン、いや、それ以上になる。これを持って行って、明日あの男の顔に叩《たた》きつけてやりなさいよ」

彼女は返事をしなかった。

「なんだったら、僕が朝早く自分で届けましょうか。そうする？」

彼女はだしぬけに笑いだした。永いこと笑っていた。

わたしはおどろきと、悲痛な感情とをこめて、彼女を眺めていた。この笑いは、ついいこの間まで、わたしのこの上なく情熱的な告白の最中にいつもきかされた、あの気ぜわしい、わたしに対する嘲《あざけ》るような笑い声に、よく似ていた。やっと彼女は笑いやむと、眉《まゆ》をひそめた。彼女は上目使いにきびしくわたしを眺めまわしていた。

「あたし、あなたのお金なんか貰《もら》わないわ」彼女はさげすむように言い放った。

「どうして？　なんてことを？」わたしは叫んだ。「ポリーナ、どうしてさ？」

「あたし、ただでお金は貰わないの」

「僕は親友として提供してるんですよ。僕は生命《いのち》をあなたに提供しているんです」

彼女はわたしを眼差《まなざ》しで刺し貫こうとするかのように、探るような眼差しでいつまでもわたしをみつめた。

「ずいぶんはずむのね」苦笑いしながら、彼女は口走った。「デ・グリューの情婦は五万フランなんて値打ちはないわ」

「ポリーナ、どうしてそんな言い方ができるの！」わたしは非難をこめて叫んだ。「いったい僕がデ・グリューだとでも言うんですか？」

「あたし、あなたが憎い！　そう……そうよ！……あたし、あなたをデ・グリュー以上になんか愛していないわ」ふいに目をきらりと光らせて、彼女は叫んだ。

そう言うなり、彼女はふいに両手で顔を覆《おお》った。そして、ヒステリーが起った。わたしは彼女のそばにとんで行った。

わたしのいない間に彼女の身に何事かが生じたのを、わたしは理解した。彼女はまるきり正気でないかのようだった。

「あたしを買いなさいよ！　どう？　ほしい？　デ・グリューみたいに、五万フランで？」しゃくりあげる嗚咽《おえつ》とともに、こんな言葉が彼女の口からほとばしった。わたしは彼女を抱きしめて、その手や足にキスし、彼女の前にひざまずいた。

ヒステリーはおさまっていった。彼女は両手をわたしの肩におき、まじまじとわたしを眺めていた。わたしの顔に何かを読みとりたかったようだ。わたしの言葉をきいてはいたが、明らかに、わたしの言っていることなど耳に入っていないようだった。何かの心配と物思いがその顔にあらわれていた。わたしは彼女のことが心配だった。気が違っていると、決定的に思われたのである。彼女は突然わたしを静かに引きよせて、もはや信じきったような微笑がその顔に漂うかと思うと、突然わたしを押しのけて、またしても暗い眼差しでまじまじとわたしをみつめにかかるのだった。

突然彼女はとびついてきて、わたしを抱きしめた。

「だってあなたはあたしを愛しているんでしょ、愛しているわね？」彼女は言った。「だってあなたは、あなたは……あたしのために、男爵《だんしゃく》と決闘までしようとしたんですもの！」そして突然、彼女は笑いころげた。まるで何か滑稽《こっけい》な、愛すべきことが、ふいに記憶にひらめいたかのようだった。彼女は泣くのも、笑うのも、両方いっぺんにだった。わたしはどうすればよかったのだろう？　わたし自身、熱病にうかされているかのようだった。今でもおぼえている――彼女はわたしに何か話しはじめたが、わたしはほとんど何一つ理解できなかった。それは一種のうわごとであり、一種の舌足らずなお喋《しゃべ》りだった――まるで少しでも早くわたしに何事かを話したがっているかのようであり、そのうわごとが時折、わたしを怯《おび》えさせはじめる、この上なく朗らかな笑い声によって中断されるのである。「いいえ、いいえ、あなたはかわいい人よ、かわいい人だわ！」彼女はくり返した。「あなたは信頼できる人よ！」そして、またわたしの肩に両手をおき、またわたしをみつめて、くり返しつづけた。「あなた、あたしを愛してるでしょう……愛してるわね……これからも愛してくれるでしょう？」わたしは彼女から目を離そうとしなかった。こんな甘えと愛情の発作におそわれた彼女を、わたしはこれまで一度も見たことがなかった。もっとも、これはもちろん、うわごとではあったが……わたしの情熱的な眼差しに気づくと、彼女は突然いたずらっぽく微笑しはじめた。そして、これというきっかけもないのに、だしぬけに、ミスター・アストリーのことを話しはじめた。

もっとも、ミスター・アストリーのことは、たえず話そうとしかけていた（特に、さっき何やらわたしに話そうと努めていた時がそうだった）、しかし、いったい何を話したいのか、わたしにはまったくつかめなかった。たぶん、彼女は彼のことをばかにしてさえいたはずだ。彼が待っているとか、きっと今ごろは窓の下に立っているだろうけど、そのことを知らないのかとか、彼女はのべつくり返していた。「そう、そうよ、窓の下にいるわ。さ、開けて、見てごらんなさい、見てごらんなさいよ、彼はそこにいるわよ、そこに！」彼女はわたしを窓のほうに押しやったが、わたしが行こうとして身を動かすやいなや、笑いくずれるので、彼女のそばにとどまっていると、とびついてきて抱きしめるのだった。

「あたしたち、立つんでしょう？　明日立つのよね？」ふいに落ちつかぬ思いが彼女の頭にうかんできた。「そうね……（そして彼女は考えこんだ）。そう、あたしたち、お祖母《ばあ》さまに追いつけるわね、あなたどう思う？　ベルリンで追いつけると思うけど。あたしたちが追いついて、お祖母さまが二人を見たら、何ておっしゃると思う？　それに、ミスター・アストリーは？　そう、あの人はシランゲンベルグからとび下りたりしないわ、あなたどう思う？（彼女は笑いだした）ねえ、きいて。あの人が来年の夏どこへ行くつもりか、知っている？　あの人、学術研究のために北極へ行くつもりなのよ。いっしょに行こうって、あたしを誘ってたわ、ははは！　彼に言わせると、あたしたちロシア人は、ヨーロッパ人がいないと何一つわからないし、何の役にも立たないんですって……でも、彼もやはり善人よ！　あのね、彼は『将軍』を赦《ゆる》しているのよ。彼に言わせると、ブランシュは……あの情熱は……でも、わからない、わからないわ」ふいに彼女は、まるでとりとめのないことを口走って混乱したかのように、くり返した。「気の毒な人たちね、あたしあの人たちが気の毒だわ、お祖母さまもよ……ねえ、よくって、あなたがデ・グリューを殺せるはずないじゃないの？　ほんとに殺せると思っていたの？　まあ、ばかねえ！　あたしがあなたをデ・グリューと決闘に行かせるなんて、思うことができたの？　あなたなんか、あの男爵も殺せないわ」ふいに笑いだして、彼女は付け加えた。「ああ、あの時のあなたは男爵相手にとても滑稽だったわ。あたし、ベンチから二人を眺めていたの。あの時、あたしが行かせようとしたら、あなたはひどく行きたがらなかったわね。あの時あたし大笑いしたわ、あの時は大笑いしたものよ」哄笑《こうしょう》しながら、彼女は付け加えた。

そして突然彼女はまたわたしにキスして、抱きしめ、またしても情熱的に甘くわたしの顔に顔を押しつけた。わたしはもはや何一つ考えず、何一つ耳に入らなかった。頭がくらくらしてきた……

わたしがわれに返ったのは、朝の七時ごろだったと思う。太陽が部屋にさしこんでいた。ポリーナはわたしの隣に坐って、まるで何かの暗黒からぬけだそうとして思い出をかき集めてでもいるかのように、ふしぎそうにあたりを見まわしていた。彼女は今しがた目ざめたばかりで、テーブルと金をまじまじとみつめていた。わたしは頭が重く、痛かった。わたしはポリーナの手をとろうとしたが、彼女はふいにわたしを突き放し、ソファーからはね起きた。はじまりかけたばかりの一日は、どんよりとしていた。夜明け前に雨が降ったのだ。彼女は窓に歩みよって、開けると、頭と胸をつきだし、両手を突っぱり、肘《ひじ》を窓の横柱にのせて、わたしの方をふり返りもしなければ、わたしの言うことに耳をかそうともせずに、三分ほどそうしていた。これからどうなるのだろう、どんな結末に終るのだろう、という思いがふと頭にうかんで、わたしは慄然《りつぜん》とした。突然彼女は窓のところから身を起して、テーブルに歩みより、限りない憎しみの表情をうかべてわたしを睨《にら》みつけながら、怒りに唇をふるわせて、言った。

「さ、それじゃあたしの五万フランをちょうだい！」

「ポリーナ、また、そんな！」わたしは言おうとした。

「それとも気が変ったの？　ははは！　ひょっとしたら、もう惜しくなったんじゃない？」

昨夜のうちにとり分けておいた二万五千フローリンは、テーブルの上にのっていた。わたしはそれを取って、彼女にわたした。

「だって、これはもうあたしのお金でしょ？　そうでしょ？　そうよね？」金を手にしたまま、彼女は憎さげにたずねた。

「そうだよ、それはいつだって君のものだったのさ」わたしは言った。

「そう、それじゃこれがあなたの五万フランよ！」彼女は振りかぶるなり、金をわたしに投げつけた。札束は痛くわたしの顔を打ち、床にとび散った。それをやってのけると、ポリーナは部屋を走り出た。

わたしにはこうした一時的な精神錯乱は理解できないけれども、もちろん、この時の彼女が正気でなかったことは知っている。たしかに、彼女はひと月たった今でもまだ、病気だ。それにしても、いったい何がこんな状態の、そして何よりも、この突飛な振舞いの原因だったのだろう？　傷つけられたプライドだろうか？　わたしのところにさえ来ようと決心したことの自暴自棄か？　わたしは、自分の幸福を得々とひけらかして、実際にデ・グリューとそっくり同じように、五万フラン贈ることで彼女から逃げたがっているような、そんな素振りを見せたのではあるまいか？　だが、そんなことはなかった。わたしは自分の良心に照らして知っている。この場合、彼女の虚栄心にもある程度罪があると思う。なぜなら、そうしたことすべてがおそらく彼女の想像で、彼女自身にも定かでなかったとはいえ、虚栄心が彼女に、わたしを信用せぬよう、わたしを侮辱するよう、ささやいたからである。そうだとすると、もちろん、わたしはデ・グリューの代りに責任をとらされたのだし、大した罪もないのに罪人にされたのかもしれない。たしかに、あれはすべて、うわごとにすぎなかった。だが、彼女がうわごとを言っているのを知りながら……そうした事情にわたしが注意を払わなかったことも、事実である。ことによると、彼女は今そのことを許せないのではあるまいか？　そう、しかしそれは今だからの話で、あの時は、あの時はどうだったろう？　だって、彼女のうわごとや病気にしても、デ・グリューの手紙を持ってわたしのところへ来るにあたって、自分が何をしているかをすっかり忘れてしまうほど、ひどくなかったのではないか？　してみると、彼女は自分が何をしているかを、わきまえていたのである。

わたしはどうにかこうにか、手早く紙幣や金貨の山をベッドに突っ込んで、覆いをすると、ポリーナの十分ほどあとに部屋を出た。わたしは、彼女が自分の部屋に駆け戻ったものと確信していたので、こっそり彼女たちの部屋へ行って、控え部屋で乳母にお嬢さまのお加減をたずねてみるつもりだった。だから、階段で出会った乳母から、ポリーナがまだ戻っておらず、当の乳母が彼女を迎えにわたしのところへ行くところだったときかされた時の、わたしのおどろきたるやなかった。

「たった今」わたしは言った。「たった今、僕の部屋から出て行ったところさ、十分ほど前にね。いったいどこへ行くことができるだろう？」

乳母は非難がましくわたしをみつめた。

一方では、完全なスキャンダルができあがって、すでにホテルじゅうに広まっていた。ドア・ボーイの部屋でも、ボーイ長のところでも、朝の六時に令嬢《フロイライン》が雨の中をホテルから走り出てゆき、イギリス・ホテルの方に走って行ったと、ささやき交わしていた。彼らの言葉や仄《ほの》めかしから、彼女がわたしの部屋で一夜をずっと過したことを、みながすでに承知しているのにわたしは気づいた。もっとも、すでに将軍家の家族全体が話題になっていた。将軍が昨日、気も狂わんばかりになって、ホテルじゅうにきこえるほどの声で泣いていたことも知れ渡っていた。その際に話題になっていたのは、乗りこんできたお祖母さんが将軍の母親で、息子とマドモワゼル・ド・コマンジュの結婚を案ずるために、わざわざロシアからやってきたのであり、言うことをきかなければ将軍から財産相続権を剝奪《はくだつ》するつもりでいたところ、将軍が本当に言いつけに従わなかったので、もはや何一つ彼の手に渡らなくするよう、伯爵夫人は彼の目の前でわざと持ち金全部をルーレットではたいて見せたのだ、ということだった。「あのロシア人《ディーズ・ルッセン》たちはな!」ボーイ長は首を振りながら、憤《いきどお》りをこめてくり返していた。ほかの連中は笑っていた。ボーイ長は勘定書を作っていた。わたしの大儲《おおもう》けもすでに知れ渡っていた。わたしのルーム・ボーイであるカールは、まっ先に祝ってくれた。しかし、わたしはそれどころではなかった。わたしはイギリス・ホテルにとんで行った。

まだ早朝だった。ミスター・アストリーはだれにも会わぬとのことだったが、わたしだと知ると、廊下のわたしのところまで出て来て、生気のない眼差しをわたしに無言で注いで、わたしの前に立ちどまり、わたしが何を言うかと待ち受けた。わたしはすぐにポリーナのことをたずねた。

「彼女は病気です」相変らずひたとわたしを見据えたまま、目をそらそうともせずに、ミスター・アストリーは答えた。

「それじゃ、彼女は本当にあなたのところに？」

「ええ、わたしのところです」

「それじゃあなたは……あなたは彼女を自分のところに引きとめておくつもりなんですか？」

「ええ、そのつもりです」

「ミスター・アストリー、それはスキャンダルをひき起しますよ。それはいけません。おまけに、彼女はまったくの病人ですしね。あなたは気づかなかったかもしれませんけど？」

「ええ、気がつきましたし、彼女は病気だと、あなたにもう言ったじゃありませんか。病気でなかったら、あなたの部屋で一夜を過したりしなかったでしょうよ」

「じゃ、そのこともご存じなんですか？」

「知ってますよ。彼女は昨日ここへ来たんです。わたしの親戚《しんせき》の女性のところへ彼女を連れて行けばよかったんですが、彼女は病気だったので、間違えてあなたのところへ行ってしまったんです」

「なんてことだろう！　いや、おめでとう、ミスター・アストリー。ついでに言うと、あなたはアイデアを与えてくれますね。あなたは夜通し彼女の窓の下に立っていたんじゃありませんか？　ミス・ポリーナは一晩じゅう、僕に窓を開けさせては、窓の下にあなたが立っていないかと、のぞかせて、ひどく笑っていましたよ」

「まさか？　いえ、わたしは窓の下に立ってはいませんでした。でも、廊下で待ったり、あの辺を歩きまわったりしてましたけどね」

「それにしても、彼女を治療しなけりゃなりませんね、ミスター・アストリー」

「ええ、もう医者をよびました。もし彼女が死ぬようなことがあったら、あなたは彼女の死に関してわたしを納得させてくださいよ」

わたしはあっけにとられた。

「冗談じゃありませんよ、ミスター・アストリー、なんでそんなことを望むんです？」

「ところで、あなたがゆうべ二十万ターレル勝ったというのは、本当ですか？」

「全部で十万フローリンにすぎませんよ」

「ほら、ごらんなさい！　それじゃ、今朝のうちにパリへお立ちなさい」

「なぜです？」

「ロシア人はだれでも、金を持つと、パリに行くじゃありませんか」まるで本でも朗読するような声と口調で、ミスター・アストリーは説明した。

「今ごろ、こんな夏場に、パリで何をすりゃいいんです？　僕は彼女を愛しているんです、ミスター・アストリー！　あなただってご存じでしょうに」

「ほんとに？　僕は、違うと確信してますがね。そのうえ、ここに残ったりすりゃ、あなたはきっと全部負けてしまって、パリへ行く金もなくなるでしょうよ。じゃ、さようなら、わたしは、あなたが今日パリへ立つことを、心から確信してますよ」

「いいでしょう、さようなら、ただ僕はパリには行きませんよ。考えてもごらんなさい、ミスター・アストリー、うちの連中はこれからどうなるんです？　ひと言で言や、将軍はあの始末だし……そこへ今度はミス・ポリーナのこの事件でしょう。これは町じゅうに知れ渡るでしょうからね」

「そう、町じゅうにね。でも将軍はこのことなんぞ考えていないと思いますし、それどころじゃありませんよ。そのうえ、ミス・ポリーナは好きなところで暮す完全な権利を持っていますしね。あの家族に関して言うなら、あの家族はもう存在していないと正確に言ってもいいでしょう」

わたしは歩きながら、パリへわたしが立つというあのイギリス人の奇妙な確信を笑った。『それにしても、もしマドモワゼル・ポリーナが死んだら、彼は決闘で俺を射《う》ち殺そうと思っているんだ』わたしは思った。『また一つ、厄介なことになったな！』誓ってもいい、わたしはポリーナが不憫《ふびん》だった、しかし、奇妙なことに、ゆうべ賭博《とばく》台《だい》に触れて札束をかき集めはじめたあの瞬間から、わたしの恋はなにか二義的な線に後退したかのようだった。今だからこう言えるのだが、その当時はまたそれらすべてを明確に気づいてはいなかった。はたしてわたしは本当に賭博狂なのだろうか、はたして本当に……ポリーナをそんな奇妙なふうに愛していたのだろうか？　いや、わたしは今でも彼女を愛している、本当にだ！　が、あの日、ミスター・アストリーのもとを出て、宿に向う時には、わたしは真剣に悩み、自分を責めたものだった。だが……だが、ここでわたしの身にきわめて奇妙な、愚かしい事件が生じたのである。

わたしが将軍のところに急いで行こうとした時、ふいにその部屋から少し離れたところのドアが開き、だれかがわたしをよんだ。それはコマンジュ老夫人で、マドモワゼル・ブランシュの言いつけでわたしに声をかけたのだった。わたしはマドモワゼル・ブランシュの部屋に入った。

彼女たちがいるのは、二部屋つづきの、こぢんまりしたスイートだった。寝室からマドモワゼル・ブランシュの笑い声と叫び声がきこえた。彼女はベッドから起きだすところだった。

「あ、彼なの《セ・リュイ》!! こっちへいらっしゃいよ《ヴィアン・ドンク》、ばかね《ベタ》! あんた、金貨や銀貨の山を稼《ク・チュ・ア・ガニエ・ユヌ・モンターニ》いだとかって《ユ・ドール・エ・ダルジャン》、本当? あたしなら、金貨を選ぶけど《ジェム・レ・ミウ・ロール》な」

「勝ったんですよ」笑いながら、わたしは答えた。

「いくら?」

「十万フローリン」

「坊《ビ》や《ビ》、あんたってばかね《コンム・チュ・エ・ベート》。さ、こっちへ入ってらっしゃいよ、何もきこえないわ。いっしょに豪遊しましょうよ、いいでしょ《ヌ・フロン・ボム・バンス・ネ・ス・パ》?」

わたしは彼女の寝室に入った。彼女はばら色の繻子《しゅす》の布団《ふとん》をかけて寝ころんでおり、布団の下から小麦色の、健康そうな、みごとな肩がのぞいていた——夢でしか見られないようなその肩が、純白のレースを縁どった麻の肌着でわずかにおおわれ、その肌着がまた彼女の小麦色の肌におどろくほど似合った。

「坊や、あなたは勇気がある？」わたしを見るなり、彼女は叫んで、笑いだした。彼女の笑い声はいつもたいそう快活で、時には誠実でさえあった。

「余人であれば……」わたしはコルネーユをパラフレイズして（訳注　この会話はコルネーユの『ル・シッド』の主人公と父親の台詞）、言おうとした。

「ほら、ごらんなさい、ほらね《ヴォワ・チュ》」突然彼女は早口にしゃべりだした。「まず第一、ストッキングを探して、はくのを手伝ってちょうだい。第二に、もしあんたがあまりば《シ・チュ・ネ・》かでないんなら、あたし、パリへ連れてったげる《パ・トロ・ベート・ジュ・トゥ・プラン・ア・パリ》。知ってるでしょ、あたし今すぐ立つのよ」

「今すぐ？」

「三十分後にね」

たしかに、荷作りはすっかりできていた。トランクや荷物は全部用意ができておいてあった。コーヒーもとうに運ばれていた。

「そうね《エ・ビアン》！　その気なら、あんたはパリを見られる《チュ・ヴラ・パリ》わよ。ウチーテル（教師）がいっ《ディ・ドン・ク・ケ・ス・》たいどんなものか、言ってごらんなさい《ク・セ・クアン・ウチーテル》。ウチーテルだったころのあんたって、とっ《チュ・エテ・ビアン・ベート・クアン・チ》てもばかだった《ユ・エテ・ウチーテル》わよ。あたしのストッキングはどこ？　はかせてよ、さあ！」

彼女は、靴をはいている時だけ、実にかわいらしく見えるほとんどすべての女の足とは違って、形の損われていない、本当にみごとな、小麦色の小さな足を突きだした。

わたしは笑いだして、その足に絹のストッキングをはかせにかかった。マドモワゼル・ブランシュはその間ベッドに坐《すわ》って、早口にしゃべりつづけていた。

「そうね《エ・ビアン》、あたしがいっしょに連れて行ってあげたら、あんたはどうする？《ク・フレ・チュ・シ・ジュ・トゥ・プラン・アヴェック》　まず第一、あたしは五万フランほしいわ《ジュ・ヴ・サンカント・ミール・フラン》。フランクフルトについたら、それだけちょうだい。あたしたち、パリに行こうね《ヌ・ザロン・ザ・パリ》。そこでいっしょに暮せば、真っ昼間にお星さまを見るような思いをさせたげるわ《ジュ・トゥ・フレ・ヴォアール・デ・ゼトワール・ザン・プラン・ジュール》（訳注　真っ昼間に星を見るという表現は、目から火が出るという意味にもなる）。あんたは今まで会ったこともないような女性たちを拝めるし。あのね」

「ちょっと待っとくれよ、そんなふうに君に五万フランあげたら、この僕にはいったい何が残るの？」

「それと十五万フランよ《エ・サン・サンカント・ミール・フラン》、あんた忘れたのね、そのうえ、ひと月かふた月、あんたの部屋で寝起きしてもいいわよ、わかってるわ《ク・セ・ジュ》！　あたしたち、もちろん、その二カ月の間に十五万フランは使いはたしちゃうもの。どう、あたしって、いい子でしょ《ジュ・スイ・ボンヌ・アンファン》。それにあらかじめ言っとくけど、あんたは星を見るような、いい思いをするんだわ《チュ・ヴラ・デ・ゼトワール》」

「なんだって、二カ月で全部？」

「どうして！　そんなことで、びくついてるの！　ああ、卑しい奴隷《ヴィル・エスクラーヴ》だこと！　あんたわかってるの、そういう生活のひと月は、あんたの全存在よりすてきなんだから。ひと月で――あとは野となれ、だわ《エ・タプレ・ル・デリュージュ》！　でも、あんたにはこんなことは理解できない《メ・チュ・ヌ・プ・コムプランド》わね《ル》、行きなさいよ《ヴァ》！　さ、行った、行った、あんたにはそんな値打ちはないわ！あら、何をしているの《ク・フェ・チュ》？」

この時わたしはもう一方の足にストッキングをはかせていたが、こらえきれなくなって、その足にキスした。彼女は足をふり放し、爪先《つまさき》でわたしの顔を打ちはじめた。とうとう、彼女はすっかりわたしを追い払った。「いいわ《エ・ビアン》、ウチーテル、お望みなら、待っててあげる《ジュ・タタン・シ・チュ・ヴ》。十五分後に出かけるわよ！」彼女はわたしのうしろ姿に叫んだ。

自分の部屋に戻った時、わたしはもう眩惑《げんわく》されたような気持だった。なに、かまうものか、マドモワゼル・ポリーナがわたしの顔に札束を叩《たた》きつけて、昨日のうちにもうわたしよりミスター・アストリーを選んだからといって、わたしのせいではない。ちらばった紙幣の何枚かがまだ床に落ちていた。わたしはそれを拾い上げた。この時、ドアが開いて、ボーイ長がみずから現われ（これまでは、わたしになぞ目もくれようとしなかったのに）、ついこの間までB伯爵《はくしゃく》が泊っていた階下の極上の部屋に移られてはどうかと、すすめに来た。

わたしはしばらくたたずんで、考えた。

「勘定だ！」わたしは叫んだ。「すぐ出発する。十分後だ」『パリというなら、パリへ行くか！』わたしは内心で思った。『つまり、それが俺の運命なんだろう！』

十五分後、わたしたちは本当に三人して、家族用のいっしょの車室におさまっていた。わたしと、マドモワゼル・ブランシュと、コマンジュ老夫人とである。マドモワゼル・ブランシュはわたしを眺めながら、ヒステリーに近いほど高笑いしていた。コマンジュ老夫人はそれにならっていた。わたしは、楽しかったとは言わない。人生が真っ二つに折れようとしていたが、昨日からわたしはすべてをカードに賭《か》けることに慣れてしまった。ことによると、実際、わたしが大金にこらえきれずに、眩惑されたというのが本当かもしれない、あるいは《プテートル》、これこそ願ったり叶ったりだったのかもし《ジュ・ヌ・ドゥ・マン・デ・パ・》れない《ミウ》。わたしには、いっ時、ほんのいっ時だけ、舞台装置が変るだけのような気がした。『しかし、一カ月したら、俺はここに戻ってくる、その時は……その時にはまた君と勝負しようぜ、ミスター・アストリー！』いや、今思いだしてみると、わたしは愚かなブランシュと競争でばか笑いしていたとはいえ、その時にもひどく気持が沈んでいたのだった。

「ねえ、どうしたのよ！　あんたって、ばかね！　ああ、なんてばかなの！」笑いを中断させ、本気でわたしに毒づきはじめながら、ブランシュが叫んだ。「ええ、そう、そうだわ、そうよ、あたしたち、あんたの二十万フランを使いはたしてしまうけど、その代り、あんたは小さな王様みたいに、幸せになれる《メ・チュ・スラ・ウルー・コム・アン・プチ・ロワ》んだわ。あたしが自分であんたのネクタイを結んであげるし、オルタンスにも紹介してあげる。あたしたちのお金を全部使いはたしちまったら、あんたはここへ帰ってきて、また胴元から巻きあげるのよ。あのユダヤ人たち、あんたに何を言ったの？ 大事なのは、大胆さだけど、あんたにはそれがあるわ。だから、これからも何度でもパリのあたしにお金を運ぶのよ。あたしのことだったら《クアン・タ・モワ》、あたしはお手当を五万フランほしいわ、そしたら《ジュ・ヴ・サンカント・ミール・フラン・ドゥ・ラント・エ・タロール》……」

「ところで、将軍は？」わたしは彼女にたずねた。

「将軍はね、あんた自身も知ってるとおり、毎日この時間にはあたしに贈る花束を買いに出るのよ。今日はわざといちばん珍しい花を見つけてくるように命令してやったの。かわいそうに、帰ってきてみると、かわいい小鳥は飛んで行っちゃったってわけ。あの人、あたしたちのあとを追って飛んでくるわよ、見てらっしゃい。ははは！ そうなれば、あたしはとっても嬉《うれ》しいわ。パリだと、あの人は役に立つのよ。あの人のここの支払いは、ミスター・アストリーがしてくれるでしょう……」

と、こういうわけで、わたしはあの時、パリに旅立ったのだった。

第十六章

パリに関して、わたしに何が言えるだろう？　そのすべてが、もちろん、うわごとでもあり、愚行でもあった。わたしがパリで過したのは全部でわずか三週間とちょっとでしかないが、その期間でわたしの十万フランは完全に終ってしまった。わたしが言っているのは十万フランのことだけで、あとの十万フランは、マドモワゼル・ブランシュに現金で与えた――フランクフルトで五万、三日後パリでさらに五万を手形で渡したのだが、もっとも、一週間後には彼女はその手形と引換えにわたしから現金を引きだし、「あたしたちに残された十万フランは、あたしとあなたの食費になるのよ《エ・レ・サン・ミール・フラン、キ・ヌ・レスタン・チュ・レ・マンジュラ・アヴェック・モワ》、あたしのウチーテル」と言った。彼女はいつもわたしをウチーテルとよんだ。およそこの世で何か、マドモワゼル・ブランシュのような人種くらい、計算高くて、けちで、しみったれな連中を思い描くのは、むずかしい。だが、それは自分の金に関してなのである。わたしの十万フランに関して言うなら、彼女がのちにざっくばらんに言明したとおり、その金は彼女がまずパリで地歩を固めるために必要だったのだ。「だから今じゃあたし、立派な足場を決定的に作りあげたわ。これからはもう永いこと、だれ一人あたしの足をすくうこともなくってよ、少なくともあたしはそういうふうに手を打ったわ」——彼女は付け加えた。もっとも、わたしはその十万フランをほとんど拝みもしなかった。金はいつも彼女が握っていて、彼女が毎日みずから点検するわたしの財布には、百フラン以上入っていることなどついぞなく、ほとんどいつもそれ以下だった。

「あんたなんか、何にお金が要るの？」時折彼女はしごく無邪気な顔つきで言ったし、わたしも議論はしなかった。その代り、彼女はその金で自分の住居をなかなか立派に飾りつけし、後日わたしを新居に引き移らせた時に、各部屋を見せながら、こう言ったほどだ。「計算と趣味いかんでは、ごく端《はした》なお金でも、これだけのことがやってのけられるのよ」しかし、その端金たるや、きっかり五万フランという値についたのである。残りの五万フランで彼女は馬車と馬をそろえ、そのほかわたしたちは舞踏会を二度、つまり、オルタンスだの、リゼットだの、クレオパトルだのという、多くの点や、多くの意味で目ざましい、決していかがわしくなどない女性たちのつどう、ちょっとした夜会を二度催した。この二度の夜会でわたしは否応《いやおう》なしに、愚劣きわまる主人《ホスト》の役割をつとめさせられ、ごっそり儲《もう》けた鈍感な小商人だの、無知と厚顔という点でおよそ信じられぬほどのさまざまな中尉《ちゅうい》連中だの、流行の燕尾服《えんびふく》にクリーム色の手袋なんぞをはめて乗りこんできた、みじめな三文文士やジャーナリズムのチンピラどもなどを出迎えたり、相手をつとめたりしなければならなかったが、こういった文士やジャーナリストたちの自尊心と傲慢《ごうまん》さの程度たるや、わがペテルブルグでさえとうてい考えられぬくらいで、それだけでも大変なものだった。連中はわたしを笑いものにしようという気さえ起したが、わたしはシャンパンをしたたか飲んで、奥の部屋でひっくり返ってしまった。何もかもがわたしにとっては、この上なく醜悪だった。「この人はウチーテル《セ・タン・ウチーテル》なの」ブランシュはわたしのことをこう言った。「勝負で二十万《イラ・ガニエ・ド》フラン儲けた《ウ・サン・ミール・フラン》んだけど、あたしがいなかったら、どう使えばいいかもわからなかったでしょうよ。いずれまた家庭教師になるんだけど、だれかいい口を知らないかしら？この人のために何かやってあげなけりゃいけないのよ」わたしはいつも非常に憂鬱《ゆううつ》で、極度に気がふさいでいたため、きわめてひんぱんにシャンパンの助けを借りるようになった。わたしが住んでいたのは、一スウの貨幣一枚一枚がちゃんと計算され、はかられるような、この上なくブルジョア的な、商人的な環境だった。ブランシュは最初の二週間ひどくわたしを嫌っており、わたしもそれに気づいた。たしかに、わたしにしゃれた身なりをさせ、毎日ネクタイを自分で結んでくれはしたものの、心の中ではとことんわたしを軽蔑《けいべつ》していた。わたしはそんなことにはいささかの注意も払わなかった。心ふさぎ、淋しいまま、わたしはたいてい「花の館《シャトー・ド・フルール》」（訳注 キャバレーの名前）に繰りだすようになり、そこできまって毎晩、大酒をくらってはカンカン踊りを習い（ここではひどく淫《みだ》らな踊り方をするのだ）、のちにはこの方面で有名にさえなったほどだ。やがてついにブランシュはわたしという人間をすっかり理解した。彼女はどういうわけか、同棲《どうせい》生活の間じゅうわたしが鉛筆と紙を手にして彼女のあとをつけまわし、彼女がいくら使ったか、いくらくすねたか、これからいくら使うか、いくらくすねるだろうかと、のべつ計算するのだろうという観念を、あらかじめ勝手に作りあげていたのであり、だからもちろん、十フラン紙幣の一枚ごとに二人の間で喧嘩《けんか》が起るものと確信していた。あらかじめ予想されるわたしのあらゆる攻撃に対して、彼女は前もってもう反駁《はんばく》を用意していたのだが、わたしから何の攻撃も受けないので、最初は自分のほうから反駁を試みようとした。時折むきになってかっかとまくしたてにかかるのだが、わたしが黙っているのに気づいて——たいていの場合、寝椅子《ねいす》にひっくり返って、じっと天井を眺めているのだ——ついには呆《あき》れさえした。最初のうち彼女は、わたしが愚かで一介の「ウチーテル」にすぎないと考え、おそらく心中ひそかに『だってこの男はばかなんだから、当人が理解できずにいる以上、べつにこっちから水を向けることはないんだわ』とでも思って、あっさり釈明を打ち切っていた。出かけて行っても、十分ほどするとまた戻ってくることが、よくあった（そんなことがあるのは、彼女の気違いじみたむだ使い、われわれの資産にまるきりそぐわぬむだ使いの時だった。たとえば、彼女は馬を買い換え、一万六千フランで二頭買いこんだりしたものだ）。

「じゃ、坊や、怒っていないの？」彼女はそばにやってきた。

「いないよ！　うるさいな！」わたしは片手で彼女を押しのけながら、言ったが、彼女にとってはそれがめずらしくてならないので、すぐに並んで腰をおろすのだった。

「ねえ、あたしがあれだけの大金を払う決心をしたのは、たまたまあああいう出物があったからなのよ。あの馬なら二万フランでまた売れるもの」

「信じるよ、信じるって。いい馬じゃないか。これで君も立派な乗り物ができたわけだ。役に立つだろうさ。結構なことだ」

「それじゃ怒ってないのね？」

「何をさ？　君が自分に必要な、ある程度の品物をそろえてるのは、賢明なやり方だよ。それはみんなあとで役に立つからね。わかるよ、実際君にはそうやって地歩を固めとくことが必要なんだ。でないと、百万の金は作れないからね。僕らの十万フランなんて、ほんの序の口で、大海の一滴みたいなもんさ」

わたしからこんな分別を（怒鳴り声や叱責《しっせき》の代りに！）なによりも予期していなかったブランシュは、まるで天から落っこちたような顔をした。

「それじゃあんたは……あんたってそういう人だったのね！　だけど、あんたって《メ・チュ・ア・レ》、ものを理解するだけの知恵《スプリ・プール・コンプランドル》があるわね！　ねえ、坊や、あんたは家庭教師でこそあるけど、本来は王子様に生れるべきだったんだわ！　それじゃ、あたしたちのお金がすぐに消えてゆくのが、惜しくないのね？」

「ふん、金なんて。いっそもっと早く消えりゃいいんだ！」

「でも《メ》……ねえ《セ・チュ》……でも、教えて《メ・ディ・ドンク》、あんたが金持だとでもいうの？　でも、ねえ《メ・セ・チュ》、あんたはお金を軽蔑しすぎてるわ。あとでどうするつもりなの《ケ・ス・ク・チュ・フラ・ザプレ》、教えて《ディ・ドンク》？」

「あとはホンブルグ（訳注　ゲッセン・ホンブルグ公国の主要都市）へ行って、また十万フラン儲けるさ」

「そう《ウィ》、そう《ウィ》ね、そうだわ《セ・サ》、それはすてきだわ《セ・マニフィク》！　あたし知ってる、あんたはきっと勝って、ここへ持ってきてくれるわ。教えて《ディ・ドンク》、あんたってあたしが本当に惚《ほ》れこむように仕向けるのね！　いいわ《エ・ビアン》、あんたがそういう人であるお礼に、あたしずっとあんたを愛して、ただの一度だって不実なことはしない。あのね、あたし今までずっとあんたを嫌っていたけど、それというのも、あんたがただの家庭教師でしかなかったか《パルス・ク・ジュ・クロワイエ・ク・チュ・ネ・クアン・ウチー》らよ（だって、一種の召使みたいなものだもの、そうでしょ《テルケルク・シヨーズ・コム・アン・ラケーネ・ス・パ》？）、それでもやっぱり、あたしはあんたに操を立てていたわよ、だってあたしいい子だもの《パルス・ク・ジュ・スイ・ボンヌ・フィーユ》」

「ふん、嘘《うそ》つけ！　じゃ、あのアルベルトとは、あの浅黒い顔の将校とはどうなんだ、この前、僕が見てなかったとでもいうのかい？」

「あら《オー・オー》、でもあんたは《メ・チュ・エ》……」

「ふん、嘘つけ、嘘つけ。しかし、僕が怒ってるとでも思うのかい？　冗談じゃないよ。若いうちは道を踏みはずすことも必要さ《イル・フォ・ク・ジュネス・ス・パス》。あの男のほうが僕より先口で、君が愛してる以上、君だってあいつを追い払うわけにもゆくまいだろうに。ただ、あいつに金をやったりするなよ、いいね？」

「それじゃ、そのことでも怒らないの？　だけどあんたって本当の哲学者ね《メ・チュ・エ・ザン・ヴレ・フィロゾフ》、ねえ《セ・チュ》？　本当の哲学者だわ《アン・ヴレ・フィロゾフ》！」彼女は感激して叫んだ。「いいわ《エ・ビアン》、あたしあんたを愛したげる《ジュ・テムレ》、愛してあげるわ《ジュ・テムレ》、見ててね《チュ・ヴラ》、あんたは満足できるわよ《チュ・スラ・コンタン》！」

　そして事実、それ以来彼女は実際にわたしに親しみをおぼえたかのようで、友好的にさえなり、わたしたちの最後の十日間はそんな具合に過ぎ去った。約束してもらった「星」こそ拝めなかったが、いくつかの点で彼女は本当に約束を守った。それはかりではなく、彼女はわたしをオルタンスに紹介してくれたが、これはある意味であまりにもすばらしい女性で、われわれ仲間うちでは哲学者テレーズ（訳注　十八世紀半ばに匿名で書かれたエロチックな内容の本の主人公）とよばれていた……

もっとも、べつにそんなことにまで筆を及ぼすにはあたるまい。それらすべては、別の色調をそなえた独自の短編を構成しうるはずであり、この中編の中に収めるつもりはない。要するに、わたしはこうしたことすべてが少しでも早く終ってくれるよう、全力で望んでいたということだ。しかし、すでに言ったとおり、われわれの十万フランはほとんど一カ月もった――そのことをわたしは心からおどろいていた。少なくとも、その金のうち八万フランで、ブランシュはさまざまな品物を買いこみ、わたしたちが生活に使ったのはどうみても二万フラン以下だったが、それでもやはり足りたのである。終りごろにはもうわたしに対してほとんど開けひろげの気持になっていたブランシュは（少なくとも、いくつかの点ではわたしに嘘をつかなかった）、自分が余儀なく作った借金が少なくともわたしにかぶらぬようにすると、打ち明けた。「あんたに請求書や手形のサインはさせなかったわ。だってあんたが気の毒だったもの。ほかの女だったら、必ずそれをやらせて、あんたを牢屋《ろうや》にぶちこんでいたわ。ほら、ね、どんなにあたしがあんたを愛していたか、どんなにあたしがやさしいか、わかったでしょ！　あのいまいましい結婚式一つにしたって、どれだけ高いものにつくことか！」

実際に結婚式があったのだ。それはわれわれの一カ月のいちばん終りに生じたので、わたしの十万フランのいちばん最後の残り滓《かす》がそこに流れこんだと考えねばなるまい。これで一件が落着した。つまり、これによってわれわれの一カ月も終りを告げ、そのあとわたしは正式にお役御免になったのである。

それはこんなふうに起った。わたしたちがパリに居を構えた一週間後、将軍がやってきた。彼はまっすぐブランシュを訪ねてきて、最初の訪問からほとんどわが家に居《い》坐《すわ》ってしまった。もっとも、彼にもどこかに自分の住居があったのだ。ブランシュは嬌声《きょうせい》と笑い声をあげて嬉《うれ》しそうに彼を迎え、とびついて抱擁しさえした。事態は実にまるく運び、やがて彼女のほうが将軍を放そうとしなくなって、将軍は並木道の散歩であれ、馬車の散策であれ、劇場であれ、知人めぐりであれ、いたるところ彼女のお伴《とも》をしなければならなくなった。こういう用途には将軍はまだ役立ったのである。かなり貫禄《かんろく》があって、礼儀正しいし、背もほとんど長身といってよく、頰ひげと口ひげを染めているし（かつては重騎兵に勤務したこともあるのだ）、いささか皮膚がたるんでいるとはいえ、立派な顔だちをしているからだ。挙措は申し分ないし、燕尾服の着こなしも実に堂に入っていた。パリに来て彼は勲章を飾るようになった。こういう男と並木道を散歩するのは、差支えないどころか、こういう言い方が可能だとすれば、推薦状代りにさえなる。お人好《ひとよ》しで、物分りのわるい将軍は、これらすべてにひどく満足していた。パリについてわが家へ姿を現わした時、彼はまるきりこんなことなど当てにしていなかったのである。あの時は恐怖にふるえんばかりになって、現われたのだった。てっきり、ブランシュが怒鳴りつけて、追い払うよう命令するものと思っていたからだ。そのため、こうした事態の成行きに、彼はすっかり感激し、この一カ月の間ずっと何か意味もなく感激した状態におちいっていた。そして、わたしが別れた時もそんな状態だった。すでにこの土地に来てからわたしは詳細を知ったのだが、あの時われわれが突然ルーレテンブルグを出立《しゅったつ》したあと、その朝将軍は何か発作の一種を起したのだった。意識を失って倒れ、そのあとまる一週間というものほとんど狂人も同然で、わけのわからぬことを口走っていた。治療を受けていたのだが、突然すべてを放りだして、汽車に乗りこみ、パリにやってきたのである。もちろん、ブランシュの応対が結果的には最良の薬だったわけだが、喜色あふれる感激した状態にもかかわらず、病気の徴候はそのあといつまでも残っていた。ものごとを判断したり、あるいは単に何か多少ともまじめな会話をしたりすることさえ、彼はできなかった。そんな場合、彼は一語ごとに「ふむ!」と付け加えて、うなずき、それで逃げを打つのだった。よく笑うのだが、それがまるで笑いがとまらなくなったかのような、神経質な、病的な笑いだった。また時には、濃い眉《まゆ》をひそめ、夜のように暗鬱《あんうつ》な顔つきで何時間でも坐りこんでいることもあった。たいていのことを、まるきり思いだせさえしなかった。みっともないほどぼんやりしているようになり、ひとりごとを言う癖がついた。彼に生気を与えることができるのは、一人ブランシュだけだった。それに、彼が片隅に引きこもってしまう、この暗鬱な気むずかしい状態の発作は、彼が永いことブランシュに会っていないとか、ブランシュがどこかへ出かけてしまい、彼をいっしょに連れて行ってくれなかったとか、あるいは、出しなに彼を愛撫《あいぶ》してやらなかったとかいうことを意味しているにすぎなかった。そんな際にも彼は、どうしてほしいのかを自分では言えなかっただろうし、自分が陰鬱《いんうつ》で沈んでいることなぞ、自分では知らないのだった。一、二時間坐りとおしていたあと（ブランシュが、おそらくアルベルトのところへだろうが、まる一日出かけた時に、わたしは二度ほどそれに気づいたものだ）、彼はふいにそわそわとあたりを見まわしはじめ、ふり返ってみたり、思いだそうとしてみたり、まるでだれかを探しだそうとするかのようなのだが、だれの姿も見当らず、何をたずねるつもりだったのかも結局思いだせぬまま、ふたたび忘却状態におちいってしまい、やがてひょっこりブランシュが、持ち前の甲高い笑い声をひびかせながら、きびきびと快活に、肌もあらわな姿で現われるのだった。彼女は将軍のところに駆けよって、揺すりはじめ、キスしてやることさえあった——もっとも、そんな恵みをほどこすことはめったになかったけれど。一度なぞ、将軍は彼女の姿を見て嬉しさのあまり、泣きだしさえした。わたしはびっくりしたほどだった。

ブランシュは、将軍がわが家に現われたその時から、すぐにわたしに対して彼の弁護をしはじめた。雄弁をふるうことさえあった。わたしのために将軍を裏切ったことだの、自分が彼のフィアンセも同然で、行く末を約束したことだの、自分のために将軍が家庭を棄《す》てたことだのを思い起させ、あげくのはては、わたしが将軍の家に勤めていた身であり、それを肝に銘じなければいけないとか、よくも恥ずかしくないものだとかと言いだす始末だった……わたしは終始沈黙していたのに、彼女はおそろしい勢いでまくしたてた。とうとう、わたしは笑いだしてしまい、それで一件は落着した。つまり、彼女は最初のうち、わたしがばかだと思ったのだが、しまいには、実にすてきな、話のわかる人間だという考えに落ちついたのである。一言で言うなら、わたしは最後のころになってこの立派な娘の全面的な好意をかちうる光栄に浴したのだった。（もっとも、ブランシュは実際でもこの上なく善良な娘だった——もちろん、ある意味においてだが。わたしは最初のうち誤った評価を下していた）。「あんたは頭のいい、善良な人だわ」最後のころに彼女はよくこう言ったものだ。「でも……でも……あんたがそんなにおめでたいのが、残念だわ！　あんたは何一つ財産を残せっこないわ！」

「生粋のロシア人《アン・ヴレ・リュース》ね、カルムイク人《アン・カルムーク》だわ！」彼女は何度か、まるで召使にボルゾイ犬の散歩をさせるのとまったく同じように、将軍に町の散歩をさせるためにわたしを送りだした。もっともわたしは将軍を、劇場へも、舞踏場《バル・マビーユ》にも、レストランにも連れて行ってやった。その金もブランシュが出してやるのだが、そのくせ将軍は自分の金も持っていたし、人中で財布をとりだすのが大好きときていた。一度なぞわたしは、将軍がパレ・ロワイヤルでぞっこん気に入って、なにがなんでもブランシュにプレゼントしようとした七百フランのブローチを買わせまいとして、ほとんど実力を行使せねばならぬほどだった。まったく、七百フランのブローチなぞ、彼女にとって何だというのだ？　将軍の持ち金は全部でせいぜい千フランくらいのものだった。いったいどこからそんな金を手に入れたのか、わたしはついに突きとめられなかった。おそらく、ミスター・アストリーから貰ったのだと思う。彼は将軍のホテル代を払ったりしているのだから、なおさらのことだ。この間ずっと将軍がわたしをどう見ていたかということに関して言うなら、将軍はわたしとブランシュの関係を勘ぐろうとさえしなかったように思う。将軍はわたしが賭博《とばく》で大金を儲《もう》けたことをどこかでうすうす小耳にはさんでいたとはいえ、きっと、わたしがブランシュのもとで何か私設秘書か、あるいは、むしろ召使に類する立場にあると思っていたに違いない。少なくとも、わたしに対する口のきき方はいつも、以前通り上役的な、横柄《おうへい》なもので、時には叱《しか》りつけにかかることさえあった。一度なぞ、わが家の朝のコーヒーの席で、わたしとブランシュをひどく大笑いさせたことがあった。彼はさほど怒りっぽい人間ではないのだが、その時は突然わたしに腹を立てたのだ。理由は――いまだにわからない。しかし、もちろん、当の将軍だってわかっていなかったのである。ひと言で言うなら、始めも終りもなしに、とりとめもなく《ア・バトン・ロムピュ》話をはじめて、お前は小僧っ子だとか、思い知らせてやる……わからせてやる……などと、わめきたてたのだった。だが、だれ一人何のことやら理解できなかった。ブランシュは笑いころげた。やっと、どうにかなだめて、散歩に連れだした。もっとも、わたしはいくたびとなく気づいていたのだが、将軍は気持がふさいでくると、だれかや何かが気の毒になり、ブランシュがいるにもかかわらず、だれかが不足しているような気になるのだ。そんな時、彼は二度ほど自分からわたしに話しかけたことがあったが、一度としてきちんと気持を説明できたことはなく、軍隊勤務や、亡《な》くなった妻や、農事経営や、領地などの思い出話をするのだった。何か一つの言葉に行き当ると、その言葉をひどく嬉しがり、それが自分の感情も考えもまったく表現していなくとも、一日に百遍くらいくり返した。わたしは子供たちのことを彼と話そうとしてみた。だが彼は以前と変らぬ早口で体をかわし、急いでほかの話題に移るのだった。「そう、そうだよ！　子供たちはね、君の言うとおりだ、子供たちはね！」一度だけ、将軍が感情に溺《おぼ》れたことがあった――わたしと劇場に行こうとしていた時だ。「あれは不幸な子供たちだよ！」だしぬけに彼は言いだした。「そうですよ、君、そうなんだ。あれは不幸な子供たちですよ！」そのあとも、その晩のうちに何度か、不幸な子供たちという言葉をくり返していた。ある日わたしがポリーナのことを話しはじめると、彼は激怒さえした。「あれは恩知らずな女だ」彼は叫んだ。「あれは性悪《しょうわる》で、恩知らずだよ！　あの女は一族に恥をかかせおった！　もしここに法律があったら、こっぴどい目に会わせてやるんだがね！　そう、そうですとも！」デ・グリューのこととなると、名前をきくのも厭《いや》らしかった。「あいつはわたしを破滅させおったんだ」彼は言った。「あいつはわたしを文なしにさせて、わたしを八つ裂きにしたんだ！　あれはまる二年間にわたって、わたしの悪夢だったよ！　まる何カ月もつづけて、わたしの夢に現われたものさ！　あれは、あれは、あいつは……ああ、二度とあいつの話などしないでくれたまえ！」

二人の仲がなんとなくうまく行っているのにわたしは気づいていたが、例によって黙っていた。ブランシュが最初にわたしに宣言した。あれは、わたしたちが別れるちょうど一週間前だった。

「彼も運が向いてきた《イラ・デュ・シャンス》わ」彼女は早口にしゃべった。「お祖母《ばあ》さんが今度は本当に病気で、間違いなく死ぬらしいの。ミスター・アストリーが電報をよこしたのよ。だってさ、彼はとにかく相続人だもの。たとえそうでないとしても、彼は何の邪魔にもならないわ。第一、彼には年金があるし、第二にこれからは隠居暮しだから、まったく幸せになれるわ。あたしは『将軍夫人《マダム・ド・ジェネラール》』になるの。上流社会に入るんだわ（ブランシュは常にそれを夢見ていた）。そのあと、ロシアの女地主になって、お城や百姓《ジョレ・アン・》を持ったり、そのうえいつも自分のお金を百万も持てる《シャトー、デ・ムジーク、エ・ビュイ・ジョレ・トウジュール・モン・ミリオン》んだわ」

「でも、もし彼が焼餅をやきだしたら、何を要求するか、わかったもんじゃないよ。わかるだろ？」

「ううん、大丈夫、大丈夫！　そんな勇気があるもんですか！　あたし、手を打っといたの、心配しないでもいいわ。あたしもう、アルベルト宛《あて》の何枚かの手形に、将軍にサインさせたの。ちょっとでも何かあれば、すぐに処罰させるわ。それに、そんな勇気あるもんですか！」

「じゃ、結婚しなよ……」

式は特別格式ばらずに、内輪でひっそりと行われた。招かれたのは、アルベルトと、親しい友人の何人かだった。オルタンスや、クレオパトルやそのほかの連中は、きっぱり除かれた。新郎は自分の立場に極度の関心を示していた。ブランシュはみずから彼のネクタイを結んでやり、みずからポマードを塗ってやったりしたので、燕尾服《えんびふく》に白いチョッキ姿の彼はとてもきちんとして《トレ・コンミル・フォー》見えた。「それにしても、彼、とてもきちんとしているわ《イレ・プールタン・トレ・コンミル・フォー》」まるで将軍がとてもきちんとしている《トレ・コンミル・フォー》という考えが、当の彼女をさえおどろかせたかのように、将軍の部屋から出てきながら、ブランシュ自身、わたしに告げた。わたしはきわめて怠惰な観客としてすべてに参加し、細部はろくに突きとめようとしなかったので、何がどうだったのか、たいていのことは忘れてしまった。わずかにおぼえているのは、ブランシュが実はまったくド・コマンジュでなどなく、同様に彼女の母親もコマンジュ老夫人でなぞさらになく、デュ・プラセーだったということだけだ。なぜ彼女たちが二人とも今までド・コマンジュなどといっていたのか、わたしは知らない。しかし、将軍はそれでも相変らず大いに満足していたし、デュ・プラセーのほうがむしろド・コマンジュより気に入ったほどだった。結婚式の朝、将軍はもはやすっかり身支度をととのえて、のべつ広間を行ったり来たりしては、並みはずれて真剣な勿体《もったい》らしい顔つきで、しきりにつぶやきをくり返していた。「マドモワゼル・ブランシュ・デュ・プラセー！　ブランシュ・デュ・プラセー！　デュ・プラセー、だな！　ブランカ・デュ・プラセー嬢、か！」そしてある種の自己満足がその顔にかがやいていた。教会でも、市長のところでも、わが家でオードブルに向った時にも、彼は単に満足で嬉しそうというだけではなく、誇らしげでさえあった。二人のどちらにも何事かが起ったのである。ブランシュもなにか一種特別な品位をそなえて見えた。

「あたしこれからは、まったく別のように振舞うわ」彼女はきわめてまじめにわたしに言った。「でも、ねえ、あたし一つだけとても厭なことに思いいたらなかったわ。考えてもみてよ、あたしいまだに自分の今度の苗字《みょうじ》をおぼえられないのよ。ザゴリヤンスキーだか、ザゴジヤンスキーだか。将軍夫人ザゴ―ザゴだなんて。厭ね、ロシア人の名前って《セ・ディアーブル・デ・ノム・リュース》。十四も子音のくっついた将軍夫人てわけだわ《アンファン・マダム・ラ・ジェネラール・ア・クアートルズ・コンソンヌ》。嬉しいお話ね、そうじゃなくって《コム・セ・タグレアーブル・ネ・ス・パ》？」

ついに、わたしたちは別れた。ブランシュは、あの愚かなブランシュは別れにあたって、涙さえこぼした。「あんたはいい子だったわ《チュ・エテ・ボン・ナンファン》」しゃくりあげながら、彼女は言った。「あたしはあんたをばかだと思ってたし、あんたもばかみたいな顔をしてたんだもの《ジュ・トゥ・クロワィエ・ベート・エ・チュ・アン・ナヴェ・レール》。でも、そのほうがあんたに似合うわ」そして、いよいよ最後の握手をしたあと、彼女は突然「待って《アタン》！」と叫んで、自分の居間に駆けこみ、少しすると千フラン紙幣を二枚持ってきた。こればかりはわたしも、何としても信じられぬ思いだった！

「これ、あんたには役に立つわ。あんたはとっても学のあるウチーテルかもしれないけど、ひどくばかな人なんだもの。二千フラン以上は絶対にあげないわ、だってあんたはどうせ勝負で負けてしまうでしょうしね。じゃ、さよなら！ いつまでもいいお友達でいましょう《ヌ・スロン・トゥジュール・ボン・ナミ》ね、もしまた勝ったら、必ずあたしを訪ねてきてね、そしたら、いい思いをさせてあげるわ《エ・チュ・スラ・ウルー》！」

わたし自身の手もとにも、まだ五百フラン残っていた。そればかりでなく、千フランもするすばらしい時計や、ダイヤのカフスや、そのほかいろいろとあったから、まだこの先かなり永いこと何の気苦労もなく、食いつなぐことができるのだ。わたしは準備をするためにことさらこの田舎町に腰を落ちつけ、主として、ミスター・アストリーを待っているのである。彼がいずれここを通過し、用事で一昼夜滞在するはずであることを、わたしはしかと突きとめたのだ。何もかもを聞きだしたら……そのあとは、ホンブルグに直行だ。ルーレテンブルグには来年にならぬかぎり、行かない。実際、同じ台でたてつづけに二度ツキを試すのはゲンがわるいと言うし、ホンブルグではもっとも本格的な勝負が行なわれているからである。

第十七章

わたしがこの手記をのぞこうとしなくなって、もう一年と八カ月になるが、今になってようやく、心ふさぎと悲しみとから、気晴らしをしようと思いついて、ふと読み返してみた。そうしたら、あの時ホンブルグへ行こうというところで放りだしてあった。なんということか！　比較的に言えば、あの時はこの最後の数行をなんという軽い気持で書いたことだったろう！　つまり、軽い気持でというだけではなく、なんたる自信、なんと揺ぎない期待をもっていたことだろうか！　わたしはせめて多少なりと、おのれを疑っていたのだろうか？　こうして一年半余りが過ぎ去り、今のわたしは、自分で考えても、乞食《こじき》よりはるかにひどいものだ！　そう、乞食がどうしたというのだ！　赤貧なぞ、どうということはない！　わたしはただわが身を滅ぼしてしまったのだ！　もっとも、比較すべきものもほとんどないし、それに、なにもおのれに道徳を説くこともあるまい！　こんな時に道徳くらい愚劣なものは何一つあるはずがない！　ああ、ひとりよがりの人間たちよ、そういうおしゃべりどもはこの上なく傲《ごう》慢《まん》な自己満足をおぼえながら、おのれの金言を説こうと待ち構えているのだ！　わたしが今の自分の状態の疎《うと》ましさのすべてを、どの程度まで自分で理解しているかを知ったら、そういう連中だってもちろん、わたしを説教しようにも舌がまわらぬことだろう。いったい何を、わたしの知らぬようなどんな新しいことを、彼らが言えるというのか？　それに、はたして問題はそんなことだろうか？　この場合問題は、ルーレット盤のたった一回転で、すべてが一変し、ほかならぬそうした道徳家諸氏がまっさきに（わたしはそれを確信している）、友情あふれる冗談をまじえてわたしを祝福しにやってくる、ということなのだ。そして、みんなも今みたいにわたしから顔をそむけたりしないだろう。だが、あんな連中はみんな、無視すりゃいいんだ！　今のわたしはいったい何か？　ゼロだ。明日は何になれるだろう？　明日は死者からよみがえって、ふたたび生きはじめるかもしれないではないか！　人間一人がまだ滅びてしまわぬうちに、おのれの内部に人間を見いだすかもしれないのだ！

わたしはあの時本当にホンブルグに行ったのだが……そのあと、ふたたびルーレテンブルグにも、スパーにも行ったし、さらに、この町でわたしの主人だった卑劣漢の、ヒンツェという参事官の侍僕としてバーデンにさえ行ってきた。そう、わたしは召使までしたのだ、まる五カ月間も！　あれは出獄後すぐのことだった（なにしろわたしは、この町でのある債務のために、ルーレテンブルグで刑務所に入ったこともある。

だれか知らぬが、負債を払ってわたしを出してくれたのだった――いったい、だれなのだろう？　ミスター・アストリーだろうか？　ポリーナか？　わたしにはわからないが、負債は総額二百ターレルそっくり返済されていたので、わたしは自由の身になったのである）。わたしに身を寄せるべきところがあっただろうか？　そこでわたしは、このヒンツェのところに勤めたのだ。彼は若い軽薄な男で、怠けるのが好きだったし、わたしは三カ国語で話すことも、書くこともできる。わたしは最初、月三十グルデンで、なにか秘書のような形で彼のもとに勤めた。だが、しまいには本当に召使になった。それというのも、秘書を抱えておくのが彼の資産ではむりになって、わたしの月給を減らしたからで、こっちは行くべきところもないまま、居残った――こうして、ひとりでに召使に転落したのだった。彼のところの勤めでは飲み食いもろくにできなかったが、その代り五カ月で七十グルデン溜《た》めこんだ。ある晩、バーデンで、わたしは縁を切りたいと彼に言い渡して、その晩さっそくルーレットに出かけた。ああ、どんなに胸が高鳴ったことか！　いや、わたしにとって貴重なのは金ではなかった！　あの時、わたしが望んでいたのはただ、あのヒンツェなどという手合いや、ホテルのボーイ長どもや、あの華麗なバーデンの貴婦人連中が、明日にもみんなでわたしの噂《うわさ》をし、わたしの一件を語り合い、驚嘆し、讃美《さんび》して、わたしの新たな勝利に脱帽する、ということだけだった。これはすべて、子供じみた夢であり、心遣いである、だが……ひょっとしたら、ポリーナとも出会って、話してやれるかもしれないではないか、そして彼女は、わたしがそれらすべての不条理な運命の衝撃を超越していることに気づくかもしれない……そう、わたしにとって貴重なのは金ではないのだ！　わたしは確信しているが、金なんてものはわたしは、まただれかブランシュみたいな女にまき散らして、一万六千フランもする自家用の二頭立て馬車で三週間パリを乗りまわすに違いない。わたしは、自分がけちでないことを、たしかに知っている。わたしはむしろ浪費家だとさえ思う。だが、それにもかかわらず、三十一《トラント・エ・タン》、赤《ルージュ》、奇数《アンペール》、後半《パス》だとか、四《カートル》、黒《ノワール》、偶数《ペール》、前半《マンク》だとかいうディーラーの叫びを、どれほど胸をときめかせ、胸のしびれる思いできくことか！　ルイ・ドル、フリードリヒ・ドル、ターレルなどの貨幣のちらばっている賭博台《とばくだい》や、ディーラーの熊手《くまで》で突きくずされて火のように燃える山に流れこむ金貨の柱や、円盤のまわりに並ぶ七十センチほどもある長い銀貨の柱などを、どれほど貪婪《どんらん》にわたしが見つめることか。賭博場に近づきながら、二部屋向うでかきまぜられている金の音を耳にするや否《いな》や、わたしはほとんど痙《けい》攣《れん》を起しそうになるのである。

　ああ、わたしがありったけの七十グルデンを賭博台に持ちこんだあの晩も、やはり目ざましいものだった。わたしは十グルデンからはじめ、それもまたもや後半《パス》に賭《か》けた。後半《パス》にわたしは先入感をいだいているのだ。わたしは負けた。残りは銀貨で六十グルデンになった。わたしはちょっと考えて、ゼロを選んだ。一回に五グルデンずつ、ゼロに賭けはじめたのである。三度目の賭けでひょっこりゼロが出て、わたしは百七十五グルデン受け取ると、喜びに死なんばかりだった。十万フラン勝った時も、これほど嬉《うれ》しくはなかった。すぐさまわたしは百グルデンを赤《ルージュ》に賭け、勝った。二百グルデンをそっくり赤《ルージュ》に賭け、勝った。四百グルデン全部を黒《ノワール》に賭けて、勝った。八百グルデンをそっくり前半《マンク》に賭けて、勝った。前の勝ちと合計すると、千七百グルデンになったし、しかもそれが五分足らずの出来事なのだ！　そう、こういう瞬間には以前の失敗などすべて忘れてしまう！　なにしろ、わたしは生命を賭ける以上の覚悟でこれを獲得し、一か八かの賭《かけ》をしたのだ――だから、わたしはふたたび人間の仲間に入れたのである！

わたしはホテルの一部屋を借り、鍵《かぎ》をかけて、三時ごろまでこもりきりで、自分の金を勘定した。翌朝目ざめた時、わたしはもはや召使ではなかった。わたしはその日のうちにホンブルグへ出発することに決めた。あそこなら、召使奉公をしたこともなければ、刑務所に入ったこともないからだ。発車までの三十分間、わたしは二回だけ、あとを引くことなく二回だけ勝負しに出かけ、千五百フローリン負けた。それでもやはりホンブルグに移り、ここに住みついてからもう一カ月になる……

わたしはもちろん、たえず不安に包まれて暮し、ごく些《さ》細《さい》な額で勝負しながら、何かを期待し、当てにして、毎日朝から晩まで賭博台のわきに立って、勝負を観察し、夢にまで勝負を見ているのだが、それにもかかわらず、まるでなにか泥沼にはまりこんだみたいに、無感覚になったような気がする。こんな結論を下すのは、ミスター・アストリーと再会した際の印象によってである。わたしたちはあの時以来会っておらず、まったく偶然に出会ったのだった。それはこんな具合だった。わたしは庭を歩きながら、今はほとんど文なしだが、まだ手もとに五十グルデンあるし、そのうえ、小部屋を借りているホテルの勘定は一昨日すっかり払ってしまったなどと、胸算用していた。となると、現在わたしにはあと一回だけルーレットに行く可能性が残されているわけで、たとえいくらかでも勝てば、勝負をつづけることができるし、もし負けて、家庭教師を必要とするようなロシア人をすぐに見つけられぬ場合には、またもや召使奉公に行かねばならない。こんな考えに心を奪われたまま、公園と森をぬけて隣の公国に行く毎日の散歩コースを歩きはじめた。時折わたしはこんなふうに四時間くらい歩きまわって、疲れきり、腹をすかせきってホンブルグに戻ってくることがあった。

庭から公園に出たとたん、突然ミスター・アストリーの姿をベンチに見いだした。彼のほうが先にわたしに気づいて、声をかけた。わたしは隣に腰をおろした。ある種のものものしい感じを彼の内に見てとったので、わたしはすぐに自分の喜びに手綱をかけた。でなければ、彼との再会をひどく喜んだところなのだ。

「なるほど、ここにおられたんですか！　きっと会えるだろうと思ってましたよ」彼は言った。「身の上話など、ご心配なく。わたしは知っているんです。何もかも知っていますよ。この一年八カ月の間のあなたの生活はすっかりわかっています」

「ほう！　あなたはそんなふうにして古い友人たちを監視しているんですか！」わたしは答えた。「忘れずにいてくださるとは、見上げたもんですね……しかし、待ってください、あなたは思いつかせてくれましたよ――僕がルーレテンブルグで、二百グルデンの債務のために刑務所にぶちこまれていた時、負債を払ってくれたのは、あなたじゃないんですか？　だれだか知らないけど、負債を払ってくれたんですよ」

「違います、いえ、違いますよ。あなたが二百グルデンの債務のために入っていたルーレテンブルグの刑務所から、わたしはあなたを貰《もら》いさげはしませんでした。でも、あなたが二百グルデンの債務のために刑務所に入っていたことは知っていましたけどね」

「つまり、だれがわたしを貰いさげてくれたのかは、やはりご存じなんでしょう？」

「いえ、違います、だれがあなたを貰いさげたかを、知っているとは言えませんね」

「変ですね。ロシア人仲間には僕はだれにも知られていないし、それにここにいるロシア人はおそらく、負債を払って身柄を貰いさげたりしてくれないでしょうからね。そりゃ本国のロシアでは、正教徒が正教徒を貰いさげますけどね。僕はてっきり、どこかの変り者のイギリス人が、変った性分からしてくれたものと思っていましたよ」

ミスター・アストリーはいささかおどろいた様子で、わたしの言葉をきいていた。どうやら彼は、しょげ返り、打ちのめされたわたしを見いだすものと思っていたらしい。

「それにしても、あなたが精神の独立性と、快活ささえ、そっくり完全に保たれているのを見て、とても嬉しいですよ」かなり不快そうな顔つきで、彼は言った。

「つまり内心あなたは、なぜわたしが打ちのめされてもいなければ、卑屈になってもいないのかと、腹立たしさに歯ぎしりしておられるんですね」わたしは笑いながら言った。

彼はすぐには理解できなかったが、理解すると、苦笑した。

「あなたのその指摘は気に入りましたね。その言葉をきいて、昔どおりの聡明《そうめい》な、感激屋でいながら同時に辛辣《しんらつ》な古い友人を思いだしましたよ。それだけ多くの矛盾を同時にかかえこんでいられるのは、ロシア人だけですからね。実際、人間てやつは最良の友が自分に対して卑屈になっているのを見るのを好むものです。友情の基盤になるのも、たいていの場合、卑下ですからね。そしてこれは、聡明な人ならだれでも知っている、古くからの真理ですよ。しかし今の場合、はっきり言っておきますが、わたしはあなたがしょげ返っていないのを心から喜んでいるんです。どうなんです、あなたは博打《ばくち》をやめるつもりはないんですか？」

「ああ、あんなもの！　すぐにでもやめますよ、ただ……」

「ただ、これから負けを取り返したい、というんでしょう？　てっきりそうだと思ってましたよ。しまいまで言わなくとも結構です。わかっているんですから。うっかり言ったってことは、つまり、本音を吐いたってことですよ。どうなんです、あなたは博打以外には何もやっていないんですか？」

「ええ、何も……」

彼はわたしを試験しはじめた。わたしは何一つ知らなかった。わたしは新聞もほとんどのぞかなかったし、この間を通じてまったく本一冊ひろげていなかった。

「あなたは感受性を失くしちまいましたね」彼が指摘した。「あなたは人生や、自分自身の利害や社会的利害、市民として人間としての義務や、友人たちなどを（あなたにもやはり友人はいたんですよ）放棄したばかりでなく、勝負の儲《もう》け以外のいかなる目的をも放棄しただけではなく、自分の思い出さえ放棄してしまったんです。わたしは、人生の燃えるような強烈な瞬間のあなたをおぼえていますよ。でも、あなたはあのころの最良の印象なぞすっかり忘れてしまったと、わたしは確信しています。あなたの夢や、今のあなたのもっとも切実な欲求は、偶数《ペール》、奇数《アンペール》、赤《ルージュ》、黒《ノワール》、真ん中の十二《ドゥーズ・ミリュ》、などといったものより先には進まないんだ、わたしはそう確信しています！」

「もうたくさんですよ、ミスター・アストリー、どうか、どうか思いださせないでください」わたしはほとんど憎しみにひとしい腹立ちをこめて叫んだ。「いいですか、僕はまったく何一つ忘れてやしないんです。でも、僕はいっときの間そうしたものすべてを頭の中から追いだしたんですよ、思い出さえも——僕の状況を根源的に立て直す、その時まではね。その時こそ……その時こそ、僕が死者からよみがえるのを、あなたも目にするでしょうよ！」

「あなたはあと十年たっても、まだここにいるでしょうね」彼は言った。「賭をしてもいい、もし僕が生きていたら、このベンチの上でそのことを思いださせてあげますよ」

「もうたくさんです」わたしはこらえきれずにさえぎった。「僕が過去に関してそれほど忘れっぽくないことを証明するために、うかがいますがね、ミス・ポリーナは今どこにいるんです？　僕の身柄を貰い受けてくれたのがあなたでないとしたら、きっと彼女にきまっている。例のあの時以来、僕は彼女についてのいかなる情報にも接していないんですよ」

「違う、いや、違いますよ！　あの人があなたを貰いさげたとは思いませんね。あの人は今スイスにいます。ところで、ミス・ポリーナのことをわたしに質問するのをやめていただけると、たいそう嬉しいんですがね」彼はきっぱりとした口調で、怒ったようにさえ言った。

「それはつまり、彼女があなたのことも手ひどく傷つけたという意味ですね！」わたしは思わず笑いだした。

「ミス・ポリーナは、もっとも尊敬に値するすべての人物の中で、最高の存在です。しかし、くり返しておきますけど、ミス・ポリーナのことを質問するのをやめていただけると、この上なく嬉しいんですがね。あなたはあの人を一度として本当には知らなかったんです。だから、あの人の名前があなたの口にのぼるのを、わたしは自分の道義的感情に対する侮辱とみなしますよ」

「なるほど！　しかし、あなたは間違ってますよ。いったいそれ以外に、あなたと何を話すことがあるんです、考えてもごらんなさい？　だって僕らのあらゆる思い出は、そこにしかないんですからね。もっとも、ご心配なく。僕にはあなたのいかなる内面的な秘密の事柄も必要ないんですから……僕に関心があるのはただ、いわば、ミス・ポリーナの外面的な状況、もっぱら現在の彼女の表面的な環境だけなんです。これなら、ふた言で報告できますからね」

「いいでしょう、ただし、ふた言ですべてを打ち切るという条件でね。ミス・ポリーナは永い間病気でした。今でも病気です。しばらくの間、あの人はわたしの母や妹といっしょに北イギリスで暮していたのです。半年前にあの人のお祖母《ばあ》さんが――ほら、おぼえているでしょう、例の気違いの女性が死んで、あの人個人に七千ポンドの財産を遺《のこ》してくれましてね。今ミス・ポリーナは、結婚したわたしの妹の家族といっしょに旅行しています。あの人の幼い弟と妹も、お祖母さんの遺言で生活を保証されて、ロンドンで勉強していますよ。あの人の義父にあたる将軍は、ひと月前、パリで脳卒中で死にました。マドモワゼル・ブランシュは将軍の面倒をとてもよく見ていたんですが、将軍がお祖母さんから貰ったものは全部、自分の名義にいち早く移しましてね……これで、全部お話したようですね」

「じゃ、デ・グリューは？　あの男もスイスを旅行してるんじゃないんですか？」

「いいえ、デ・グリューはスイスなんぞ旅行していませんし、どこにデ・グリューがいるのか、わたしは知りません。そればかりか、きっぱり警告しておきますが、その種の勘ぐりや、下品な組合せは避けてください。でないと、あなたは必ずわたしと、ことを構えるようになりますよ」

「なんですって！　われわれのかつての親しい付合いにもかかわらず、ですか？」

「そう、われわれのかつての親しい付合いにもかかわらず、です」

「それは千回でもお詫《わ》びしますよ、ミスター・アストリー。しかし、それでも、いいですか、この場合、腹を立てるような下品なことなぞ、何一つないんですよ。だって、僕はいかなる点でもミス・ポリーナを非難していないんですからね。そればかりか、フランス人とロシアの令嬢となると、一般的に言って、われわれには解決することも、とことん理解することもできぬような組合せなんですよ、ミスター・アストリー」

「もしあなたがデ・グリューの名前を、もう一つの名前といっしょに思いださせたりしないのなら、説明を求めたいところですがね。いったいあなたは『フランス人とロシアの令嬢』という表現で、何を言いたいんです？　それがどういう『組合せ』だというんですか？　なぜこの場合、必ずフランス人とロシアの令嬢でなけりゃいけないんです？」

「ほらね、あなたも興味を持ちはじめたでしょ。しかし、これは永い物語でしてね。ミスター・アストリー。この場合、あらかじめたくさんのことを知っておく必要があるんです。もっとも、これは重要な問題なんです、たとえ一見どんなに滑稽《こっけい》に思われようとね。フランス人というのは、ミスター・アストリー、これは完成した美しい形式なんです。イギリス人であるあなたは、これには不賛成かもしれませんがね。ロシア人である僕だって、おそらく羨望《せんぼう》の念からだけいっても、やはり賛成できませんよ。でも、わが国のお嬢さんたちは意見を異にするかもしれませんね。あなたはラシーヌを、ひねくれてゆがんで、香料をしたたか仕込んだ作家とみなすかもしれない。あんな作家はきっと、読もうとさえしないでしょう。僕もやはり彼を、ひねくれてゆがんで、香料をしたたか仕込んだ、そしてある点から見れば滑稽な作家とさえみなしています。しかし、彼はすばらしいんですよ、ミスター・アストリー、それに何よりも、われわれが望もうと望むまいと、彼は偉大な詩人なんです。フランス、つまりパリジャンの民族的形式は、われわれがまだ熊《くま》でしかなかったころに、洗練された形式に固まりはじめたのです。革命が貴族の遺産を相続しました。今ではこの上なく卑俗なフランス野郎でも、自己の創意によっても、魂によっても、心によってもその形式に参加することなしに、まったく洗練された形式の作法《マナー》や物腰、表現、さらには思考さえ持つことができるんです。そういったものすべてが相続によって手に入ったんですからね。彼ら自体としては、もっとも内容空疎《くうそ》で、もっとも低劣かもしれませんがね。ところで、ミスター・アストリー、ここでお知らせしときますけど、善良で、賢くて、さほどそこなわれていないロシアのお嬢さんくらい、信じやすくて、心の開放的な存在は、世界にまたとないんです。デ・グリューは何かの役割で登場しさえすれば、仮面をつけて現われさえすれば、ロシアの令嬢の心を征服することくらい朝飯前なんです。彼には洗練された形式がありますからね、ミスター・アストリー、そしてロシアのお嬢さんはその形式を彼自身の魂、彼の魂と心のごく自然な形式と思いこんで、相続で手に入れた衣裳《いしょう》だとは思わない。あなたにとってはこの上なく不愉快なことながら、僕は認めざるをえないのですが、イギリス人はたいてい角ばっていて、垢《あか》ぬけていないけれど、ロシア人はかなり敏感に美を見分けて、それに打ちこみやすいのです。しかし、魂の美しさと個性の独創性とを見分けるとなると、そのためには、わが国の女性、いわんやお嬢さんが持っているよりもはるかに多くの自立性と自由を、また、いずれにしてももっと多くの経験を持つことが必要です。ミス・ポリーナにしても

——勘弁してください、いったん言ってしまったことは取返しがつきませんから——あの卑劣漢のデ・グリューよりあなたを選ぼうと決心するためには、非常に、非常に永い時間が必要なんです。彼女はあなたを評価してもいるし、あなたの親友にもなり、自分の心をすっかりあなたに打ち明けもするでしょう。でも、その心の中では、やはり、あの憎らしい卑劣漢が、あのいまわしい、ちゃちな金貸しのデ・グリューが支配しつづけるのです。これは、いわば、意地と自尊心だけからも、残りつづけるでしょうよ。なぜって、ほかならぬそのデ・グリューがかつては、洗練された侯爵《こうしゃく》として、失意のリベラリストとして、また彼女の家族と軽薄な将軍を援助したために破産した人間として(はたしてそうですかね?)、後光に包まれて彼女の前に現われたんですからね。こういう仕掛けがばれたのは、あとになってからです。しかし、ばれたって、べつに何でもありゃしない。今でもやはり、かつてのデ・グリューを返してほしい——これが彼女に必要なことなんです！　彼女が現在のデ・グリューを憎めば憎むほど、ますます強くかつてのデ・グリューを恋い慕うんですよ、たとえかつてのデ・グリューが彼女の想像の内にしか存在しなかったとしてもね。あなたは製糖業者でしょう、ミスター・アストリー?」

「ええ、わたしは有名な砂糖工場ローヴァー株式会社の経営に参加しています」

「ほら、ごらんなさい、ミスター・アストリー。一方では製糖業者、もう一方でベルヴェデルのアポロ（訳注 バチカンにある彫刻）ってわけだ。こいつはなんとなく結びつかないんですよ。ところが僕なんざ、製糖業者ですらない。僕は単にルーレットのちゃちな賭博《とばく》師《し》でしかないし、召使までした人間です。そのこともきっともうミス・ポリーナには知れているでしょうよ。だって、どうやら彼女は優秀な警察をかかえているようですからね」

「あなたは恨んでいるもんだから、そんな下らないことを言うんですよ」ちょっと考えたあと、冷静にミスター・アストリーが言った。「そのうえ、あなたの言葉には独創性がない」

「賛成です！　しかしね、高潔なわが友、僕のこうした非難がすべて、いかに古くさくなり、いかに通俗で、いかに笑止千万であろうと、やはり真実であるってことが、恐ろしいのです！　やっぱり僕らは何一つ獲得できなかったんですからね！」

「それは聞きずてならぬたわごとですよ……なぜなら、なぜなら……いいですか！」ミスター・アストリーは目を光らせ、ふるえる声で叫んだ。「あなたは恩知らずの、とるに足らぬ、ちっぽけな不幸な人間だ。これだけは知っておくといいですね、わたしがわざわざホンブルグくんだりまで来たのは彼女の頼みによってなんです。あなたに会って、あなたと誠実にじっくり話し合って、あなたの感情や、思考や、希望や……それに思い出などを、すべて彼女に伝えるためなんですよ！」

「まさか！　まさか？」わたしは叫んだ。涙が両の目から滝のように流れた。わたしは涙を抑えることができなかったし、こんなことは、どうやら、生れて初めてだったようだ。

「そうなんですよ、あなたは不幸な人だ。彼女はあなたを愛していたんですよ。わたしがこんなことをあなたに打ち明けられるのも、あなたが滅びた人間だからです！それればかりじゃなく、たとえわたしが、彼女はいまだにあなたを愛していると言ったところで、どのみちあなたはここに踏みとどまるでしょうからね！　そう、あなたは自分自身を滅ぼしたんです。あなたはある種の才能や、生きいきした性格を持っていたし、わるくない人間でしたよ。あなたは、人材を大いに必要としている祖国にとって、役に立つことさえできたんです。だけど、あなたは残るだろうし、あなたの人生は終ったんです。わたしはあなたを責めはしない。わたしの見たところ、ロシア人はみんなこうか、あるいは、こうなる傾向を持っているんです。ルーレットでないとすれば、それに類した別のものってわけですね。例外はあまりにも少なすぎます。労働が何であるかを理解しないのは、べつにあなたが初めてじゃないんです（わたしはロシアのナロードについて言っているんじゃありませんよ)。ルーレットってやつは、これはもっぱらロシア的な賭博です。あなたは今まで誠実だったし、盗みをするくらいなら、むしろ召使になろうと思っていた……しかし、将来どんなことが起りうるかを考えると、恐ろしくなりますね。もう、たくさんです。さようなら! あなたは、もちろん、お金に困ってるんでしょ? これはわたしからですが、十ルイ・ドルあります。それ以上はあげませんよ、どうせ負けちまうでしょうからね。受け取って、お別れにしましょう! 取ってください!」

「いや、ミスター・アストリー、これだけ言われたあとじゃ……」

「お取りなさい!」彼は叫んだ。「わたしは、あなたがまだ高潔だと確信しているから、友人が真の友人に与えうるのと同じように、あなたに差しあげるんです。もし、あなたが今すぐ賭《か》けごとやホンブルグを棄てて、祖国に帰るだろうという確信をわたしが持てたら、新しい道への餞《はなむけ》として即座に千ポンド進呈してもいい気持なんですがね。しかし、わたしが千ポンドを贈らずに、わずか十ルイ・ドルしか差しあげないのは、千ポンドだろうと十ルイ・ドルだろうと、現在のあなたにとってはまったく同じことにほかならないからなんです。どうせ負けちまうんですからね。さ、受け取ってください、別れましょう」

「いただきましょう、もしあなたが別れにあたって抱擁を許してくれるならね」

「ああ、それなら喜んで！」

わたしたちはまごころこめて抱擁しあい、ミスター・アストリーは去って行った。

いや、彼は間違っている！　かりにわたしがポリーナとデ・グリューに関して辛辣《しんらつ》で、愚かだったとするなら、彼はロシア人に関して辛辣で、性急なのだ。自分のことについては、わたしは何も言わない。もっとも……もっとも、これはすべて今のところ、見当違いだ。あんなのはみな言葉、言葉、言葉であって、必要なのは行動である！　今この場合、いちばん肝腎《かんじん》なのはスイスだ！　明日にも——ああ、明日にも出発できたら！　ふたたび生れ変り、よみがえるのだ。彼らに証明してやらなければ……わたしがまだ人間たりうることを、ポリーナに知ってもらいたい。それにはただ……もっとも、今はもう遅いが、明日になれば……ああ、わたしには予感がある、それ以外にあるはずがないのだ！　今わたしの手もとに十五ルイ・ドルあるけれど、十五グルデンから始めたこともあったではないか！　慎重に始めさえすれば……それにしても、本当にわたしはそれほど幼い子供なのだろうか！　はたしてわたしは、自分が滅びた人間だということを理解していないだろうか。だが、なぜわたしはよみがえることができないというのか。そう！　生涯にせめて一度なりと、打算的で忍耐強くなりさえすれば、それでもうすべてなのだ！　せめて一度でも根性を貫きとおしさえすれば、一時間ですべての運命を変えることができる！　大切なのは、根性だ。七カ月前、ルーレテンブルグで、決定的な敗北を喫する前に、わたしの身にこの種のことが起ったのを、思いだしさえすればいい。ああ、あれは決断力のすばらしいチャンスだった。あの時わたしは、有金残らず、すっかり負けてしまった……カジノを出て、ふと見ると、チョッキのポケットにまだ一グルデンの貨幣がころがっていた。『ああ、してみると、食事をするだけの金はあるわけだ！』——わたしは思ったが、百歩ほど行ってから、考え直し、引き返した。わたしはその一グルデンを前半《マンク》に賭けた（その時は前半《マンク》がよく出ていた）、実際、祖国や友人たちから遠く離れたよその国で、今日何を食べられるかも知らぬまま、最後の一グルデンを、それこそ本当に最後の一グルデンを賭ける、その感覚には、何か一種特別のものがある！　わたしは勝ち、二十分後には百七十グルデンをポケットに入れて、カジノを出た。これは事実である！　最後の一グルデンが、時にはこれだけのことを意味しかねないのだ！　もし、あの時わたしが気落ちして、決心をつけかねたとしたら、どうだったろう？　明日こそ、明日こそ、すべてにケリがつくことだろう！

解説

原　卓也

一八六〇年代のはじめ、ドストエフスキーは自己のその後の人生と文学に大きな痕《こん》跡《せき》をとどめる女性と知り合った。アポリナーリヤ・プロコーフィエヴナ・スースロワ——一八四〇年生れ、つまりドストエフスキーより二十歳近く年下で、当時ペテルブルグの陸軍外科アカデミーの学生だった妹ナジェージダ（彼女はのちにロシア最初の女医となった）といっしょに、大学の講義を聴講している新しい時代の女性だった。アポリナーリヤとドストエフスキーがいつ知り合ったのか、正確なところはわかっていない。ある文学の集まりで、ドストエフスキーが自作『死の家の記録』の一節を朗読し、それに感激したアポリナーリヤが詩的な手紙を送って愛を告白し、文豪がそれに応《こた》えたとする、ドストエフスキーの娘の証言もある。あるいはまた、アポリナーリヤの小説『今のところ』がドストエフスキー兄弟の雑誌《時代《ヴレーミヤ》》にはじめて載ったのが、一八六一年九月であり、その小説の出来栄《できば》えがさほど大したものでないことから推して、おそらくこれ以前に二人は個人的に知り合っており、編集者ドストエフスキーが甘い点をつけたのではないかとみる、ドリーニンのような説もある。

いずれにしても、二人は急速に親しくなり、結ばれた。折しも、ドストエフスキーの最初の妻マリヤは結核でもはや再起不能の床に横たわる身だった。ドストエフスキーはこの新しい恋を妻にひた隠しにした。このことが自尊心の高い、若い知的なアポリナーリヤに、少なからぬ屈辱を与えたことは容易に想像できる。と同時に、現存している彼女のわずか二通の手紙（うち一通は下書き）から判断すると、「酒飲みが月に一度はぐでんぐでんになるように、快楽におぼれることを必要とみなす」ような、ドストエフスキーの彼女に対する性急な求め方も、若い彼女の心を傷つけたようだ。彼女は「自分の恋に対して顔を赤らめはしないが、自分たちのこれまでの関係に対しては顔を赤くする」という意味の言葉を、ドストエフスキーにあてた手紙で記しているのである。二人にとっては、外国に旅行することが唯一の夢だった。だが、一八六三年五月、雑誌《時代》はポーランド問題を扱った論文が禍《わざわ》いとなって廃刊を命じられ、ドストエフスキーはしばらく外国旅行どころではなくなり、アポリナーリヤは一人で先にパリに向った。ドストエフスキーがひとまず身辺の整理をつけてパリに飛んだのは、この年の八月だったが、パリで彼を迎えたのはアポリナーリヤの「あなたの来るのが少し遅かったわ」という非情な言葉だった。つい二週間ほど前まで、熱烈に愛しているという手紙をパリから書き送っていた彼女は、このわずかな間にサルヴァドールというスペイン人の医学生を好きになって、すべてを捧《ささ》げたあげく、棄《す》てられて心に深い傷を負っていたのである。彼女との恋を「わたしの上に神の恵みとして下った」ものと見なしていたドストエフスキーにとって、これは堪えがたいショックだった。が、それでも彼はアポリナーリヤを慰め、「兄と妹」という関係でパリからイタリー旅行に出た。アポリナーリヤの回想記『ドストエフスキーと親しかった歳月』(一九二八年)は、この旅行の模様をつぶさに記した日記が主たる内容となっているが、それを読むと、この時の旅行がどれほどドストエフスキーにとって苦しい、被虐《ひぎゃく》的なものであったかがわかる。同じホテルに泊りながら旅をつづけるうちには、愛と欲望の炎に焼きつくされる思いをしたこともしじゅうだった。時たま彼女が以前と同じようにやさしくなることはあっても、翌朝はいっそう冷やかに、よそよそしくなっているのだった。ドストエフスキーはそんな彼女と、バーデン・バーデン、ジュネーヴ、ローマ、ナポリ、トリノと旅行してまわり、十月にベルリンで別れるのだが、この旅行中、彼は各地で狂ったようにルーレットの勝負をしつづけた。バーデン・バーデンでたまたま会ったツルゲーネフから借金したり、時計やアポリナーリヤの指輪を質に入れたり、無一文のままペテルブルグの兄からの送金を待ったりという始末で、あげくのはてはベルリンで別れてパリに戻ったアポリナーリヤに手紙をだして、三百フラン送ってもらったほどだった。

アポリナーリヤとの恋と、この時の旅行とによって生れた作品が、『賭博者《とばくしゃ》』である。作中のポリーナにアポリナーリヤの面影が反映していることは、言うまでもないだろう。一八六五年四月、ドストエフスキーは彼女の妹ナジェージダにあてて、こう書いている。

「アポリナーリヤは――大変なエゴイストです。彼女のエゴイズムと自尊心は、度はずれです。彼女は人々にすべてを、あらゆる完璧《かんぺき》さを要求し、ただ一つの不完全さをも、ほかのよい点に免じて赦《ゆる》したりせず、そのくせ、自分は他人に対する微々たる義務さえも逃げようとするのです……」

これはすなわち、作中の人物ポリーナについても言えることでもある。なお、ドストエフスキーは、彼女の運命を操るフランス人に、アベ・プレヴォーの小説『マノン・レスコー』の主人公の名前をつけている。

グロスマンは評伝の中で、ドストエフスキーに『賭博者』の構想が生れたのは、一般に考えられているよりずっと早く、すでに一八五九年にセミパラチンスクで、フョードル・デルシャウの論文『賭博者の日記より』を読んだ時であり、この論文が中編『ルーレテンブルグ』(最初はこういう題名が予定されていた)の原形の役を果した、と書いているが、それを裏付ける確実な資料はない。

われわれに残されている、ドストエフスキー自身の、この作品に関する言及は、アポリナーリヤと旅行中だったローマから、ストラーホフに出した手紙の中の次のような一節である。

「……この短編の主題はこうです。つまり、外国にいるロシア人の一タイプです。お心に留めていただきたいのですが、外国にいるロシア人のことは、各雑誌で大きな問題になっていました。それがすべてわたしの短編に反映するでしょう。それに概して、わが国の内面生活の現在の瞬間も(もちろん、可能なかぎりですが)反映するはずです。わたしは直接モデルを描きます。大いに発達した人間なのですが、すべての面で未完成で、信仰をなくしながら、信じずにいる勇気がなく、権威に抗して立ち上がりながら、権威を恐れている人物です。ロシアでは何もすることがないという考えで自分を安心させているため、外国にいるロシア人にロシアからよびかける人々に対して手きびしい批判をします……いちばんの眼目は、この人物の生活力、力、狂暴さ、勇気などがことごとく、ルーレットに注がれたという点です。彼は賭博者ですが、プーシキンの吝嗇《りんしょく》な騎士が単なる吝嗇漢でないのと同様、単なる賭博者ではありません（これは、わたしとプーシキンの比較では決してなく、問題をはっきりさせるために言っているにすぎません）。彼はそれなりに詩人なのですが、問題は彼自身その詩精《ポエジ》神を恥じていることです。なぜなら、リスクを求める気持が彼自身の目から見ても自分を高潔な人間にしているにもかかわらず、彼はその詩精神の卑《いや》しさを深く感じているからです。作品全体が――この人物が足かけ三年、各地の賭博場でルーレットをやっているという物語です……」

　こうして、作品の構想は早くからできていたものの、アポリナーリヤとの互いに傷つけ合うような恋愛（これは一八六三年のベルリンで終ったわけではなく、その後もくすぶりつづけた）、六四年の妻マリヤの死、その二カ月後の兄ミハイルの死、兄の死による負債の整理など、さまざまな出来事がドストエフスキーを見舞って、疲労困《こん》憊《ぱい》させ、とても作品にまとめる余裕はなかった。彼が実際に執筆したのは三年後の六六年であり、それも状況に強いられて書いたようなものだった。

　一八六五年夏、債権者に苦しめられていた彼は、やむなく、全集の出版権をステロフスキーに売り渡したが、悪辣《あくらつ》なこの出版人との契約はべらぼうなもので、彼はこの全集出版のために新しい長編を一つ書く約束になっており、しかももし六六年の十一月一日までに新しい長編を渡せない場合には、以後九年間ドストエフスキーの書くものはすべて、いっさい印税なしにステロフスキーが出版する権利を有する、という取り決めになっていた。だが、ドストエフスキーは六六年一月から雑誌《ロシア報知》に『罪と罰』を連載中で、その年の九月が終るころになっても、とうてい新しい長編にとりかかることは不可能な始末だった。絶体絶命の危機に追いこまれた彼は、友人ミリュコフの助言を容《い》れて、速記者による口述で長編を書くことに決め、わずか二十七日間でこの作品を仕上げて、約束の期限ぎりぎりの十月三十一日に『賭博者』の原稿をステロフスキーに渡して危機を脱したのである。この仕事をすすめているうちに、彼は二十歳の娘である速記者を愛するようになり、仕事を完成したあと、結婚を申しこみ、翌六七年二月十五日、トロイツキー大寺院で式をあげた。彼女が第二の妻アンナ・グリゴーリエヴナ・スニートキナであり、それ以後終生、文字通りドストエフスキーの最良の伴侶《はんりょ》となり、片腕となって、作家の生活を安定させてゆき、晩年の傑作を生みだす陰の力となったのだった。

アポリナーリヤ・スースロワと、アンナ・スニートキナという二人の女性と深いかかわりを持っている点からしても、『賭博者』はドストエフスキーの生涯における、一つの記念碑的な作品と言えるのである。

（一九七八年十二月）

新潮文庫最新刊

矢野隆著
とんちき　蔦重青春譜
写楽、馬琴、北斎――。蔦重の店に集う、未来の天才達。怖いものなしの彼らだが大騒動に巻き込まれる。若き才人たちの奮闘記！

V・ウルフ
鴻巣友季子訳
灯台へ
ある夏の一日と十年後の一日。たった二日のできごとを描き、文学史を永遠に塗り替え、女性作家の地歩をも確立した英文学の傑作。

隆慶一郎著
捨て童子・松平忠輝（上・中・下）
〈鬼子〉でありながら、人の世に生まれてしまった松平忠輝。時代の転換点に己を貫いて生きた疾風怒濤の生涯を描く傑作時代長編！

芥川龍之介・泉鏡花
江戸川乱歩・小栗虫太郎
折口信夫・坂口安吾 著
ほか
タナトスの蒐集匣
―耽美幻想作品集―
おぞましい遊戯に耽る男と女を描いた坂口安吾「桜の森の満開の下」ほか、名だたる文豪達による良識や想像力を越えた十の怪作品集。

午鳥志季・朝比奈秋
春日武彦・中山祐次郎
佐竹アキノリ・久坂部羊著
遠野九重・南杏子
藤ノ木優
夜明けのカルテ
―医師作家アンソロジー―
その眼で患者と病を見てきた者にしか描けないことがある。9名の医師作家が臨場感あふれる筆致で描く医学エンターテインメント集。

安部公房著
死に急ぐ鯨たち・もぐら日記
果たして安部公房は何を考えていたのか。エッセイ、インタビュー、日記などを通して明らかとなる世界的作家、思想の根幹。

Title : ИГРОК
Author : Фёдор М. Достоевский

賭《と》博《ばく》者《しゃ》

新潮文庫　ト－1－7

昭和五十四年二月二十日　発行
平成十七年四月三十日　三十一刷改版
令和　六　年九月三十日　四十一刷

訳者　原《はら》　卓《たく》　也《や》

発行者　佐藤隆信

発行所　株式会社　新潮社

郵便番号　一六二—八七一一
東京都新宿区矢来町七一
電話　編集部(〇三)三二六六—五四四〇
　　　読者係(〇三)三二六六—五一一一
https://www.shinchosha.co.jp

価格はカバーに表示してあります。

乱丁・落丁本は、ご面倒ですが小社読者係宛ご送付ください。送料小社負担にてお取替えいたします。

印刷・大日本印刷株式会社　製本・加藤製本株式会社

ISBN978-4-10-201008-2 C0197